나는
죽어가고
있다

나는 죽어가고 있다

초판 1쇄 인쇄 · 2023년 12월 13일
초판 1쇄 발행 · 2023년 12월 22일

지은이 · 오현석
펴낸이 · 한봉숙
펴낸곳 · 푸른사상사

주간 · 맹문재 | 편집 · 지순이 | 교정 · 김수란, 노현정 | 마케팅 · 한정규
등록 · 1999년 7월 8일 제2-2876호
주소 · 경기도 파주시 회동길 337-16 푸른사상사
대표전화 · 031) 955-9111(2) | 팩시밀리 · 031) 955-9114
이메일 · prun21c@hanmail.net
홈페이지 · http://www.prun21c.com

ISBN 979-11-308-2124-5   03810
값 18,000원

이 책은 ❀ 광주광역시 · ⯅ 광주문화재단의 지역문화예술육성지원사업으로
지원받아 제작되었습니다.

54
푸른사상
소설선

푸른사상

나는
죽어가고
있다

오현석 소설집

푸른사상
PRUNSASANG

어릴 적 집 안 책꽂이에는 소설과 각종 전집들이 가득했습니다. 공무원이었던 부친께서 지인들의 부탁을 거절하지 못해 할부로 구입한 것들입니다. 누구도 읽지 않는 오로지 장식용이었지요.

중학생 때 공부는 하기 싫고 딱히 할 게 없어 그 책들을 읽기 시작했습니다. 누렇게 변색한 종이에 세로로 배열된 활자들을 불편한지도 모르고 읽고 또 읽었습니다. 아직 알지 못한 세계에 대한 간접 경험은 그야말로 신선했습니다. 특히 한국단편 소설에 흠뻑 빠졌습니다. 「B사감과 러브레터」를 읽고 B사감의 내숭에 키득거리면서 혹시 저의 누님들도 그러나? 속으로만 생각하기도 하고, 「백치 아다다」를 읽고는 먹먹해진 감정으로 인간에게 돈보다 더 소중한 게 있다는 걸 어렴풋이나마 깨달았던 기억이 지금도 잊지 않습니다.

고등학교 야자 시간이었습니다. 주전자에 막걸리를 받아와 교실에서 친구들과 마셨습니다. 당연히 들켰고요. 담임은 술을 마신 몇 명의 엉덩이에 폭격을 가한 후 집에 가서 반성문을 써 오라고 했습니다.

반성문을 쓰려고 했지만, 쓸 수가 없었습니다. 볼펜 심으로 귀만 후비

다가 하얀 갱지에 '죽을죄를 지었습니다. 다시는 하지 않겠습니다'만 반복하여 네 줄을 써서 제출했습니다.

담임은 뉘우침이 없다며 같은 방법으로 같은 곳을 재차 폭격했습니다. 저는 바닥에 쓰러질 때쯤 '선생님, 마른 수건 짜봐야 물 안 나옵니다'라는 말을 하려 했지만 우선 튀어나온 신음에 막혀 하지 못했습니다.

어린 시절 활자와 친하게 지내기는 했지만, 일기 한 장 쓰지 못할 정도로 글쓰기에는 젬병이었습니다. 그런 제가 늦은 나이에 소설 쓰기에 입문한 건 지금 생각해도 아이러니하면서 어색합니다. 하지만 그땐 절박했고, 그래서 선택했습니다. 저는 어디에 있든, 무엇을 하든, 늘 한쪽이 채워지지 않아 우울했습니다. 그 공간을 채우기 위해 몰아치기로 소설을 읽기도 하고, 매일 술을 마시거나 쓰러질 만큼 운동도 해봤지만, 그거로는 채워지지 않았습니다.

누구든 공허함을 느낄 것입니다. 어떤 누구는 공허함도 삶의 일부로 받아들이며 사는 분들도 있을 것이고, 어떤 누구는 메우려 하는데 무엇으로도 메워지지 않아 헤매며 사는 분들도 있을 것입니다. 저는 후자 쪽으로 매일 흔들리고 흔들렸습니다.

그러다 저의 흔들림을 안 지인의 소개로 자기계발서 책 한 권을 읽었습니다. 요지는 하루에 한 권씩 자기계발서를 읽으면 삶이 바뀐다는 거였습니다. 그 글을 믿고 엉망인 저의 습관을 바꾸기 위해 일주일에 한 권 정도를 외우다시피 읽었습니다. 결론은 한마디로 낚인 거였습니다. 읽어도 피부에 닿지 않는 글은 그 말이 그 말이고, 삶이 변할 것 같진 않았습니다. 단지 변한 게 있다면 책을 많이 읽어서인지 얕은 시냇물처럼 세치 혀만 바삐 움직였다는 겁니다.

그러던 중 어떤 끌림에 의해 소설 창작 학교에 등록하고 오리엔테이션에 참석했을 때 알 수 없는 의식이 꿈틀거렸습니다. 그때 낯선 감정을 표현한다면 늦게나마 하고 싶은 걸 찾았다는 정도였습니다.

교수님의 지도하에 많은 소설과 논문 등을 읽고 분석했습니다. 잘 짜인 플롯에 감탄했고, 매혹적인 문장에 점점 매료되었습니다. 사람을 생각하고 이해하는 폭이 조금은 더 깊어진 것 같았습니다. 좋은 소설을 읽었을 때 그 감동으로 인한 떨림은 중학생 시절에 처음 순문학을 접했을 때처럼 제 인생에서 최고였습니다. 또 과제물로 소설을 제출해야 해서 소설 쓰기에 모든 걸 쏟아야 했습니다. 그러면서 더 이상 무기력해질 정도의 공허함과 흔들림은 사라졌습니다. 마치 신기로 몸이 아픈 사람이 내림굿을 받고 평안을 얻은 것처럼요.

이렇게 쓰고 나니 이제 갓 신춘문예에 등단한 제가 무슨 대단한 작가라도 된 것처럼 건방을 떨고 있습니다. 저는 글쓰기에서 여전히 꾸물거리는 벌레에 불과할 뿐입니다. 단지 좋아하고, 해야 할 게 있고, 그거에 최선을 다하면서 흔들림이 사라졌다는 의미입니다.

그렇다고 방황이 끝난 건 아닙니다. 지금도 여전히 방황하고 있습니다. 하지만 갈 곳 없는 방황과, 갈 곳이 있는 방황과는 결이 다른 방황입니다. 앞으로도 계속 흔들릴 거라는 걸 알고 있습니다. 그건 가야 할 길을 잃지 않는 한, 잠시의 흔들림이라는 것도요. 계속 스스로를 다잡아 가며 제 길을 묵묵히 걸어가려고 합니다.

주변 사람들에게 소설가를 석공에게 비유하곤 합니다. 넓은 산에서 글감이 될 만한 돌을 찾아, 그걸 캐서 구도를 짠 후 매일 정으로 조금씩 쪼아 석상을 만드는 작업과 같은 거라고요.

지금도 여전히 눈알을 번득이며 돌을 찾고 있고, 매일 정을 두드리고 있습니다. 앞으로도 계속 그럴 것입니다. 오랜 기간 경찰 수사 부서에 종사하면서 많은 가해자와 피해자를 만났고, 가장 잘 아는 것도 경찰 수사와 관련된 분야입니다. 지금도 경찰 수사와 관련해 장편을 쓰고 있고, 수사와 사법 체계의 부조리한 것에 대해 재미있으면서 의미 있는 소설을 쓰려고 합니다.

출판사에 최종 원고를 보냈던 그날 밤, 쑥스러움과 허전한 감정을 술로 다스리기 위해 자주 다니는 집 앞 호프집에 들어가 혼술을 했습니다. 많은 게 떠올랐습니다. 맨 먼저 드는 생각은 고마움이었고, 그 단어에 연결되는 분들이었습니다. 돈도 안 되는 일에 매달려 가정과 무관하게 사는 저에게 투정하지 않는 가족, 오랫동안 함께 소설을 공부했던 생오지 문우들, 너무 허접한 것 같아 출판을 미루고 있을 때 소설을 읽고 고등학교 국어 교과서에 실려도 될 만큼 문학적으로 뛰어나다고 자신감을 실어준, 한때 문학을 지망했다는 직장 동료 김하영 순경, 매일 이용하는 운암도서관을 불편함이 없도록 해준 도서관 관계자 분들, 그 외 많은 분들에게 진심으로 감사함을 전하고 싶습니다. 더욱 좋은 소설을 써 보답하겠습니다.

2023년 11월

오현석

차례

그들의 얼룩

그들의 얼룩

웨에에에엥, 웨에에에에엥, 형사과 모든 직원에게 비상 상황을 알리는 사이렌이 사납게 울었다. 잠시 후 힘겹게 작동하는 낡은 기계음처럼 삐걱대는 잡음이 끝나자 "무진호텔 살인 사건 발생, 무진호텔 살인 사건 발생, 당직팀인 강력 4팀은 즉시 현장으로 출동하기 바람. 나머지 팀은 형사들 소집하여 다음 지시가 있을 때까지 사무실에 대기하기 바람. 다시 한번 알립니다⋯⋯."라고 방송했다.

마이크를 잡은 지원팀장은 살인 사건 발생이라는 긴장감 때문인지 정확하지 않은 발음에 버벅대기까지 했고, 평소 내려앉은 안개처럼 낮게 깔린 쉰 목소리가 한 단계 고조되어 비위에 거슬리게 쏟아져 나왔다.

당직팀인 임 팀장은 좁은 숙직실에 팀원들과 함께 촘촘하게 앉아 류현진의 야구 경기를 시청 중이었다. 지원팀장의 찢어지는 목소리 때문인지, 류현진이 홈런 두 방을 맞고 패배가 확실한 것에 짜증이 난 것인지, '바가지에 깨 묻어가듯' 인생을 산다고 해서 별명이 '바깨'인 양 형사는 욕을 해댔다.

"벌건 대낮에 어떤 새끼들이 호텔에 가서 뒈지고 지랄이야."

임 팀장은 출근길의 신호등이 떠올랐다. 그는 몇 년 전부터 신호등을 통과하는 것으로 하루 점괘를 보았다. 집에서 경찰서까지는 총 여섯 개의 신호등이 설치되어 있었다. 신호에 한 번도 걸리지 않고 경찰서까지 논스톱으로 통과하면 길몽이나 꾼 것처럼 로또를 구입하려고 했다. 다섯 개까지는 막힘이 없었으나 마지막 사거리 진입 직전에 황색으로 바뀌었다. 가속 페달에 발을 깊게 넣었다. 폐차 직전인 승용차는 엔진 소리만 요란을 떨 뿐 속도는 올라가지 않았다. 그때 좌측 도로에 있던 택시가 자기 신호를 받고 임 팀장의 차 앞으로 빠르게 다가왔다. 순간 위험을 느껴 급제동한 임 팀장은 손으로 핸들을 가볍게 치고는, 낮게 중얼댔다.

"그러면 그렇지."

마지막 신호에 걸린 임 팀장은 전면의 적색 신호등을 보면서 마치 이런 게 자신의 운명인 것처럼, 언제부터인가 인생을 체념하는 듯한 말을 습관적으로 내뱉었다. 그럴 때마다 치열하게 산 지난날이 억울해 의식적으로 반대쪽으로 뛰어가려 했지만, 생각일 뿐 그 자리에 주저앉곤 했다.

팀원들이 승차를 마치자, 임 팀장은 수갑, 권총, 가스총, 자해 방지용 재갈 등의 장구를 챙겼는지 확인하고 차를 출발케 했다. 차는 빠르게 달렸다. 열린 차창 사이로 이른 가을볕이 비집고 들어와 눈을 부시게 했다. 눈을 감았다. 대낮 호텔 방에서의 살인이라, 그 까닭이 쉽사리 그려지지 않았다. 다만 피해자와 인과 관계가 있는 자의 살인이기를 바라면서 현장에서 처리해야 할 일련의 과정을 머릿속에서 순서대로 나열했다.

호텔 객실은 방과 거실로 나뉘었고, 거실 출입구 왼쪽으로 은은한 톤으로 보이는 은색 천연가죽 소파와 그 앞쪽에 탁자가 있었다. 탁자 위에는 반쯤 남은 와인병과 잔 두 개가 놓여 있었다. 소파 반대편 구석진 곳에 있는 옷장에는 흰색 원피스가 옷걸이에 단정하게 걸려 있었다. 그 아래에는 구찌 핸드백이 흐트러짐 없이 놓여 있어 살인 사건의 현장이라고 볼 수 없었다.

방으로 들어가자, 천장에 설치된 거울에는 일정한 간격으로 다이아몬드 모양의 조명등이 박혀 있었다. 그 등에서 비추는 발그스름한 빛이 방 안의 공기를 물들여 야릇한 분위기를 자아냈다. 침대 옆에 놓인 탁자에는 여자의 속옷이 건조된 세탁물을 정리해놓은 것처럼 예쁘게 개켜 있었다. 단정하게 있는 속옷과는 다르게 바닥에는 물 먹은 수건과 깨진 도자기 조각들이 어지럽게 널려 있었다.

구릿빛 속살을 전부 드러낸 채 침대 위에 엎어져 있는 여자, 그의 등까지 내려간 긴 머리칼과 침대의 흰색 시트는 물에 흠뻑 젖어 있었다. 얼굴은 왼쪽으로 돌려 가느다랗게 뜬 눈으로 벽면이 유리로 된 욕실 내부를 바라보고 있었다.

그녀는 사십 대 초반으로 추정됐다. 늘씬하게 큰 신장과 달리 작고 동그란 얼굴에 약간 튀어나온 광대뼈, 조화가 잘 이뤄진 코의 높이와 두툼한 주홍빛 아랫입술에서 도색적인 분위기를 풍겼다. 가느다란 긴 목에서부터 볼록하게 솟아오른 둔부와 미끈한 종아리까지 조금의 군살도 끼어 있지 않았다.

죽은 지 얼마 지나지 않아 시반이 형성되지 않았고, 신체에 어떤 손상이 없어 마치 수면제라도 먹고 깊은 잠에 든 것처럼 보였다. 그녀는 양미간을 찌푸리면서 생긴 얇은 주름과 혀를 입술 밖으로 약간 내밀어 깨물고 있었다. 죽음으로 들어가기 전에 약간의 고통이 있었음을 짐작게 했다.

바깨인 양 형사는 어둠침침한 방이 마음에 안 들었는지 투덜댔다.

"밝게 있다가 그 짓 할 때 불 끄고 하면 위치를 못 찾나."

그러고는 사체에 다가가 천천히 살펴보더니 아쉬운 표정까지 지으며 말했다.

"아이고, 언니! 이리 허망하게 갈람사 보시 좀 하고 가시지."

선배인 심 형사가 바깨의 뒤통수를 가볍게 툭 쳤다. 바깨 또한 얼떨결에 한 말에 자신도 민망했는지 농담 좀 한 거라며 뒷머리를 쓰다듬고는 사체에서 물러났다.

임 팀장은 다시 한번 현장을 천천히 둘러봤다. 불그스레한 빛으로 야릇한 분위기를 자아내는 방을 보면서 깊은숨을 내뱉었다. 많은 시간이 지났지만, 아내에 대한 뾰족한 기억은 무뎌지거나 증발하지 않았다. 일정한 자극에 자동으로 불이 켜진 전등처럼 기억의 불이 수시로 켜졌다. 그럴 때마다 몸속 깊은 곳에서 회오리가 일어난 것처럼 중심을 잃고 흔들렸다. 맥박은 불규칙하게 요동치고 호흡은 가파르게 치솟았다.

임 팀장은 격자형으로 된 창문을 열었다. 서쪽 하늘에 검붉게 채색된 구름이 건물 사이의 공간을 가득 채웠다. 초가을이었지만 여름의 습기를 품고 있는 눅진한 바람이 방으로 밀려 들어와 그의 얼굴을 끈적대며 스쳤다. 그는 눈을 감고는 숨을 여러 번 들이켰다. 들이켠 공기의 양만큼 마음이 가라앉는 것 같았다.

호텔 직원은 오후 두 시경, 여자는 남자와 함께 들어와서는 약 두 시간 후 남자만 허겁지겁 뛰어나갔다고 했다. 그의 행동이 의심스러워 객실로 인터폰을 했으나 받지 않아 가보았더니 여자가 죽어 있었다는 거였다.

"김 형사와 박 형사는 과학수사 요원이 올 때까지 현장 보존하고, 심 형사는 막내 데리고 가서 건물 CCTV 확인해라. 남자의 얼굴과 차 번호 확인하면 소유자까지 파악해서 보고하고. 보안 유지해라."

팀원들에게 신속히 지시한 임 팀장은 현장만 보면 범인 검거에 필요한 최소 시간을 예측했다. 이런 사건은 검거가 늦어져 범인이 아는 형사에게 자수라도 해버린다면 닭 쫓던 개 울타리만 쳐다보는 꼴 되기 십상이었다. 최대한 빠르게 서둘러야 했다. 그런 와중에도 머릿속에 신속한 조치로 도주 중인 살인범을 검거한 뉴스가 떠오르면서, 조금 전 거친 호흡이 다소 누그러지는 듯했다.

태권도 국가대표 출신인 임 팀장은 아시안게임 금메달을 땄다. 그런 능력을 인정받아 이십 년 전에 무도 특채 순경으로 임용되어 줄곧 강력계에서만 근무했다. 경사까지는 빠른 승진으로 주변 사람들로부터 시샘을 받기도 했다. 서장 계급인 총경을 꿈꿀 때도 있었다. 지금은 만년 경위에 강력팀장이라는 직책도 입바람에 솜털처럼 훅 날아가 버릴 정도로 가벼웠다.

인사철만 되면 불안했다. 승진한 후배들은 거센 기세로 밀고 들어왔다. 밀려드는 물결을 어떻게 막을 수 있겠는가, 막을 수 없었다. 그 정도쯤은 그도 충분히 알고 있었다. 그러더라도 밀려나지 않기 위해 최대한 버텼고, 시한부 시점 같은 그 기간에 더 많은 무언가를 이루려고 안간힘을 썼다. 시간은 촉박했고, 더 많은 실적을 올려야 했다.

그래서였다. 주취자들 뒤통수를 몽둥이로 내려친 퍽치기 일당을 잡기 위해, 그는 새벽녘 음산한 도로를 혼자 흔들거리면서 수없이 배회했다. 상가 입구나 골목에 고양이처럼 몸을 바짝 낮춘 채 숨어 있는 그들에게 난타당하지 않으려면 도로 중앙을 비틀비틀 걸으면서도 긴장도를 최대치로 끌어올려 주변을 샅샅이 살펴야 했다.

여성들을 뒤따라가 목걸이 등을 채가는 범죄가 유행할 때는 그들을 잡기 위해 겨울밤 으슥한 골목길에 차를 주차하고 시동을 켜지 못한 상태로 담요로 몸을 말아 체온을 유지하면서 수없이 잠복했었다.

매년 말, 경찰청에서는 정기 특진 심사를 개최했다. 일종의 예심처럼 경찰서와 지방청에서 1등으로 뽑혀야만 경찰청의 본선에 올라갈 수 있었다. 수년 동안 임 팀장이 1등으로 선택받는 것에 대하여 동료들로부터 따가운 눈총을 받았다. 그러더라도 그는 심사가 있을 때마다 공적을 내밀었다.

경찰서와 지방청까지는 잘 통과되었다. 본선에 올라갈 때는 직원들로부터 미리 축하받기도 했다. 그도 이번만큼은 하는 기대감에 마음이 부풀어지기도 했지만, 몇 년째 마지막 깔딱 고개를 넘지 못하고 차순위로 떨어졌다. 후배들로부터 일 잘한 것은 기본이에요. 이빨 없는 영감, 갈비 뜯으려 하지 말고 비켜주세요, 라는 말을 들을 때는 자신이 후배들을 갉아먹는 송충이가 된 것 같아 뼈가 저리는 듯했다.

어느 날 아내가 아이들에게 누구에게도 아빠 직업을 말하지 말고, 아빠 직업을 알고 있는 사람들이 아빠 계급을 물으면 강력팀장이라고만 대답하라고 시키는 것을 잠결에 들었다. 당장 일어나 아내를 호되게 꾸짖고 싶었지만, 타인에게 그럴싸하게 보이는 거에 집착하는 그녀의 성향을 알고 있는지라 이해하려고 했다. 그러면서도 가슴에 차오르는 시큰함은 어쩌지 못했고, 더 이상 잠에 들지 못해 몸만 뒤척거렸다.

같은 계급이면서 퇴직이 임박한 선배들의 모습이 떠오르기도 했다. 그들도 자신처럼 계급의 한을 품고 살았을 것이고, 이를 풀지 못한 채로 퇴직할 것이다. 퇴직한다고 해서 그 한이 사라지겠는가? 죽는 날까지 그 한에서 벗어나지 못할 것이다. 그러지 않으려면 무슨 수를 쓰든 진급해야 했다. 직원들이 맵고 찬 눈초리로 그를 쏘아보며 피할 때는 움츠러들기도 했지만, 어떻게든 승진하기 위해 몇 년 동안 안간힘을 쓰면서 얻은 것이라곤 망가진 영혼과 몸뿐이었다. 거기에 아내와 이혼까지 했다.

아내를 생각하면 지금도 가슴께에 통증이 왔다. 언제부터인가 그녀는 거울을 자주 들여다봤다. 마사지 받는 횟수가 부쩍 늘었고, 백화점을 들락거리면서 옷가지를 사들였다. 새로 산 옷을 입고 외출이 잦은 아내의 행동이 의심스러웠다. 예감이 현실처럼 받아들여질 때는 두렵고 무서웠다. '집 나가면 남의 것, 들어오면 내 것.' 동료들과 술자리에서 농담으로 했던 말들이 떠올랐다. 썩은 부위는 찾아서 도려내야 하는지, 바람이 잦을 때까지 모른 척하고 있는 것이 지혜로운 것인지 갈피를 잡지 못했다.

"팀장님, 남자의 얼굴과 타고 왔던 차 번호를 파악했습니다. 차는 벤츠, 소유자는 선수빈, 나이는 사십삼 세, 주소는 기선동입니다."

CCTV를 검색하던 심 형사의 보고였다. 오케이! 라고 외친 임 팀장은 눈을 감은 채 잠시 생각하더니 얼굴에 엷은 미소를 지으며 말했다.

"심 형사 조는 즉시 남자 집으로 가고, 김 형사 조는 현장을 지키고, 나는 바깨와 호텔 주변에서 잠복하겠다. 무전 사용은 절대 금지, 연락은 반드시 핸드폰으로 해라."

임 팀장은 재차 강조했다. 하루 일을 마무리하고 있는 해에 연붉게 물든 구름이 꼬물거렸다. 호텔을 나온 임 팀장과 바깨는 정문 앞 편도 이차선 도로를 가로질러 건너편 인도로 갔다. 진행하는 차 바람으로 가로수 잎이 여리게 흔들거렸다. 초저녁의 시원한 공기가 찌뿌둥한 머리를 맑게 해주었다.

바깨는 인도에 설치된 게임기에 바짝 붙어 사각형으로 된 유리에 얼굴을 들이밀고는 물건 뽑기 게임을 했다. 그는 뽑기 게임을 즐겨하면서도 자기만의 원칙이 있었다. 통 안에 들어올리기 쉬운 물건이 있어도 겨냥한 물건이 없거나 뽑기가 어려울 것 같으면 게임을 하지 않았다. 세 가지 물건만 뽑았다. 뽑으려는 물건에도 순서가 있었다. 행운을 가져다준다는 토끼 인형, 지포 라이터, 양말 순이었다. 인형이 없으면 라이터를, 라이터가 없으면 양말을 뽑으려고 했다. 그렇게 뽑은 걸 책상 서랍에 보관했다가 멀리 출장 간 동료들에게 선물로 주기도 했다.

어둠이 내리기 시작했다. 건물들의 간판 불이 켜지면서 점포들은 자기들만의 네온사인으로 개성을 드러내며 호객 행위를 했다. 임 팀장은 화려한 조명으로 선명하게 드러난 상호들을 읊조렸다. 그는 상호를 보면 주인의 처한 환경과 성품을 알 수 있다고 믿었고, 그 맛을 느끼기 위해 상호를 읊조리곤 했다. 상호에서 주인의 절박함을 느낄 때면 그가 번창하기를 진심으로 바랐고, 투박하면서 정감 있는 상호를 볼 때면 가을 들녘에 노랗게 여문 벼를 보는 것처럼 괜스레 흐뭇해하곤 했다.

오래전 3개월 동안 모든 걸 쏟아 강도범을 잡아 수갑을 채웠던 날, 그날 팀원들과 승리의 회식을 했다. 그때가 떠오르자, 임 팀장은 씨익 웃었다. 팀원들 서로 팔짱을 낀 채 걸으면서 이차 술집을 찾았었다. 좁은 골목길에 '통술'이라는 간판 등을 켠 허름한 호프집을 발견했다. 그는 평소 습관대로 '통술'을 읊조리며 주인의 이미지를 연상했다. 두툼한 손으로 정갈하게 만든 음식을 후하게 줄 것 같은, 아니 통째로 줄 것 같은 느낌이었다. 그는 떠오른 느낌 그대로 팀원들에게 자신 있게 설명했다. 투박하면서도 정겹고, 왠지 포근할 것 같다고, 이왕이면 술은 정겨운 곳에서 마시자며 그 술집을 선택했다.

주인아주머니는 조금 뚱뚱해서인지 느낌대로 넉넉하게 보였다. 거기까지로 만족하고 다음은 묻지 말았어야 했다. 그가 주인에게 상호의 의미를 물었다. '통닭과 술을 팝니다'의 줄임말이라는 답변에 모두 넘치도록 웃었다. 바깨가 제일 크게 웃으며 주인에게 말했다.

"사장님! 통술 상호 너무 정겨워요."

임 팀장은 그때가 떠오르자, 멋쩍은 웃음이 나온 것이다.

퇴근 시간이 되자, 도로에 차량이 늘어나면서 차들이 느릿느릿하게 진행했다. 인도에는 많은 사람이 빠르게 걸어다녔다. 바깨를 봤다. 그는 돈만 날렸는지 편의점 의자에 앉아 벽에 머리를 기댄 채 졸고 있었다.

잠복근무란 지루함이다. 지루함과 치열하게 싸워야 한다. 그걸 이겨내지 못하고 철수했을 때 만약 범인이 나타난다면? 그런 불안감이 지루함을 견뎌내게 한 것이다. 그냥 시간에 몸을 맡긴 채 묵묵하게 버티다 보면 운발이 닿아 잡을 수 있는 게 잠복근무였다.

화재 현장에 출동했었다. 집은 세찬 기세로 타고 있었다. 주변에는 불구경하는 사람들이 가득했다. 하늘로 치솟는 불꽃으로 보아서는 화재의 원인을 알 수 없었다. 문득 방화라면 범인이 구경하고 있지 않을까? 그런 느낌이 번쩍 들었다. 바깨에게 구경꾼들을 촬영하게 했다. 바깨가 휴대전화 카메라를 들이대자, 임 팀장은 곧바로 얼굴을 돌리는 남자를 발견했다. 그는 후드티를 입고 그에 달린 모자를 쓰고 있었다. 임 팀장은 다가가서 그의 손을 잡았다. 그의 손목에서 할리 데이비슨의 오토바이 소리 같은 진동이 느껴졌다. 말을 더듬거렸고, 손에서는 기름 냄새가 났다. 그렇게 변심한 여자 집에 불을 지른 범인을 쉽게 검거한 적이 있던 임 팀장은 그때부터 범인은 현장에 나타날 가능성이 많다는 걸, 굳게 믿었다.

따분함을 이겨내기 위해 이런저런 생각을 하고 있을 때 며칠 전 고등학생인 딸에게서 받은 편지 내용이 떠올랐다. 아내가 혈액암에 걸려 병원에 입원했다는 거였다. 치료받아야 하는데 병원비가 없다면서 자기 대학교 학자금으로 저축해놓은 돈을 아내에게 주면 학교는 알바해서 다니겠다는 내용이었다.

편지를 읽고, 가슴에 뭉쳐 있던 뭔가가 녹아내린 듯하면서 알 수 없는 감정이 몸을 휘감아 돌았다. 그녀는 반드시 벌을 받을 거라고 믿었고, 지금 그 벌을 받는 거라는 생각이 들었다.

법원에서 이혼 판결을 받고 건물을 나왔을 때, 그녀는 흰 낮달 같은 표정으로 임 팀장을 잠시 바라보더니 허리를 곧추한 채 정문 쪽으로 빠르게 걸어갔다. 건물 사이로 더운 바람이 불었고, 빠르게 걷는 몸의 흔들림에 더해져 그녀의 어깨까지 내려온 머리카락은 심하게 찰랑댔다. 그냥 그대로 서서 뜨거운 여름 볕으로 사라지는 그녀의 뒷모습을, 그는 망연히 지켜보면서 미지근하게 남아 있던 온기마저 식어버려 싸늘해진 가슴을 쓰다듬어야 했다.

그때 그녀의 표정은 무엇이었을까? 이젠 난 자유다. 우리의 고단

했던 인연은 끝나고 희망찬 내일만 남았다는 뜻이었을까? 많은 것을 유추하게 하는 그때 그녀의 표정이 머릿속에 밝게 밝힌 채 꺼지지 않았었다.

그렇게 영원할 것 같은 기억의 등도 시간의 흐름에 하나둘씩 빛을 잃고 어둠 저편으로 물러났다. 다만 넘칠 만큼 행복했거나, 그 반대쪽의 불행은 삶의 길잡이처럼 지워지지 않는 채 등대처럼 때때로 깜빡거렸다.

딸이 아내를 만나고 있다는 걸 알았다. 이를 묵인한 게 잘못이었을까? 편지를 읽고 마음이 무거웠다. 어떻게 하는 게 딸의 상처를 보듬고, 미래를 위한 지혜로운 결정인지를 고민하고 있을 때 호텔 입구를 두리번거리면서 왔다 갔다 하는 남자를 발견했다. 어스레함으로 얼굴 윤곽은 흐릿했으나, 그는 영상물 속의 남자와 비슷한 옷차림인 하늘색 콤비에 검정 바지를 입고 있었다.

바께에게 다가가서 슬며시 발등을 밟았다. 바께는 눈꺼풀을 올리더니 흐린 눈동자를 느리게 굴리면서 쑥스러워했다. 임 팀장은 서성거리고 있는 남자를 눈짓으로 가리켰다.

"내가 앞에서 칠 테니까, 넌 뒤를 맡아."

바께는 눈대답을 했다. 숨이 가빠왔다. 셀 수 없을 만큼 범죄자를 잡았지만, 그때마다 심장 박동이 빨라지면서 호흡이 가파른 건 다르지 않았다. 남자는 호텔 왼쪽으로 천천히 걸어가고 있었다. 임 팀장은 남자가 걷는 방향으로 빠르게 걸었다. 남자보다 오십 미터가량 앞선 지점에서 그가 걷고 있는 인도 쪽으로 가기 위해 도로를 건넜다. 거친 호흡을 가다듬었다. 걸어오고 있는 남자는 평균 키에 약간 통통한 몸매였다. 정면으로 바라봤다. 거리가 좁혀질수록 그자가 확실했다.

약간이라도 틈을 주면 남자가 주머니에서 흉기를 빼낼 수 있다는 것까지 헤아려야 했다. 절대 조금의 실수가 있어서는 안 되었다. 가까이 다가오는 그의 얼굴을 쳐다보던 임 팀장은 입꼬리를 올리며 얼굴에 희미한 미소를 지었다.

"수빈아, 너 수빈이 맞지?"

그는 잠깐 어리둥절하더니 눈을 깜박이며 임 팀장을 쳐다봤다. 기억 속에서 뭔가를 찾아 임 팀장의 인사에 마땅한 대응을 하고 싶은데, 이를 하지 못한 난감함에 어설픈 미소를 지었다. 임 팀장은 치타가 사냥할 때처럼 그에게 번개같이 달려들었다. 왼손으로는 오른손을, 오른손으로는 왼손을 뒤로 밀어 그의 양손을 제압했다. 허리 쪽 혁대를 틀어잡고 임 팀장의 몸쪽으로 끌어당겼다. 그의 아랫도리에, 임 팀장의 아랫배를 밀착시켰다. 힘껏 뽑았다. 가볍디가벼웠다. 뿌리 없는 무처럼 쉽게 뽑혔다. 허공에 떠서 버둥거리는 그의 얼굴에서 아내와 함께 있던 사내의 얼굴이 덧그려졌다. 그의 몸을 열 시 방향으로 튼 후 머리부터 바닥에 꽂으려 할 때였다. 잽싸게 다가온 바깨가 그의 양손을 잡아 뒷수갑을 채웠다. 그러고는 임 팀장에게 윙크했다.

"선수빈 씨를 살인 혐의로 긴급체포합니다. 변호사를 선임할 수 있고……."

임 팀장은 천천히, 또렷또렷하게 미란다 원칙을 고지했다. 임 팀장은 반항 없이 체포에 순순히 응한 남자로 인해 약간 맥이 풀렸다. 허리춤을 세게 쥐었다. 남자는 으으윽, 신음을 토해냈다. 짜릿짜릿했다. 샅바를 조이듯 허리춤을 더 세게 비틀어 조였다. 조이는 힘이 강해질수록 그의 신음은 올라갔고, 올라가는 음량만큼의 전율이 혈관을 타고 전신으로 퍼져나간 듯했다.

호텔 주차장에 있는 봉고차에 남자를 태운 바깨에게 임 팀장은 지시했다.

"예수로."

고개를 저으며 눈빛을 보내는 바깨에게 그는 더 강한 눈빛을 보냈다. 차 맨 뒷좌석에 남자를 앉힌 바깨는 수갑을 풀어 남자의 한쪽 손을 차 천장 쪽에 있는 손잡이에 채웠다. 상체를 굽힌 채 엉거주춤하게 서 있는 남자의 나머지 한쪽 손을 반대쪽 손잡이에 연결하려던 바깨는 임 팀장을 다시 쳐다보며 고개를 느리게 저었다. 임 팀장은 바깨의 눈을 피해 주차장 입구 쪽으로 고개를 돌렸다. 소리가 들릴 정도로 숨을 길게 뱉은 바깨는 잠시 망설이더니 손을 앞으로 모아 수갑을 채웠다.

임 팀장은 담배에 불을 붙였다. 범인의 취조에도 타이밍이 필요했다. 범인들은 검거되면 막 잡힌 생선처럼 심하게 파닥거렸다. 거칠게 날뛰는 생선에 굵은소금을 뿌려 절이듯이 남자를 향해 담배 연기를 내뿜었다. 공포감과 자기반성, 자포자기 심정이 되어 습기 머금은 종이처럼 누그러진 낯빛을 읽게 되면 심문을 시작하는 것이 조금이라도 에너지 소비를 줄였다.

담배 세 개비를 연달아 피우던 임 팀장은 남자의 얼굴을 응시했다.

강하고 무식하게 치고 들어가 기선을 제압할 것인가? 처지를 동정하는 척, 이해하는 척, 접근할 것인가? 잠시 갈등하던 그는 담배를 밖으로 던지고는 남자에게 다가갔다. 고개를 숙이고 있는 남자의 턱을 손바닥으로 받쳐 들었다. 눈에 힘을 주어 한참 동안 남자의 눈을 주시했다.

"왜 죽였어?"

초점 없는 눈을 내리깐 남자는 입술만 달싹댈 뿐 대답하지 않았다. 임 팀장은 그의 턱을 세게 쥐면서 더욱더 치켜들었다. 힘없이 꺾인 그의 얼굴은 차 천장을 향했다.

"편하게 가자."

엄지와 중지로 남자의 볼을 세게 누르면서 죽인 이유를 말하라고 압박하고 있을 때 볼을 타고 내려온 그의 눈물이 임 팀장의 손바닥으로 떨어졌다.

"그냥 죽었어요."

"이런 씨팔……, 그냥 뒈져?"

"죽이지 않았어요."

"근데 뒈져?"

"진짭니다. 정말 죽이지 않았어요."

남자는 울음 섞인 목소리로 대답했다. 임 팀장은 그의 턱에서 손을 떼었다. 그는 여전히 눈길을 아래로 향했다. 그러고는 흐느끼듯 울면서 고개를 가로젓다가 앞 의자에 머리를 몇 번 찧었다.

"하던 중에 갑자기 죽었습니다."

"이런 개······."

임 팀장이 그의 **뺨**을 후려치기 위해 손을 들자, 바깨가 팀장의 손을 잡으며 일단 이야기부터 들어보자며 끼어들었다. 다시 그의 턱을 잡은 임 팀장이 이빨을 꽉 깨물자 볼의 근육이 실룩댔다.

"이 새끼가, 그거 하다가 뒈졌다고?"

"정말입니다. 저도 왜 죽었는지 모르겠어요."

"와인에 약 넣었지?"

"아니요, 그런 적 없습니다."

"약 처먹었지?"

"아니요."

"이런 씨팔 새끼······."

임 팀장은 다시 손바닥으로 남자의 **뺨**을 후려칠 것 같은 자세를 취하고는 그를 쏘아보며 껌을 씹듯 이빨을 질근거렸다.

"진짜 안 죽였습니다. 한창 하고 있는데 갑자기 죽었어요. 정말입니다. 어찌 보면 제가······."

울음을 멈추지 않아서인지 그의 목소리는 계속 떨었고, 말을 하는 중에도 계속 머리를 흔들었다.

"뭐, 뭐라고, 여자가 복상사······."

차창으로 눈을 돌린 채 무언가를 잠시 생각하던 임 팀장의 말투가 한풀 꺾였다. 복하사? 라고 중얼거리면서도 날 선 눈빛만은 여전했다.

"앞으로 하고 있는데 여자가 뒤로 해달라고 했어요. 그래서 뒤로 약 이 분가량 하고 있을 때 얕은 신음을 내고는 침대로 머리를 떨어뜨렸습니다. 저는 흥분해서 그런 줄 알았습니다. 그런데 내뱉던 신음이 끊겼고, 몸에서 싸늘한 기운이 느껴졌습니다."

"그래서?"

"여자의 뺨을 때렸는데도 기척이 없어 잠시 기절한 줄 알았어요. 수건에 물을 적셔 얼굴과 몸을 닦고 수건을 짜서 물을 떨어뜨렸는데도 움직이지 않았습니다. 물병을 들어 얼굴에 뿌렸는데도 아무런 반응이 없어 손목에 손을 대보았습니다. 그런데 맥박이 뛰지 않았습니다."

"근데 왜 도망가?"

"죽었다는 생각이 들자 겁이 났습니다."

성교 중에 죽은 남자가 있다는 건 들었지만 여자가? 임 팀장은 고개를 갸웃거렸다.

"119로 전화했어?"

"아니요, 창피하고 이미 죽어버린 것 같아서 하지 않았습니다."

"근데 왜 호텔 주변을 서성거렸어?"

"차를 타고 도망가다가 죽었다는 것이 실감 나지 않았어요. 형사님도 낚시할 때 손바닥에 지렁이를 놓고 한 손을 꼬막 모양으로 해서 부딪쳐보신 적이 있을 겁니다. 소리와 압력에 기절했던 지렁이가 날카로운 바늘에 찔리게 되면 파르르하게 살아난 것처럼 여자도 심장에 충격을 받으면 살아날 수 있겠다는 생각이 들었어요. 구급차가 와서 살릴 수 있겠다 싶어 이를 확인하려 한 겁니다."

"119로 연락하지 않았잖아, 그런데 구급차가 구할 거라고 생각했다고?"

"호텔 프런트 직원과 눈이 마주쳤고, 그 직원이 불렀을 것으로 생각했습니다."

"그래서?"

"호텔로 돌아오니 119와 과학 수사차가 호텔에 있는 걸 봤습니다. 주변을 서성이며 많은 생각을 했습니다. 여자가 살아날 수만 있다면 하느님께서 제 성기를 으깨어버려도 달게 받겠으니 살려달라고 기도했습니다. 아내와 딸이 떠오르기도 하고, 교도소에 있는 모습을 상상하기도 하면서 초조하게 호텔 주변을 돌았습니다. 그러다 119가 여자를 후송하지 않고 그냥 가는 걸 봤습니다. 기적을 바랐던 간절함은 서서히 절망감으로 바뀌어갔습니다. 자살해야겠다는 생각만 들었어요. 그러나 죽을 때 죽더라도 죽음을 확인한 후에 죽어야겠다는 생각으로 서성거렸던 것입니다."

임 팀장은 남자의 얼굴을 자세히 살펴보았다. 살집이 있는 계란형 얼굴에 양쪽 눈에는 엷은 쌍꺼풀이 있었다. 눈물을 머금어서인지 촉촉한 눈이 선하게 보였고, 적당하게 솟은 코와 두툼한 아랫입술이 얍삽하게는 보이지 않았다.

모텔에 아내와 함께 있던 사내도 비슷한 인상이었다. 현장을 목격할 때는 실핏줄이 터져 온몸이 붉은 피로 물들어가는 듯했다. 사내와 아내를 묶어 면도칼로 살 껍데기를 서서히 벗겨 처절한 고통을 맛보게 한 후 죽이고 싶다는 생각이 들었다. 사내는 지역 유지로 이름깨나 날린 사람이어서 문제를 부각해 매장하려고 했다. 자식들이 떠올랐다. 그리고 가족 모임, 학교 친구들과의 부부 모임, 직장 동료들, 옆집 사람들, 승진 등이 떠올랐다. 경쟁자 문 팀장의 가슴속 웃음소리가 들리는 듯도 했다.

눈길을 피한 채 머리를 숙이는 주변 사람들의 인사를 감내할 수 있을까? 어떻게 해야 할지 머리가 어지러웠다. 현장을 잡는 것에만 골몰했지, 다음 처리 과정을 생각하지 않고 아내의 뒤를 밟은 미련함에 화가 치밀었다. 아내 명의로 되어 있는 집과 예금은 어떻게 되나? 귀찮아서 아내 명의로 한 것을 후회했다. 아무도 모르게 처리해야 하는데, 왜 이리 되었을까? 무엇을 잘못했을까? 어찌 내게 이런 일이 있을 수 있다는 말인가? 처지가 서러워 눈물이 났다.

현장 상황에 남자의 진술을 연결해볼 때 거짓말하고 있는 것 같지는 않았다. 임 팀장은 잠복 중인 심 형사에게 여자의 유족을 찾아 현장을 확인시킨 후, 사체는 영안실로 후송하고 경찰서로 돌아오라는 무전을 보냈다. 바께에게는 경찰서로 가자고 했다.

차 라디오에서 〈세상은 요지경〉 노래가 나왔다. 바께는 노래 박자에 맞춰 요리조리 차선을 바꾸면서 콧노래를 했다. 그도 여자가 성행위 중에 죽을 수 있다는 것이 믿기지 않는지 흥미로운 표정으로 나직하게 말했다.

"인간이 개새끼들처럼 하다가 개처럼 갔구만. 팀장님, 저 자식 조사할 때 물건에 인테리어 했는지 물어보세요."

동쪽 하늘에 떠 있는 보름달은 구름에 가려 있었다. 달은 구름을 헤치고 나오기 위해 안간힘을 쓰고 있는 듯했다. 물에 빠진 사람이 수면 위로 오르고 잠기는 걸 반복하듯 달도 두터운 구름을 헤가르고 나왔다가 잠기곤 했다.

임 팀장은 출근길의 신호등이 상기되었다. 달은 이렇게 될 거라는 걸 이미 알고 있었고, 마치 놀리기라도 하려는 듯 구름을 헤집고 나왔다가 임 팀장을 향해 환하게 웃고는 다시 숨는 듯했다.

열린 창문으로 세차게 들어오는 바람이 임 팀장의 얼굴을 때렸다. 그는 입고 있던 패딩의 지퍼 고리를 위로 올렸다. 고리만 목 부위까지 올라갈 뿐 이는 맞물리지 않고 갈라졌다. 십 년 넘게 입은 점퍼의 최후를 알려주는 것 같았다.

도롯가에 일렬로 줄지어 서 있는 가로등 불빛은 달리는 차창 안에 차례대로 스며들었다. 불빛은 맨 뒷좌석에 머리를 떨군 채 앉아 있는 남자를 스치듯 비추었다. 백미러로 그를 쳐다보던 임 팀장은 성행위 중에 과도하게 흥분시켜 상대가 죽으면 과실치사죄가 성립할 수 있는지를 생각했다.

사무실에 있던 직원들은 안도와 위로의 두 가지 감정이 실린 얼굴로 임 팀장과 남자를 맞이했다. 어떤 형사는 곁눈질로 남자의 얼굴과 아래 부위를 힐끔거렸다. 임 팀장은 책상 앞 접이의자에 남자를 앉혔다. 그는 목을 잔뜩 움츠린 채 고개를 숙이고 있었다. 그렇게 바닥만 보다가 가끔 어깨를 크게 들썩거리면서 긴 한숨을 연거푸 내쉬었다. 그러다 눈물이 나오면 소매 깃으로 닦기도 했다. 부인과 딸의 전화를 받을 때는 평소처럼 자연스럽게 대화하려는 자신의 연기가 어색한지 임 팀장을 쳐다보며 곤혹스러운 표정을 짓기도 했다.

남자를 한참 응시하던 임 팀장은 몸에 기운이 빠졌다. 그가 반항하기를 바랐다. 그걸 핑계 삼아 자근자근 아작 내려고 했다. 그런데 그는 체포에 얌전히 응했고, 진술에도 거짓이 없는 것 같아 맥이 풀린 것이다. 맥박이 처지고, 주저앉으려는 몸에 활력을 불어넣으려는 듯 의자에 몸을 깊숙하게 파묻고 눈을 감았다.

"선수빈 씨 억울한 입장은 백번 이해가 됩니다. 그러나 사람이 죽었어요. 고의성은 없다고 하더라도 죽었다는 결과는 같아요. 당신이 죽은 여자의 가족이라고 생각해보세요. 하늘이 무너질 일입니다. 유족의 처지를 헤아려 사실대로 진술하세요. 그러면 저도 최대한 선처하겠습니다."

조사에 들어가기 전, 임 팀장은 차에서 그에게 과격했던 것을 무마하기 위해 밑자락을 깔았다. 선처라는 단어에, 남자는 해쓱한 얼굴에 핏기가 돌면서 잠깐 눈빛이 반짝였다. 그는 화장품회사 이사이고, 부인과 유치원에 다니고 있는 딸이 서울에 살고 있고, 주말부부로 지내고 있다면서 가족에게 알리지 않기를 간곡하게 부탁했다.

"여자는 어떻게 만났나요?"

임 팀장은 맹수가 사냥할 때의 사나운 눈빛은 사라지고 잡은 먹잇감을 요리라도 하듯이 느긋한 표정으로 컴퓨터 자판을 톡톡 치면서 물었다.

"일 년 전 회사 대리점 사장과 저녁 식사를 했습니다. 그날 사장이 직원인 여자와 함께 나왔습니다. 그래서 만났습니다."

"그런데 어떻게 또 만나게 되었나요?"

"약 이 개월 후 여자는 회사에 일 보러 온 김에 인사차 들렀다면서 제 사무실에 왔습니다. 그 후부터 회사에 올 때마다 사무실에 들렀습니다. 그러다가 몇 개월 동안 나타나지 않았어요. 그런데 사 개월 전에 전화해서는 대리점을 그만두었고, 화장품 가게를 오픈하려는데 도와달라고 했습니다. 그때부터 그녀를 만나 임차하려는 점포에 가보았고, 영업 관련하여 대화를 나누기도 했습니다. 그러고는 다시 연락이 없었어요."

"그런데요?"

"한동안 연락이 없더니 오늘 전화가 왔습니다. 그녀는 심장이 안 좋아 서울에서 치료받느라고 연락을 못 했다고 했습니다."

"심장……."

순간 임 팀장의 목소리가 올라갔고, 스스로 깜짝 놀라 뒤를 얼버무렸다.

"네, 희귀한 심장병으로 치료받았는데 많이 좋아졌다고 했습니다."

자기도 모르게 미소 짓던 임 팀장은 아랫입술을 깨물어 인상을 구겼다. 멍청한 것인지, 여자가 병이 있어 죽었다는 것을 증명이라도 하려는 것인지, 올가미에 목을 집어넣고 있는 남자의 얼굴을, 임 팀장은 빛나는 눈초리로 다시 살펴봤다.

"서울에 있는 병원까지 갈 정도로 심각했나요?"

"상세한 것은 알지 못합니다. 희귀성 심장병이라고 말을 해서 서울에 있는 병원에서 치료받는 것이 당연하다고 생각했습니다."

심장병 있는 사람과 섹스라, 심장마비로 죽을 수 있다는 것을 남자는 예상했을까? 한참을 골똘히 생각하던 임 팀장은 고개를 저었다. 죽을 걸 알면서도 어찌 할 수 있겠는가. 조금이라도 불안감은 없었을까? 불안했음에도 여자의 매력에 빠져 설마 하는 생각으로 했다면 어떻게 되는가? 미필적 고의로 살인죄가 성립될 수 있을까? 그러나 그의 진술로 보자면 여자는 많이 좋아진 것으로 알고 있었고, 죽음까지는 예견하지 못했을 것 같다. 그렇다면 과실치사죄 또는 인식 없는 과실로 무죄, 어디에 해당할까? 사람이 죽었는데 아무런 죄가 성립이 안 된다면 유족은 어떻게 되는 건가? 임 팀장은 멍하니 정면을 바라보며 손가락 끝으로 책상 위를 가볍게 두드렸다.

"오늘은 어떻게 만났어요?"

"저에게 전화해서 점심을 사달라고 했습니다. 오전 열한 시경에 약속 장소로 갔습니다. 여자는 약속 장소인 도롯가에 긴 머리카락을 늘어뜨리고 검정 속옷이 비치는 짧은 하얀 원피스를 입고 서 있었습니다. 그녀를 본 순간 비에 젖은 소복 차림으로 남자를 호리려고 했다는 황진이가 연상될 정도로 관능적이었습니다."

질문의 요지를 벗어나 자의적인 감정까지 진술하는 그에게 임 팀장이 눈꺼풀을 빠르게 깜빡이며 빤히 쳐다봤다. 그는 눈길을 피해 컴퓨터 모니터 뒷면에 시선을 집중했다.

"여자의 가족은 알고 있나요?"

"남편과 중학생인 딸 두 명이 있다는 정도만 알고 있지 세세한 것은 모릅니다.

"여자와 자주 만났는데도 가족을 모른다는 말인가요?"

"사생활을 알 만큼 가깝지 않기도 했지만, 그녀는 비밀이 많은 것 같았어요. 사적인 문제는 거의 말하지 않았고, 저와 있을 때 전화가 오면 대부분 밖으로 나가서 받았습니다. 어느 날은 여자에게 전화가 왔는데 남자의 목소리였습니다. 제가 인기가 좋네요, 라고 하자 얼굴이 붉어지기도 했습니다."

"왜 계속 사건과 관련 없는 진술을 하죠?"

임 팀장 또한 그랬다. 다리 인대가 끊어져 더 이상 선수 생활을 할 수 없어 밀려나듯 은퇴하고 태권도 체육관을 개관했다. 대학 경호학과에 재학 중인 아내는 경호원이 되는 걸 꿈꾸며 관원으로 등록했다. 그녀는 신장이 크고, 다리가 길어 태권도하기에 적합한 몸이었다. 그녀는 임 팀장보다 여섯 살 아래였다. 그녀는 저녁반에서 열심히 운동했고, 끝나면 청소를 도와주기까지 했다. 그녀는 어린 나이임에도 묘한 매력이 있었다. 초조하거나 다급하지 않았고 무슨 이유인지 알 수 없지만, 얼굴에는 항상 여유가 있었다. 시간이 지날수록 그녀가 자꾸 떠올랐다. 그때마다 임 팀장은 관장과 관원이라는 엄밀함을 지키기 위해 태권도 품새 하듯 그녀와 관계를 맺고 끊듯 하려고 애를 썼다.

사람이 마음먹은 대로 되는 게 얼마나 있던가? 되지 않았다. 임 팀장은 어려서부터 숙소 생활과 운동만 해서 사람과의 관계 기술이 빈약했다. 특히 여성과의 관계에서 더욱 젬병이었던 그는 시간이 지날수록 설렘이 더해갔고, 그 의지는 사라졌다.

아내의 주변에는 남자들이 꽤 많았다. 그녀는 대수롭지 않게 고등학교 또는 대학 친구들이라고 했지만, 어렸을 때부터 '남녀칠세부동석'이라고 교육받았고, 그 의식으로 살아온 임 팀장은 고개를 저을 수밖에 없었다.

그녀가 체육관에 오지 않은 날에는 어느 놈과 어울려 시시덕거리는 모습이 자꾸 아른거렸다. 그런 날은 누군가와 겨루기에서 패배한 것 같은 느낌이 들었다. 굴욕감을 없애기 위해 발등에 물집이 생기도록 샌드백을 세게 두들겼다. 몸에 힘이 빠지고 더 이상 발차기를 할 수 없을 때가 돼서야 바닥에 드러누웠다. 천장을 멍하니 바라본 채 생소하면서 혼란스럽게 얽힌 감정을 정리하려고 했다. 하지만 그럴수록 그 낯선 감정은 더욱 얽힐 뿐이었다.

임 팀장은 지금 뭔가 맞물려 있지 않다는 걸 알았고, 그걸 느끼면서도 그녀를 껴안고 있는 자기를 이해할 수 없었다. 선수 시절처럼 그녀의 주변 남자들과 경쟁 관계라고 생각한 것일까? 거기에서 오는 초조함과 긴장감을 사랑의 감정이라고 그릇되게 느끼고 있는 건 아닐까? 깊이 생각해보지만 모호함만 더할 뿐이었다. 그러면서 드는 생각은 한 오라기의 자존심 때문에 그녀의 바늘이 자기에게 향하기만을 기다리는 것 외에 다른 무엇을 할 수 없다는 거였다.

"여자에게서 그런 느낌을 받았기 때문에 진술한 것뿐입니다."

초점 잃은 눈으로 지난날을 돌이켜보던 임 팀장은 남자의 진술을 듣고서야 퍼뜩 정신이 드는지 고개를 돌려 목 운동을 했다.

"그런데도 계속 만났다는 말인가요?"

"여자에게 남자가 있을 거라는 건 추측일 뿐이지 확인한 것도 아니었고, 그 추측만으로 멀리하기에는 그녀는 너무나 매혹적이었습니다. 그리고 그녀가 저에게 좋은 감정을 가지고 있다는 걸 느낌으로 알았습니다. 또 그녀와 연인 관계도 아니었기 때문에 크게 관심 두지 않기도 했고요."

"언제부터 여자와 성관계를 했던가요?"

여기까지 더듬대지 않고 말하던 그는 얼굴이 약간 붉어지면서 아무 말 없이 시선을 아래로 향했다. 전면 벽에 걸려 있는 시계를 쳐다보던 임 팀장이 시간이 없다며 독촉하자, 머뭇머뭇하더니 입을 열었다.

"오늘 처음입니다. 그녀가 한적한 시골 풍경이 보고 싶다고 해서 시외 강변으로 갔습니다. 강바람을 쐬고 그곳에 있는 식당에서 점심을 먹자고 했더니, 무진으로 돌아가 식사하자고 했습니다."

"그래서요?"

"무진호텔로 갔습니다. 갈등으로 혼란스러웠지만 이겨내지 못했습니다. 목적지인 꼭대기 층을 가기 위해 엘리베이터를 탄 것처럼 호텔에 도착해서 식사에 술을 곁들여 마시고 커피숍에서 차를 마신 후, 자연스럽게 객실로 갔습니다."

진술을 마친 그는 마치 고해성사로 용서받았다고 생각한 것인지 파리한 얼굴에 다소 붉은 기운이 돌았다. 심장병이 있는 여성과 성관계하면 살인죄나 과실치사죄가 성립될 수 있다는 임 팀장의 설명에, 그는 다시 얼굴이 샛노래졌다.

그때 심 형사가 여자의 남편으로 보이는 사내와 함께 사무실에 들어왔다. 남편의 머리카락은 먼지로 반백이 된 상태였다. 검게 그은 얼굴에는 군데군데 반점이 찍혀 있었다. 기름때로 범벅이 된 청색 작업복에 칠이 벗겨진 밤색 안전화가 사내의 직업을 알려주었다. 그는 마른 얼굴에 움푹 들어간 눈을 연신 깜박이며 임 팀장을 쳐다보면서 아내의 죽음을 믿을 수 없다고 말했다.

색깔이 극히 다른 남자 두 명을 번갈아 쳐다보던 임 팀장은 죽은 여자에게 희미하게나마 가졌던 애처로운 감정이 사라져 버렸다. 저 자는, 어린 딸들은, 살아갈 수는 있을까? 딱한 눈으로 남편을 살펴봤다.

바께가 선수빈을 데리고 사무실을 나가자, 임 팀장은 남편에게 판에 박힌 듯하지만, 진심을 담아 위로했다. 이어 상황을 설명하고는 유족 조서를 받기 시작했다.

"아내에게 병은 없었나요?"

"사 개월 전 희귀성 심장병이 발견되어 서울에서 치료받고 있습니다."

"완쾌됐나요?"

"많이 좋아지기는 했지만, 계속 약을 먹고 있었습니다."

심장병이 있는 여자가 외도를……, 호전되었다고 과신한 것일까? 그러면 선수빈 씨는? 그의 추측이 사실이라면 바께가 물건 뽑기를 할 때처럼 여자에게 그는 순번이 몇 번째였을까? 하지 않아도 될 궁금증이 들었다.

"사체는 확인했지요?"

"네, 그런데 아내는 남자와 호텔을 드나들 여자가 아닙니다. 그리고 하얀 원피스와 구찌 가방을 본 적이 없습니다."

"왜 그렇게 생각하시죠?"

"저는 포클레인 한 대를 가지고 전국을 다니면서 일하고 있습니다. 지금은 시골에서 공사를 하고 있지만, 전에 리비아 공사 현장에서 삼 년 동안 일을 했습니다. 제가 보낸 돈을 아내는 십 원짜리 하나도 허투루 사용하지 않고 적금을 부었어요. 그런 제 아내가 명품 가방이라니요."

사내는 믿기지 않는다는 어조로 말하면서 흐느꼈다. 임 팀장은 저도 그랬어요, 라는 말로 다독이고 싶었으나 입 밖으로 나오지 않았다.

임 팀장도 아내를 믿었었다. 아니, 믿었다기보다는 먹고사는 일 때문에 신경 쓸 겨를이 없었다. 아내는 그의 불규칙한 생활과 자상하지 못한 태도 때문에 늘 허허로웠다고 했다. 그건 구차한 변명일 뿐 외도를 이해할 만한 사유는 못 되었다. 그는 아내의 뻔뻔한 얼굴을 바라보며 소태를 씹은 것처럼 쓰라린 수치감이 들었지만, 이해하고 용서하려 했다. 아니 자식들 때문에라도 그러고 싶었다. 그런데 그녀는 이혼을 요구했다. 그녀도 살기 위해 이혼을 요구했는지 모른다. 이혼해주는 조건으로 그녀 명의로 되어 있는 모든 재산을 임 팀장의 명의로 변경했다. 상대 남자에게서는 많은 돈을 받아냈다.

여자가 사망한 지 열흘 후, 임 팀장은 그녀의 남편을 만나 심근경색에 의한 사망이라는 부검 결과를 통지했다. 그는 예상했었는지 덤덤하게 받아들였다. 먼지로 뒤덮인 머리털만 검은색으로 변했지, 기름진 머리카락과 후줄근한 옷차림은 같았다.

"제가 속았어요."

남편은 저음으로 천천히 말했지만, 그 억양에는 억누르고 있는 노여움이 배어 있었다.

"간통죄로 처벌할 수 없나요? 간통죄가 안 된다면 다른 무엇으로든 처벌해주세요. 합의하고 새롭게 살고 싶습니다. 부탁드립니다."

사내는 마디에 옹이가 진 거친 손으로 밤새워 작성하였을 것 같은 고소장을 내밀었다.

"합의금은 얼마나?"

"오억이면 하겠습니다."

"돈이 있다고 지금껏 살아온 생활 습관이 바뀔까요?"

"모르겠습니다. 억울함을 보상받고 싶다는 생각뿐입니다."

"간통죄는 오래전에 폐지됐습니다. 그러나 심장병이 있다는 걸 알고도 성행위 한 것이 범죄가 성립될 수 있는가를 고민하고 있어요. 법리에 대한 충분한 검토가 필요합니다. 저는 죄가 성립되는 쪽으로 밀고 있지만, 가능성은 부족해요. 참고로 남자는 돈이 많고, 가족에게 알려지지 않기를 바랍니다."

이 주일 후, 팀원들이 사무실에서 류현진의 연봉과 옵션에 대해 말하고 있었다. 임 팀장은 그들의 말을 관심 없이 흘려듣고 있을 때 여자의 남편이 들어왔다. 그는 머리카락에 무스를 찐득하게 발라 정확하게 이대 팔로 가르마를 가른 채였다. 차림새는 작업복 대신 유행이 지난 쌍 단추 연두색 신사복에 빨간색 넥타이를 매고 있었다. 잔뜩 멋을 부렸지만, 뭔가가 아주 어색했다.

눈만 깜박거리며 남편의 가르마와 유행 지난 양복을 번갈아 바라볼 뿐 아무 말도 못 하고 있는 임 팀장에게, 그는 원만하게 합의했으므로 처벌을 원하지 않는다는 합의서를 내밀었다. 임 팀장이 놀란 표정을 감추기 위해 그에게 슬며시 미소를 지어 보였다.

"빨리 해결되었네요."

"네, 팀장님이 도와주신 덕분입니다."

"앞으로 어떻게 하시려고?"

"아이들이 원해서 다른 지역으로 이사를 가려고 합니다."

남편은 미로처럼 얽혀 있는 사무실 책상 사이를 빠르게 걸어 나갔다. 그의 펄럭이는 바짓가랑이에서 대나무 잎 스치는 소리 같은 스산한 휘파람이 들리는 듯했다. 가족이 있어 열심히 살아야 했고, 그래서 먼 타국까지 가서 건설 현장 노동자로 살았던 그가, 돈이 있다고 해서 습성처럼 흐르는 강물의 물결을 바꾸며 살 수 있겠는가? 임 팀장이 그러한 것처럼, 그도 아내가 사라진 자리는 무엇으로도 메워지지 않을 것이다. 그와 그의 가족에게 새겨진 얼룩은 지워지지 않을 것이고, 그 빈자리에는 상처만이 가득해 쓰라림은 계속될 것이다.

임 팀장은 서랍 깊숙이 보관하고 있던 통장을 꺼내었다. 그 남자에게 돈을 받을 때만 해도 오로지 앙갚음하겠다는 생각만 했다. 아내와 가까운 여성이면 더욱 좋고, 아니더라도 새로운 여성을 만나 그녀에게까지 소식이 들어갈 수 있도록 맘껏 요란하게 쓰려고 했다. 그런데 생각일 뿐, 아린 기억이 지워지지 않아 할 수 없었다. 같은 아픔을 다시 겪지 말라는 경우도 없을 것 같았다.

그러지 않아도 삶의 큰 축이 망가졌고, 가까스로 버티며 살고 있는데, 같은 일을 또 겪는다면 이겨낼 자신이 없었다. 거기에 아내를 팔아 취득한 돈을 쓸 수 있겠는가? 자존심이 허락하지 않았다. 통장을 바라보는 임 팀장의 눈에는 쓸쓸함이 비쳤다. 통장을 주머니에 넣고 딸을 만나기 위해 출입문을 향해 터덜터덜 걸어갔다. ✿

어쩌다가

어쩌다가

방 안에 웅크리고 있던 어둠의 잔흔이 서서히 물러나자, 방의 정경이 희끗하게 드러났다. 자그마한 원룸, 방바닥 가운데에는 무명 이불이 깔려 있었다. 두꺼운 이불은 볼록하게 솟아올라 입구를 내놓은 가묘처럼 어른 두상만 한 틈이 들떠 있었다. 이불 아래에는 순봉이 활 모양으로 몸을 말아 외로 누워 있었다. 덮고 있는 이불의 무게가 버거운지 숨결은 고르지 못했다. 한겨울 바람은 창문에 씌워놓은 방한 비닐을 세차게 때렸다. 얇은 비닐은 파동을 치면서 불규칙한 음향을 냈다.

두더지가 굴 밖으로 머리를 내밀 듯, 순봉은 휑하게 벌어진 구멍으로 얼굴을 빼쭉이 내밀었다. 전기장판의 열기로 데워진 얼굴에 차디찬 공기가 들러붙자 오줌을 눈 뒤처럼 몸을 진저리쳤다. 머리만 넣었다 빼기를 반복했다. 여러 번 들락날락하다가 숨이 가빴는지 종내에는 머리를 쭉 빼고는 긴 숨을 내뱉었다. 사위를 살폈다. 흰 살을 드러낸 채 차갑게 자리하고 있는 싱크대, 벽에 붙어 서 있는 한 칸짜리 장롱과 그 옆으로 브라운관 텔레비전, 잠들기 전 정경이 그대로임을 확인했다.

입술을 반쯤 벌려 공중에 입김을 불었다. 폐에서 빠져나온 따뜻한 숨은 찬 공기에 섞이자마자 허옇게 변하여 공중에 떠다니다 사라졌다. 같은 행동을 여러 차례 되풀이하던 순봉은 중얼거렸다.

"살아 있네."

그 억양만으로는 살아 있는 게 다행이란 건지, 불만이란 건지 알 수 없었다.

강 여사의 등쌀을 배겨나질 못해 짐을 싸서 호기롭게 나오기는 했지만, 막상 나오니 쓸쓸했다. 추위까지 닥쳤다. 늙어서 고적한 것은 죽음보다 세 곱절 무겁다는데…….

"썩을 놈의 망구탱이, 집 나가겠다는 놈한테 지 오리털 파카를 헤쳐서 이불을 만들어주지 못할망정 무명 이불을 줘. 예끼! 나쁜 년아!"

천장에 강 여사의 환영이라도 보이는지 삿대질하면서 욕을 해댔다. 그러고는 혓바닥에 침을 모아 위를 향해 뱉었다. 쇠잔한 혀로 뱉은 침은 천장까지 닿지 못하고 낮게 떠올랐다가 그의 안면으로 맥없이 떨어졌다. 순봉은 이불 홑청에 얼굴을 닦고는 무거운 이불을 힘겹게 젖히고 앉았다. 바닥을 짚고 일어서려다가 "아이이고오" 깊은 신음을 내면서 그대로 주저앉아버렸다. 손으로 허리를 주물렀다. 계속된 통증에 "아이이……" 나오는 소리를 재빠르게 중단했다. 습관적으로 나오는 신음을 바꿔 곡소리와 유사한 곡조로 끙끙 앓았다.

"외제제제, 외제제제."

순봉의 신음이 '아이이고'에서 '외제제제'로 바뀐 것은 외제 승용차를 들이받은 후부터였다. 그때부터 김치를 썰 때도 '외제제'하게 썰어라, 못을 박을 때도 '외제제'하게 박아라, 국을 끓일 때도 '외제제'하게 끓여라, 였다. 그에게 외제 차란 썰고, 박고, 끓여도 시원치 않다고 분통을 터뜨렸다. 외제 차만 아니었어도 자신의 인생이 나무에서 떨어진 홍시처럼 으깨어지진 않았을 것이라고 단언했다. 어제 일만 가지고도 부아가 복받쳤다. 외제 차와 자신과는 철천지원수 같은 관계라고 마음을 다잡았다.

어젯밤 자정 무렵, 순봉은 집을 나섰다. 골목길에 들어서자 매서운 맞바람이 몸을 세차게 휘감았다. 걷다 서기를 여러 차례 반복하면서 영하로 떨어지는 찬 기온과 달리 굳게 정한 마음이 풀리려 했다. 흐무러지려는 마음을 다잡으려는 듯 중얼거렸다. "외제제제, 딱 두 대만 하자."

순봉은 며칠 동안 방범용 카메라가 없으면서 외제 차들이 주차된 곳을 봐두었다. 그 장소 인근에 도착했다. 위엄스럽게 보이는 검은색 차가 시야에 잡혔다. 차는 훤하게 비추는 가로등 빛을 튕겨내고 있었다. 품속에서 모자를 빼내 쓰고는 장갑을 꼈다. 도로에 사람이 없는 것을 확인하고는 빠른 걸음으로 차에 다가갔다. 주머니에서 대못을 꺼냈다. 꽉 움켜쥐자, 팔에 쥐가 나려 했다. 이왕이면 푹 파이게 흠집을 내자고 재차 다짐하면서 문짝 유리창에 한 손을 댔다. 호흡이 가빠졌다. 심장이 요동치면서 맥박이 거칠게 뛰었다. 가빠진 호흡을 조절하려고 숨을 크게 내쉬었다. 못을 문짝에 댔다. 못을 든 오른손에 힘을 실으려고 밀착한 왼쪽 손바닥에 힘을 주고는 막 긁으려 할 때였다.

"윙윙윙윙."

화들짝 놀란 순봉은 뜨거움에 데인 것처럼 차에서 빠르게 떨어졌다. 다급하게 뒷걸음질했다. 몸의 중심을 잃은 채 뒤로 몇 걸음을 물러서다가 보도블록 턱에 걸려 벌러덩 넘어졌다.

범행 실행 전까지 머릿속으로 수없이 모의실험을 했었다. 그런데 손만 대도 경고등이 울린다는 것까지는 전혀 예상하지 못했다. 경고등은 쉴 없이 깜박거렸고, 사이렌은 밤의 고요함을 깨웠다. 높은 곳에서 쏟아지는 가로등 빛은 마치 순봉만을 집중해서 비추는 조명 같았다. 누군가가 캄캄한 객석에 앉아 무대에 선 노인의 무언극을 보고 있는 것 같았다. 사납게 우는 소리가 차 주인이 소리치며 뛰어오는 발소리처럼 들렸다. 빨리 도망가야 한다는 다급한 뇌의 신호에도 몸뚱이가 움직이질 않았다. 버둥대기만 할 뿐이었다. 땅바닥을 몇 바퀴 힘겹게 구른 뒤 나무를 잡고 힘겹게 일어났다. 허리 통증 때문에 움직일 수 없었다. 한참을 나무에 등을 기대고 통증이 잦아들기를 기다렸다. 잠시 후 허리를 붙잡고 절룩거리며 그곳을 빠져나왔다.

"외제제하게 썰어 먹을 놈, 손만 대도 울면 어쩌라고."

*

순봉은 중학교를 졸업하자마자, 염색공장에 취직했다. 한 회사에서만 오십 년가량 근무하다 퇴사했다. 회사 직원들은 그가 집과 공장 밖에 모른다고 '집공 씨'라고 불렀다. 그렇게 단순하게 살았던 그가 회사를 그만두게 되자, 갈 곳이 없는 건 당연했다. 퇴사하고도 익힌 행동 방식은 바뀌지 않았다. 이른 아침에 일어나 집을 나왔다. 갈 곳이 없어 버스를 타고 회사에 갔었다. 정문에서 복잡미묘한 표정으로 쳐다보는 옛 동료에게 근처에 볼일이 있다고 얼버무리고는 다시 발길을 돌려 집으로 왔다. 다리는 짱짱하고 어디든 가고 싶은데, 자신이 갈 만한 곳이 없다는 걸 다시 실감한 것이다.

그날 이후로는 일어나면 거실 소파에 앉아 채널만 바꿔가며 TV를 봤다. 그런 그에게, 강 여사는 복지회관을 소개했다. 점심도 공짜로 먹을 수 있다면서, 권유 같은 강요였다. 한마디로 그는 강 여사의 눈에 걸리적거리는 유행 지난 장식품 같은 존재였다.

순봉은 생소한 곳에 가서 일면식도 없는 사람들과 어울린다는 것이 내키지 않았다. 자연히 강 여사와 말다툼하는 횟수가 늘어났다. 서운함과 화가 치밀었지만 더 이상 버티지 못하고 복지회관으로 향했다. 어쩔 수 없이 선택한 피신처가 그야말로 최고의 해방구였다.

그곳 직원의 안내에 따라 댄스 동아리에서 춤을 배웠다. 네 박자를 맞춰야 하는 발은 자꾸 꼬였고, 뻣뻣한 몸은 리듬을 타지 못했다. 다리와 엉덩이에 바짝 힘을 주고 스텝을 밟으면서 허리가 뻑뻑해졌다. 때로는 무릎에서 뼈가 부딪히는 소리가 났다. 하지만 신난 음악에 맞춰 춤을 추는 것에 몰입하다 보면 오랜 기간 유화 염료에 노출된 후유증의 두통에서도, 강 여사에게 받은 상처로 인한 아픔에서도 벗어나 있었다. 춤이 모든 상흔과 미래의 불안감을 삼키면서 몸과 머리는 홀가분해졌고, 혼자 실실 웃기까지 했다. 강 여사, 땡큐해요, 라는 말이 나올 정도였다.

육 개월가량 맹연습을 했다. 동작이 제법 몸에 익을 무렵, 댄스반에서 사귄 친구가 실력 테스트의 필수 코스인 필드에 나가자고 했다. 순봉이 눈만 깜박거리자, 친구가 그의 어깨를 감싸고는 속삭였다.

"이 사람아, 무도인만이 누릴 수 있는 특혜가 뭔지 아는가?"

필드, 특혜가 무엇을 말하는 건지, 순봉은 짐작할 수 없었지만, 마치 모든 것을 알고 있음에도 쑥스러움에 대답을 주저하는 것처럼 설핏 미소만 지었다.

"무도장 알지? 기운 있을 때 돈도 쓸 수 있잖은가. 인생 별것 있던가, 남은 생 멋지게 살다 가세."

그렇게 순봉은 자의 반 타의 반으로 그를 따라 콜라텍에 갔다. 그곳에 들어가자마자 눈이 휘둥그레졌다. 그야말로 요지경 세상이었다. 스피커에서는 음악 소리가 쿵쾅대며 쏟아졌다. 바닥에서 미세한 진동이 일었다. 순봉의 발바닥으로 느낀 진동이 온몸으로 고르게 전달되어 신선한 파장이 일었다.

"쿵짝 쿵짝 쿵짜자 쿵짝, 네 박자 속에 사랑도 있고……."

심장은 박자에 맞춰 쿵짝쿵짝했다. 검은 천장에 촘촘하게 박힌 등이 깜빡거렸다. 조명등은 빙글빙글 돌면서 불빛을 뿌려댔다. 일곱 색깔의 야시시한 빛이 실내 공기를 흥건히 적셨다.

음악은 빠르고 경쾌한 곡에서 블루스 음악으로 바뀌었다. 무대에는 음악에 맞춰 남녀 쌍쌍이 부둥켜안고 춤을 췄다. 온몸의 신경이 꿈틀댔고, 감정이 요동치는 걸 느끼면서도 여전히 믿을 수 없다는 듯 눈만 빠르게 깜박거렸다. 그것도 대낮에.

말로만 듣던 곳을 직접 보게 되자, 놀랍기도 하고 흥분되기도 했다. 입을 약간 벌린 채 눈만 깜박거리며 구경하고 있을 때 한 여성이 다가와 손을 내밀었다. 순봉이 그녀를 정면으로 바라보지 못한 채 몸을 돌리려 하자, 곁에 있던 친구가 등을 떠밀었다. 그녀가 내민 손을 얼떨결에 잡은 순봉이 끌려가듯 무대로 나갔다. 얼굴이 화끈거리면서 몸은 리듬을 타지 못했다. 앞으로 나아가야 할 때 더듬댔고, 뒤로 발을 빼야할 때 발이 움직이지 않았다. 한 곡이 끝나고 다음 곡으로 넘어가자, 굳은 근육이 조금 풀리는 듯했다. 여성이 리드했고, 순봉은 그의 리드에 따라 스텝을 밟으면서 곧잘 출 수 있었다. 분위기에 조금 익숙해져 주변을 살필 수 있을 때 콧속으로 분내가 스며들었다. 그 느낌은 몽롱함이었다. 온몸이 저릿하기까지 했다. 그건 춤을 출 때와는 다른, 설렘이 있는 저릿함이었다.

그날 이후 순봉은 콜라텍을 잦게 출입했다. 잠자리에 들어서도 머릿속으로 그녀와 춤출 때를 떠올리면서, 상상의 스텝을 밟았다. 콜라텍이 쉬는 날에는 온몸이 근질거렸다. 비루했던 과거를 조금이나마 보상받을 수 있다고 생각하니 흐뭇하기까지 했다. 다리가 움직일 수 있는 그날까지, 그곳에서 남은 인생 멋지게 꼭짓점을 찍겠다는 비장

한 결의까지 다졌다.

*

순식간에 여러 개의 폭죽이 터진 것처럼 굉음이 났다. 귀를 째는 듯한 비명과 쇠가 찢어지는 소리가 뒤섞여 있었다. 어디선가 다급한 목소리가 들렸다.

"119, 빨리, 119 불러."

순봉은 핸들에 박고 있던 머리를 들었다. 도로는 폭탄이라도 떨어진 것처럼 아수라장이었다. 정신을 가다듬어보려 했지만, 얼이 빠져 아무런 생각이 나질 않았다. 순봉의 차는 반대 차선 가드레일을 들이받은 채 구겨진 범퍼와 보닛의 틈새에서 수증기가 새어 나왔다.

차 안을 둘러봤다. 옆 좌석에 있는 여성은 이마에 피를 흘리면서 믿기지 않는다는 표정으로 눈만 깜박거리고 있을 뿐이었다. 순봉은 흐트러진 정신을 다잡고 상황을 간추렸다. 차를 운전해 정주암 방면으로 가고 있었고, 전방에는 고급스럽게 보이는 승용차가 진행하고 있었다.

순봉은 수년 전 외제 차와 접촉 사고를 낸 적이 있었다. 문짝을 약간 긁었을 뿐인데 천만 원 넘게 견적이 나와 처리해줬다는 보험회사 설명서를 받았다. 그때부터 도로에서 외제 차로 보이는 차를 만나면 덤프트럭이 곁을 지나갈 때와 같은 공포심이 생겨 심장이 벌렁거렸다. '외멀양배'라는 원칙을 세워 가슴에 새겼다. '외제 차는 멀리하고, 양보하고, 배려하자'는 뜻이었다.

순봉이 앞차와의 안전거리를 확보한 후 진행하고 있을 때 뒤따라오던 고급 승용차가 그의 차를 추월했다. 이어서 송사리가 방향을 틀듯 급격하게 각도를 틀어 순식간에 순봉의 차 앞으로 끼어들었다. 화들짝 놀라 브레이크를 밟았다. 자동으로 욕이 튀어나왔다.

　"이런 싹수없는 새끼."

　차만 좋으면 다냐? 오기가 발동했다. 앞 차에 바짝 붙어 상향등을 빠르게 깜박거렸다. 몇 초 후 끼어든 앞차의 브레이크등에 불이 들어왔다. 순봉도 순간 브레이크 페달을 밟았다. 하지만 차는 더욱 속도를 내었고, 그대로 앞차를 들이받은 것이다.

　왜 그랬지? 상체를 숙여 발을 내려다봤다. 그때까지도 발은 가속페달을 밟고 있었다. 그의 차에 받힌 차는 그 앞차를 박았고, 그 차는 다시 그 앞차를 들이박아 삼중 추돌 사고가 나버렸다. 부딪친 차들은 중심을 잃고 도로에서 원을 그리듯 회전하면서 반대 차선에서 진행하던 차들과 부딪히거나 가드레일을 충격했다.

　순봉은 차에서 내렸다. 넋 나간 표정으로 난장판이 된 현장을 살펴봤다. 주변에 구경꾼들이 수군거렸다.

　"박살 난 차 중에 수입차가 세 대나 된다. 벤츠 에스클래스 한 대가 삼억 원이 넘는데……."

　순봉은 차들을 둘러봤다. 어떤 차가 벤츠이고, 수입 차인지 구분이 가지 않았다. 벤츠라는 차가 있다는 것은 알았지만, 어떻게 생겼는지, 가격이 얼마인지 몰랐다. 그런데 차 한 대 가격이 삼억 원, 믿고 싶지 않은 것인지, 실감이 나지 않은 것인지, 순봉은 무덤덤한 표정으로 눈만 빠르게 깜박였다. 한숨도 나오지 않았다. 평생을 아등바등하게 살면서 구입한 이억 원짜리 아파트와 비교가 됐다. 믿기지 않았다. 그나저나 가입한 보험 최고액이 얼마였더라?

119 구급차가 다녀가고 레커차가 부서진 마지막 차를 견인할 때였다. 순봉은 경찰관들이 타고 온 사고 조사용 봉고차에 올라탔다. 경찰관은 그에게 사고 난 경위를 작성하라며 용지를 내밀었다. 그가 볼펜만 만지작거리자, 경찰관은 흘깃 쳐다보더니 구두로 설명을 요구했다. 겪은 대로 말하자 경찰관은 이를 받아 적었다.

순봉은 경찰관이 작성한 진술서를 읽었다. 경찰관이 사고 날 때 상황 그대로 작성된 거냐고 묻자, 맞는 것 같다고 대답했다. 진술서 마지막 칸에 이름을 쓰고 서명하자, 그때야 경찰관은 순봉의 과실이 많다고 했다. 순봉은 뒤 차가 건방지게 끼어들어 사고가 났는데 자기에게 잘못이 있다는 것이 말이 되냐며 따졌다. 경찰관은 뒤차인 벤츠가 막 진입했을 때 사고가 났다면 진입한 차의 잘못이지만, 정상적으로 진입했고 몇 초 후에 충격했으니 안전거리를 확보하지 않은 탓이라고 했다. 경찰관의 설명이 어처구니가 없어 눈을 번득이면서 받아들일 수 없다는 말만 되풀이했다.

차에서 내린 순봉은 정주암 사찰 가는 길 쪽으로 터덜터덜 무겁게 걸어갔다. 좌측으로 바다가 보였다. 도로와 갓길 사이에 설치된 철책을 넘어가서 가파른 절벽 위에 앉았다. 넓고 큰 바다는 끝이 보이지 않았다. 푸른 바다에는 두둑한 너울이 일었다. 밀려드는 파도가 어리석음을 깨우치기라도 하려는 듯 그가 앉아 있는 절벽 아래를 세차게 때렸다.

강 여사의 얼굴이 떠올랐다. 가슴이 먹먹해지면서 나오려는 눈물을 애써 참았다. 세 명의 자식을 가르치며 살아보겠다고 험한 일을 하면서 억척스럽게 산 여자였다. 자신이 분수도 모르고 날뛴 미친놈이라는 생각이 들자, 긴 한숨이 새어 나왔다. 살던 대로 살아야지, 무슨 영화를 누리겠다고 늘그막에 춤을 추고, 여자를 만나고, 밤바다를 보려고 여행을 한 것인지.

*

강 여사는 성벽처럼 높은 담 한편에 설치된 주차장 입구에 잔뜩 옹송그려 앉아 있었다. 사방은 어스름이 깔리기 시작했다. 석양에 물든 검은 구름은 사위어가는 숯불처럼 검붉은 빛이 점점이 묻어났다. 노을 아래에 펼쳐진 산은 어둠 속으로 서서히 잠겨 형체를 잃어갔다.

사고만 치고 집을 나간 순봉의 얼굴이 눈앞에 맴돌자 목덜미가 땅겼다. 평생 염색이나 할 줄 알았지, 요령이라고는 깨알만큼도 없는 미련한 영감탱이 주제에 딴 주머니를 차, 집에 들어오는 날, 뼈마디를 자근자근 부러뜨리겠다고 굳힌 마음을 되새김질했다.

서늘한 바람이 불었다. 도토리 나뭇잎 하나가 뱅그르르 돌며 강 여사의 신발로 떨어졌다. 운동화 끈에 끼인 잎사귀는 미세한 바람에 파르르하게 떨었다. 그녀는 잎을 주워들었다. 한참 동안 잎을 보던 눈길을 돌려 나뭇잎이 떨어진 곳을 바라봤다. 야트막한 산에는 붉게 물든 단풍나무와 샛노란 은행나무, 황토 빛깔의 뻐센 잎을 달고 있는 도토리나무가 한데 어우러져 있었다. 아름다움을 뽐내는 나무 사이에 해묵은 된장 색깔로 추하게 끼어 있는 도토리나무를 바라보면서 한숨을 내쉬고는 바닥으로 시선을 내려뜨렸다.

벽을 짚고 끙, 소리를 내며 일어나 허리를 돌렸다. 손과 얼굴을 비비고는 깔고 앉았던 생활정보지를 들어 옆구리에 끼었다. 어둑했던 도로가 밝아졌다. 에워싸고 있는 담 모서리마다 설치된 보안등이 켜졌다. 등 앞에 설치된 카메라가 빛을 받아 번들거렸다. 오늘은 기필코 만나겠다고 결심했다.

대문에 있는 초인종을 눌러 피해자를 만나러 왔다고 하자, 할머니의 목소리가 아직 퇴근하지 않았다고 했다. 강 여사는 그녀의 말을 믿고 이 집 앞에서 삼 일째 기다렸다. 늦은 시간까지 기다리다가 되돌아갔지만 오늘은 그러지 않을 참이었다.

이 집을 처음 봤을 때 미묘한 감정이 일었다. 나지막한 산기슭에 자리하고 있는 집, 캥거루의 주머니에 새끼가 들어가 앉은 듯 산으로 둘러싸인 집은 안온하게 보였다. 집 외벽은 옛 성벽처럼 큼직한 돌덩이로 담을 이뤄 웅장했다. 이 층의 한옥 주택은 고풍스러웠다. 깊은 산속의 사찰을 볼 때처럼 경건해지기까지 했다. 대문의 틈새로 안을 들여다봤다. 넓은 마당에는 부드러운 금잔디가 깔려 있었다. 정원에 심어 놓은 갖가지 사철나무 사이에 석등이 세워져 있었다. 석등에는 불이 켜져 있었다. 절에서나 볼 수 있는 석등 때문인지 온기를 쐬는 듯했다.

강 여사가 피해자를 만나려고 할 때 쉽게 합의할 수 있을 거라고 기대하지 않았다. 그래도 찔러는 봐야지, 했다. 가망이 없을 것이라던 생각이 집을 보면서 진짜로 이뤄질 것 같았다. 이런 집에서 사는 사람은 많이 배웠고, 인정도 많을 것이라는 근거 없는 확신까지 생겼다.

강 여사는 혼자 가드레일을 박았다는 순봉의 말을 전혀 의심하지 않았다. 사고가 나고 일 개월가량 되었을 때였다. 법원으로부터 통지서를 받았다. 부부 공동 명의로 되어 있는 아파트와 순봉의 명의로 되어 있는 예금과 보험을 가압류했다는 통지였다. 가압류라는 단어에서 뭔가 안 좋은 느낌이 들었지만, 그것이 정확하게 무슨 의미인지 몰랐다. 통지서를 가지고 법원으로 달려갔다. 순봉이 가입한 보험회사를 찾아간 다음에야 모든 걸 알았다. 순봉이 가입한 대물 보험 최고액은 이억 원인데 피해 차들의 물적 피해액이 사억 원이 넘는다는 사실. 거기에다가 순봉의 차에 여자가 타고 있었고, 그녀도 다쳐 병원에서 치료받고 있다는 것이었다.

순봉이 집을 나간 뒤, 강 여사는 어떻게든 손실을 줄여보려고 법원과 보험회사를 쫓아 다녔다. 대성통곡을 하고 악다구니를 부려봤지만 실익이 없었다. 억장이 무너졌다. 힘이 빠져 몸을 가누기가 어려웠다. 마지막으로 가장 큰 금액으로 가압류를 신청한 벤츠 차 소유주에게 사정해보기 위해 이 집을 찾았다.

집 주변을 서성거리고 있을 때 검은색 승용차가 다가왔다. 주차장 철문이 자동으로 개방됐다. 차가 주차장으로 들어가려고 할 때 강 여사는 냉큼 차를 막아섰다. 운전석의 유리창이 서서히 내려가 반쯤 열렸다. 열린 창문으로 중년 남자의 얼굴이 보였다. 남자에게 다가가 연신 고개를 숙였다. 그는 강 여사의 읍소에도 표정의 변화 없이 눈만 가늘게 뜬 채 쏘아봤다.

"누가 바깥 분에게 사고 내라고 했어요? 남에게 피해를 줬으면 변상하는 것은 당연한 것 아닌가요. 적은 돈도 아니고 저도 피해액이 이억 원이 넘어요."

"죄송합니다. 저희 집 영감이 나이 먹고, 운전이 서툴러서 그런 것이지, 일부러 사고 낸 것도……."

"그래서요."

남자는 중간에 그녀의 말을 퉁명스럽게 잘랐다. 단호함이 묻은 말투에는 세상 물정 모르는 무지한 여자와 마주하고 있는 것이 짜증이 난다는 걸 담고 있었다.

"이 나이에 집 잃으면 저희는 죽어요. 아파트는 대출이 남아 있고, 소유자가 부부 공동 명의로 되어 있어 경매로 넘어가더라도 사장님은 얼마 못 가져갈 것이라고 그러데요. 부탁드립니다. 제가 가지고 있는 돈 전부인 이천만 원 드릴게요. 압류만 풀어주세요."

불만이 흠뻑 들은 면상을 한 남자는 인상까지 썼다. 편평한 이마에는 몇 개의 갈매기 주름이 지어졌다.

"그 돈으로 낙찰받으세요."

비아냥거리듯 말을 한 그는 신경질적으로 차를 몰아 주차장으로 들어가버렸다. 강 여사는 주차장 철문이 서서히 내려가는 것을 멍하게 쳐다만 봐야 했다. 들고 있던 생활정보지를 갈기갈기 찢었다. 잘게 찢은 종이를 담 너머로 뿌렸다. 종이는 담을 넘어가지 못하고 공중으로 흩어졌다. 바람 부는 방향으로 휙 쏠렸다가 큰 원을 그리면서 나풀거리다가 그녀의 몸으로 가라앉았다.

*

순봉이 소파에 앉아 있으면 강 여사는 소파를 닦았다. 강 여사는 순봉 옆에까지 걸레질하다가 찢어진 눈을 매섭게 위로 치켜떴다. 성가신 쇠파리를 내쫓듯 순봉의 얼굴 앞에서 걸레를 휘저었다. 순봉이 소파를 닦을 수 있도록 엉덩이를 엉거주춤 들었다. 강 여사는 순봉의 엉덩이와 소파 간에 벌어진 틈에 걸레를 넣어 벅벅 문질렀다. 조선무만큼 튼튼한 팔뚝으로 순봉의 궁둥이를 쳤다. 청소를 빙자한 의도적인 폭력이었다.

강 여사의 폭력에 순봉은 여러 번 고꾸라진 경험이 있었다. 그는 오늘도 그녀가 같은 행동을 반복하는가를 확인할 심산인지 잔뜩 긴장한 채 엉덩이를 들고 있었다. 그녀의 팔뚝이 궁둥이를 닿는 순간 곧추섰다.

순봉은 안방으로 가서 이불을 덮고 누웠다. 잠시 후 방으로 따라 들어온 강 여사는 그가 깔고 있던 요를 확 잡아챘다. 순봉의 몸뚱이는 대발을 쫙 폈을 때 도마 위를 구르는 김밥처럼 방바닥을 굴러 벽에 부딪혔다. 이쯤 되면 순봉도 화를 낼 법도 했다. 그런데도 불도그 앞에 꼬리 내린 똥개처럼 주눅 든 얼굴로 눈을 바닥으로 깔았다. 순봉은 강 여사의 마음을 꿰뚫었다. 이 타이밍에 불평이라도 했다가는 폭발이 준비된 화약고에 불을 붙인 꼴이 될 거라는 걸. 두툼한 손에 목조임을 당할 때만 떠올리면 사지가 떨렸다. 찍소리도 내지 않는 것이 지금의 위기를 안전하게 넘어갈 수 있는 최고의 지혜라는 걸 체험으로 알았다.

순봉은 엉거주춤 일어나서 거실로 나가 TV를 켰다. 강 여사는 이불을 베란다 유리창 밖에 내밀어 털었다. 장롱에 이불을 넣은 그녀는 순봉에게 다가와 쥐고 있는 리모컨을 낚아챘다. 그녀의 탱자나무 가시 같은 시비에 순봉은 삭신이 욱신거리고 뼈가 저렸다. 막다른 골목으로 쫓긴 짐승이 개구멍이라도 찾듯, 안방과 작은방으로 피신해 봤지만, 그녀의 사정권에서 벗어나지 못했다.

"그만 좀 하소, 나 죽으라고 그런가."

순봉은 가느다란 목소리로 사정했다. 손만 비비지 않았지, 완전 애원 투였다. 그의 애절함에도, 그녀는 두 눈에 쌍심지를 켰다.

"뭐라고."

짧게 말하고는 이빨 자국이 나도록 아랫입술을 앙다물었다. 손에 들고 있던 리모컨을 으스러질 정도로 꽉 쥐었다. 그러고는 펜싱 선수의 포즈를 취한 채 순봉의 얼굴로 리모컨을 조준했다. 당장이라도 돌진해서 그의 입에 리모컨을 넣어 목구멍까지 쑤셔 박을 것 같았다.

"그년한테 가, 개잡년 집에 가서 놀러 댕김서 살아. 바닷가도 가고, 당신 얼굴 보고 있으면 구역질이 나오려고 한다. 내 손에 죽기 전에 나가."

순봉은 아무런 대거리를 못 했다. 화를 더 돋게 하지 않으려고 그녀의 사나움을 온몸으로 받아냈지만, 수시로 당하는 폭력에 피가 말라갔다.

강 여사가 처음부터 괄괄했던 건 아니었다. 순봉은 젊었을 때 세들어 살고 있던 집 주인의 주선으로 맞선 자리에 나갔다. 그녀를 처음 봤을 때 '앗! 감자다' 하마터면 소리칠 뻔했다. 땅딸한 몸매에 거북이 같은 굵고 짧은 목, 솥단지를 두 개 엎어놓은 것 같은 펑퍼짐하면서 탄탄한 엉덩이, 평생을 살아도 병균 따위는 몸에 달라붙지 못할 것 같았다.

단단하게 보이는 그녀도 맞선 자리라는 긴장감 때문인지 눈 맞춤을 피한 채 탁자 위에 놓인 찻잔만 만지작거렸다. 순봉이 어색한 분위기를 깨려고 앞뒤가 맞지 않는 말을 하고는 얼굴이 붉어질 때면, 그녀는 감자에서 연둣빛 순이 수줍게 움트듯 약간 벌린 입술 사이로 하얀 이를 드러내어 미소 짓곤 했다.

순봉은 배우지 못했고, 가난했다. 그런 부족함이 티 나지 않도록 어디에서든 말과 행동을 조심했다. 그런 조심성이 몸에 배어 누구를 만나든지 몸을 잔뜩 움츠렸고, 상대방의 말을 듣기만 했다. 그런 그가 같은 부류의 사람을 만나고는 익숙함에서 오는 편안한 감정, 얼마만에 느껴보았던가, 그녀는 순봉에게 그런 사람이었다. 거기에 그녀의 신체는 튼튼했다. 결혼 밑천이라곤 둘의 육체뿐이었지만, 몸뚱이만 건강하면 잘 살 수 있을 것 같았다.

막내가 학교에 갈 무렵, 강 여사는 시장 어물전에 나갔다. 억척만큼은 지상 최고였다. 많은 돈은 아니더라도 생활비 정도는 벌었다. 하지만 장사 경력만큼 그녀의 몸에는 가시가 돋아났다. 사납게 변해

가는 그녀를 볼 때마다, 순봉은 몸에서 한기를 느꼈다. 가까이 있는 사람이 힘들어하는 걸 알고 있고, 그녀의 변화를 멈추게 하고 싶었지만, 해줄 수 있는 게 없었다. 그럴 때면 허공을 바라보며 입술만 잘근잘근 씹을 뿐이었다. 그것 외에는 할 게 없었다.

강 여사가 노점상을 할 때 동네 깡패들이 자릿세를 내지 않는다며 고기 함지박을 발로 찬 적이 있었다. 그녀는 얼굴에 비릿한 물을 맞자, 즉각 함지박을 들어 깡패의 온몸에 뿌렸다. 그러고도 분이 안 풀리자, 고기 손질을 한 쓰레기를 깡패들이 타고 온 차에 뿌리고는 보닛에 드러누웠다. 죽이고 가든지, 손해 본 돈을 내놓고 가든지, 바락바락 악을 썼다. 그때부터 그녀는 주변 상인들에게 '깡녀'로 통했다. 그랬던 그녀가 자식들을 출가시키고 허덕이던 삶이 지나가자, 많이 온순해졌다. 그런데 순봉이 사고를 치면서 옛날의 억센 말투는 바로 복원됐다. 거기에 덤으로 손가락을 바짝 구부려 갈퀴처럼 하고서는 순봉을 할퀴었다.

순봉은 집에 들어온 것을 후회했다. 집에 가압류 통지서가 날아든 날, 자식들 집으로 피신했다. 큰아들 집에 갔더니 아들이라는 놈은 담뿍 찡그린 얼굴만 할 뿐 가타부타 말이 없었다. 며느리는 아들과 손자들에게 괜한 트집을 잡고는 짜증을 부렸다. 딸 집으로 갔다. 아들보다 사위가 나았다. '사위 자식 개자식'이라는 말은 시대 흐름에 맞게 '사위 자식 참자식'으로 바뀌어야 한다고 생각할 정도로.

사위는 강 여사의 유전자를 이식받은 딸과 살아서인지 동질의 시련을 겪은 자들끼리만 연대할 수 있는 두터운 동지애가 있었다. 순봉에게 모든 걸 들은 사위는 사레라도 들린 듯 켁켁거리다가 웃음 가득한 얼굴로 지금은 그 여성이 그립지 않느냐고 물었다.

허공을 멍하게 바라보던 순봉이 사위의 눈을 잠깐 스치듯 쳐다보고는 눈을 내리깐 채 손가락으로 애꿎은 방바닥만 문질렀다. 사위는 터져 나오는 웃음을 참으려고 손으로 입을 막았지만, 손가락 틈새로 바람 빠지는 소리 같은 게 흘러나왔다. 사위는 참으로 시원시원했다. 집은 경매가 진행되면 유찰시켜 저렴한 가격으로 낙찰받을 수 있고, 자식들이 합심해서 처리하겠으니 걱정하지 말라고 했다.

그 말만으로도 눈물이 날 지경인데, 강 여사에게 전화하여 듬직한 자식들이 있는데 너무 애타지 말라는 위로까지 했다. 이후 딸이 강 여사에게 순봉을 괴롭히지 말라고 당부하자, 그녀도 그러겠노라고 약속했다. 그렇게 해서 순봉은 자식들에게 이끌려 집으로 들어갔다.

*

도로는 분주했다. 설이 다가오면서 상인들은 인도에 과일 상자들을 쌓아놓고 대목 장사를 하고 있었다. 싸라기눈이 순봉의 어깨 위에 톡톡하며 떨어지고는 땅으로 구르듯 미끄러졌다. 그는 장바구니 카트를 밀고 가면서 도로의 구석구석을 천천히 훑었다. 담배꽁초를 집게로 집어 쓰레기봉투에 넣을 때 고급 승용차가 순봉 쪽으로 오고 있었다. 경기 들린 듯 몸을 떨더니 재빠르게 도로 한편으로 피했다. 이제는 잃을 것이 없다는 것쯤은 순봉도 알고 있었다. 그런데도 뜨거운 물에 덴 놈 숭늉 보고도 놀라는 것처럼 반사적으로 반응했다. 쓰레기를 다시 줍기 시작했다. 연령 초과로 재계약 불가라는 담당 공무원의 말이 머리에서 떠나지 않았다. 공공근로라도 하며 먹고 살았는데 명치끝이 아리면서 숨이 막힐 것 같았다.

독한 년! 내가 비명횡사라도 해야 너 속이 시원하겠지, 순봉이 집을 나온 지 일 년이 넘었다. 전화 한 통 없는 강 여사에게 섭섭함이 극에 달했다. 아들이라는 놈들도 마찬가지였다. 가끔 걸려 오는 딸의 안부 전화로 섭섭한 마음을 누그러뜨렸지만, 아들들만 생각하면 얼굴이 떨릴 정도로 이빨을 앙다물었다. 그는 거칠게 집게를 다뤘다. 그자들처럼 할까?

허리 통증 때문에 순봉이 병원에 입원해 있을 때였다. 병실에는 나이롱환자로 보이는 사람들이 많았다. 그들은 낮에는 자고, 밤에는 나가서 술을 마셨다. 그들이 하는 대화를 엿듣던 순봉은 귀가 솔깃해지면서 달콤하기까지 했다. 하지만 파출소에도 가본 적이 없던 그는 겁부터 났다. 어느 날 그자들은 순봉의 처한 상황을 듣고 방법을 알려줬다.

"영감님, 굳이에요. 굳, 굳, 굳! 나이 들었지, 허리 아프지, 카트 밀면서 쓰레기 줍지, 전과 없지, 하나님에게 최고의 선물을 받았네요."

"선물?"

그자들은 보행자가 드문 횡단보도에 서 있다가 신호를 위반한 차가 지나가려고 할 때 카트를 내밀라고 했다. 차가 카트를 치는 순간 바닥으로 넘어지기만 하면 게임 끝이라면서. 안 다치려면 낙법을 연습해야 한다며 휠체어를 밀고 가다가 넘어지는 측방낙법 시범까지 보여줬다. 순봉은 그자들의 말을 끄집어내어 차근차근 되씹었다.

＊

　찌뿌둥하던 구름은 무게를 이겨내지 못하고 물기 머금은 눈을 뿌려댔다. 눈은 강 여사가 입고 있는 회색 점퍼에 닿자마자 물이 되어 천으로 스며들었다. 강 여사는 인도 모퉁이에 목욕탕 의자를 깔고 앉아 있었다. 앞에 놓인 고기 궤짝 위에는 해산물이 소복하게 올려져 있었다. 목에 감고 있던 밤색 목도리를 풀어 눈 부위만 남겨둔 채 얼굴을 칭칭 감았다. 세 가지 신체 부위는 각각 주어진 일에 최선을 다했다. 눈은 행인들 속에서 가능성 있는 손님을 찾아냈다. 입은 사람들에게 큰 소리로 호객 행위를 했다. 벌겋게 부은 손은 쥐고 있는 작은 칼을 조개 속에 넣어 비틀어 깠다. 지나가는 사람들을 살피며 빼낸 조갯살을 한쪽에 있는 그릇에 정확하게 던져 넣었다.

　부모라고 자식들에게 해준 것도 없으면서 짐만 되고, 지네들 살기도 숨 가쁜데, 자식들이 압류당한 아파트를 낙찰 받아준 것을 생각하면 안도감과 속상함으로 가득했다. 대출받았을 것이 분명했다. 한 푼이라도 벌어서 갚기 위해 그만뒀던 노점상을 다시 벌였다. 주변에 대형 마트가 들어서면서 장사는 예전 같지 않았다. 물건이 잘 팔리지 않아 기운이 나지 않기도 했지만, 젊었을 때와 다르게 힘에 부쳤다. 힘들고 마음이 해이해질 때마다 각인시키려는 듯 되뇌었다.

　"자식에게 진 빚이 저승사자보다도 더 무서운 것이여."

　강 여사는 시도 때도 없이 순봉이 치밀었다. 그때마다 욕지기가 나왔다.

"우라질 놈, 평생 비린내 맡고 산 내게는 여행 한번 가자고 한 적이 있었냐, 이놈아! 비자금으로 삼천만 원이나 모아놔. 그래놓고도 막내 결혼할 때 돈 없어 힘들어하는 걸 지나가는 구급차 구경하듯 해. 에 끼, 썩을 놈!"

순봉이 그 많은 돈을 여자에게 썼다고 생각하자 서럽고 분했다. 여자에게 눈물 보인 것을 생각하면 더 치가 떨리고 수치스러웠다. 궁 금했다. 어떤 여자이기에 순봉이 홀딱 반해서 돈을 썼는지. 병원에 입원해 있는 여자를 찾아갔다. 머리끄덩이를 닭털 뽑듯이 뽑아 벌거 숭이로 만들 요량이었다. 그런 강 여사가 여자를 보고는 몸이 굳어져 움직여지지 않았다. 막내가 아버지 구박하지 말라며 농담처럼 자주 했던 말이 재생되었다.

"성질 더럽지, 인물……, 아부지 고마운지 알고 사셔."

강 여사는 병실 입구에 우두커니 서서 여자를 한참을 바라봤다. 여자는 침대에 다양한 화장품을 벌여놓고 거울을 쳐다보며 화장하고 있었다. 여자를 멀거니 보기만 할 뿐 다가가질 못했다. 강 여사와 여 자는 같은 연배임에도 색깔 다른 양면 색종이 같았다. 여자는 숱 많 은 머리채에 얼굴은 주름진 곳이 없었다. 게다가 윤기가 나면서 탱탱 하기까지 했다. 후줄근한 환자복을 입고 있어도 맵시가 났다.

강 여사는 웬만한 화장품 하나 갖추지 못한 채 살았다. 자식들과 살아야 했기에 몸치장할 여력도 없거니와 사치라고 생각했다. 헐렁 한 바지에 색 바랜 점퍼를 입고 있는 자기 모습을 돌아봤다. 힘겨웠던 지난날이 뭉텅이가 되어 목구멍으로 올라왔다. 눈가에 눈물이 번졌다. 몸이 스르르 내려앉을 것 같았다. 급하게 병실을 나와 화장실로 들어갔다. 변기에 주저앉아 여자의 고운 자태와 자신의 추레한 모습이 겹치면서 지르르하게 눈물만 나왔다.

서편 하늘에는 낮게 깔린 먹구름이 산 중턱까지 내려와 있었다. 구름은 붉은 노을에 취해 가고 어둠은 거리를 서서히 메워갔다. 강 여사는 장사를 접을 시간이 되자 초조해졌다. 수북하게 쌓인 해산물을 보면서 저절로 한숨이 나왔다.

"싱싱한 조개와 매생이, 싸게 드릴게요."

물기가 촉촉하게 배어나는 목소리로 외쳤다.

*

차들은 무거운 엔진 소리를 내며 도로를 질주했다. 차가 지나간 자리에 강한 바람이 불어와 도로의 바닥을 훑으면서 뒤늦게 떨어진 자작나무 잎들이 쓸려 다녔다. 순봉은 삼거리 주요 도로에서 오른쪽으로 꺾어진 지선도로에 서 있었다. 그가 서 있는 곳은 편도 이차선이었지만 한 차로는 주차된 차들이 길게 늘어서 있었다. 그는 횡단보도를 침범해 주차한 차량 사이에 서 있었다. 가끔 직선로를 쏜살같이 달려가는 대형트럭의 바람 가르는 소리에 금방이라도 쓰러질 듯 휘청거렸다. 상체를 구부려 앞에 놓은 카트로 몸의 중심을 잡았다.

벌써 두 시간째였다. 외제 차만을 표적으로 삼았다. 대상을 제한하면서 기회를 잡기가 쉽지 않았다. 어제도 네 시간 동안 서 있었다.

외제 차를 식별하기도 어려웠지만 어쩌다 기회가 오면 타이밍을 놓쳤다. 그러면서 요령이 생기기 시작했다. 횡단보도 신호가 켜지자 왼쪽으로 고개를 돌렸다. 보닛 가운데 표창 모양의 상표를 부착하고 있는 검은색 차를 봤다. 차는 속도를 줄이고는 우측으로 꺾었다.

순봉은 주차된 차의 높이보다 몸을 낮추고는 앞으로 나아갔다. 카트를 잡은 손에 힘을 뺐다. 차가 횡단보도에 가까워질 찰나였다. 팔을 쭉 뻗어 카트를 내밀었다. 순간 타이어 마찰음이 노인의 귀로 파고들었다. 동시에 차는 카트를 충격했다. 순봉의 손에서 튕겨 나간 카트는 도로 바닥을 뒹굴었다. 순봉은 흐느적거리면서 바닥으로 쓰러졌다. 눈을 감고는 주위의 소리에 촉각을 기울였다. 차 문 여는 소리가 들리고 잠시 후 사람의 발자국 소리가 가까워졌다. 허리춤에 손을 대고 신음을 냈다.

"외제제제, 외제제제."

*

교통사고조사계 사무실은 북새통을 이뤘다. 책상 사이로 설치된 칸막이로는 방음이 되지 못했다. 여기저기에서 악을 쓰는 소리가 순봉의 귀에 생생하게 들렸다. 한 남자는 주먹으로 책상을 치면서 연거푸 소리를 질렀다.

"왜 내 말은 안 믿고 저 사람 말만 믿냐고요."

순봉이 병원에 입원한 지 삼 일째 되던 날, 병실을 찾아온 경찰관에 의해 경찰서로 동행되었다. 순봉은 책상을 경계로 조사관과 마주

앉았다. 그는 눈을 희번덕거리며 조사관의 얼굴에서 낌새를 파악하려고 애썼다. 어쩌다 조사관의 눈과 마주치면 빠르게 눈길을 피했다. 시간이 흐를수록 초조감과 불안이 밀려왔다. 이마에 땀방울이 맺히면서 간혹 다리까지 떨었다. 조사관은 마우스를 느리게 클릭하면서 모니터와 순봉의 얼굴을 번갈아 가며 유심히 봤다. 한참 후 조사관은 길게 숨을 들이켰다가 서서히 뱉어냈다.

"어르신, 며칠간 횡단보도에 계셨어요."

"며칠간요? 아, 아, 아니에요."

순봉이 더듬더듬 대답하자, 조사관은 눈을 가느다랗게 뜨고는 한심한 눈빛으로 순봉을 쳐다봤다.

순봉은 집 앞에 있는 놀이터 의자에 앉았다. 구름 한 점 없는 시퍼런 하늘이 가슴을 시리게 했다. 그네 옆에 심어진 나무를 올려봤다. 물기 없는 가지에 깡마른 잎사귀 한 개가 악착같이 매달려 있었다. 얇은 바람이라도 불면 잎은 가지에서 떨어져 멀리멀리 날아갈 것 같았다. '외멀양배' 멀리 떨어지고 양보했어야 했는데, 늙은이가 무슨 객기를 부리겠다고, 그는 얕은 신음을 내며 의자에 기대어 일어났다. 허리에 손을 대고 휘청휘청 걸어 집으로 들어갔다. 냉골인 방은 더욱 움츠러들게 했다. 불룩하게 올라 있는 이불 속으로 들어갔다. 활처럼 몸을 말아 외로 누웠다. ✿

그가 왜

그가 왜

서쪽으로 기운 햇빛이 반지하 방의 유리창으로 스며들었다. 석양
은 영화관의 영사기 창에서 나온 불빛처럼 라면 상자 크기의 색유리
창을 투과하면서 검푸른 빛깔로 변하여 방 안 벽면 위쪽을 비추었다.
벽에서 반사된 빛은 어둠침침했던 방 내부를 희미하게 드러냈다. 습
기를 머금어 너덜너덜 떨어진 벽지와 그 사이로 진회색의 시멘트 벽
이 드러났다. 방바닥에는 빈 컵라면과 소주병들이 흩어져 있었다. 바
닥에 펼쳐진 이불 위에는 앙상하게 야윈 도진이 죽은 듯이 누워 있었
다.

갑자기 허공에 양손을 내젓던 도진은 괴성을 지르고는 벌떡 일어났
다. 한참을 멍하니 앉아 있었다. 긴 머리카락이 눈 밑까지 가렸다. 이
마에 맺힌 식은땀이 볼을 타고 흘러내렸다. 마른 얼굴에 툭 불거져 있
는 광대뼈에 휑하니 들어간 눈에서는 살기가 뿜어졌다. 쏘옥 들어간
볼에 흐르는 땀을 팔로 쓰윽 닦고는 천천히 엉덩이를 뒤로 밀어 벽 쪽

으로 다가갔다. 벽에 등을 기댄 채 가슴께로 두 무릎을 세워 그 사이로 얼굴을 파묻었다.

도진은 가출하고 택배 화물 집합소에서 일했다. 해가 질 무렵부터 태양이 떠오를 때까지 지역별로 화물 분류 작업을 했다. 하루치 에너지를 소모한 상태로 집에 와서 자고, 돈 떨어지면 또 작업장에 나갔다. 그런 생활을 좋다고 할 순 없지만, 딱히 큰 불만이 있는 건 아니었다.

가출하고 처음에는 지난 시간의 그리움과 앞날에 대한 불안함 때문에 마음이 심하게 요동치기도 했다. 그러나 그것도 시간이 흐르고, 지금 상황을 바꿀 수 없다는 걸 인식하고부터는 지금의 삶을 운명이라고 받아들일 수밖에 없었고, 거기에 공소시효만 끝나면 그때 가서 새롭게 살면 된다, 라고 생각하자, 조금씩 마음의 안정을 찾아간 것이다.

그런데 허리를 다치면서 그 일마저 하지 못해 컵라면 한 개 살 돈이 없자, 세상 어느 것과도 연결되어 있지 않는 쓸쓸함과 도망자의 신세를 더욱 절감했다. 처지가 더욱 비참해지면서 애써 누르고 있던 막연한 혐오와 자신에 대해 분노가 들끓었다. 그래서인지 근래 들어 자주 악몽을 꿨다.

전봇대만큼 통통한 몸통에 아이 주먹 크기의 머리를 가진 기형적인 구렁이가 나타났다. 구렁이는 항상 같은 자리인 방구석에 몸을 둥글게 감은 상태였다. 머리를 치켜세운 채 깜박거림도 없는 눈으로 도진을 바라봤다. 그러다 스르륵 움직여 빈껍데기만 남은 것 같은 도진의 몸으로 기어 올라왔다. 꼬리를 이용하여 발목부터 허리와 가슴을 순서대로 서서히 칭칭 감았다. 마지막으로 목을 조이기 전에 먹잇감을 시식하는 것처럼 두 갈래로 갈라진 혀를 입 밖으로 내밀어 얼굴을 핥다가 콧구멍으로 집어넣어 후벼댔다.

도진은 파란색 눈을 뜨고 침을 질질 흘리고 있는 구렁이에게서 빠져나가려고 안간힘을 쓰다가 꿈에서 깨어났다. 구렁이 꿈에서 벗어나기 위해 담배꽁초에서 우러나와 니코틴 진으로 가득 채워진 페트병을 방구석에 놓아둔 적도 있었다. 그러면 구렁이는 병을 둥글게 말았다. 탁자를 놓아두면 그 위에, 방 천장까지 가득 물건을 쌓아 놓으면 천정에 붙어서 혓바닥을 날름거렸다.

구렁이는 도진과 무슨 질긴 인연이라도 있는 것처럼 끈덕지게 나타났다. 어떤 날은 흑색과 황색 구렁이 두 마리가 엉켜 있기도 하다가 가끔은 자그마한 구렁이까지 합해 세 마리가 서로의 몸을 감고 있었다.

계속 구렁이 꿈을 꾸었으면 익숙해질 만도 한데, 살갗이 돋고 온몸이 식은땀으로 젖을 정도의 공포감은 줄어들지 않았다. 할머니의 말이 떠오르기도 했다. 할머니는 엄마가 도진과 동생을 임신할 때마다 구렁이 꿈을 꾸었다며 우리 가족과 구렁이와는 특별한 연이 있으니 혹시라도 보면 죽여서는 안 된다고 했다.

그래서 세 마리가 나타날까? 처음에는 꿈에서 깨어나면 불을 켜고 방 안 구석구석과 이불을 털어 구렁이를 찾았다. 지금은 꿈이라는 것을 알고 그대로 누운 상태로 들려오는 소리에 귀를 기울였다.

쓰슥, 쓰스슥, 방바닥과 벽에서 바퀴벌레들이 부산하게 움직이는 소리가 들렸다. 며칠 전부터 주변 연립주택과 다른 호실에서 약을 하고부터는 그곳에서 활동하는 모든 바퀴벌레가 도진의 방으로 이동한 듯했다.

도진은 불을 켰다. 밝은 빛에 눈이 부시는지, 놈들은 우왕좌왕했다. 도진은 그중 몸 빛깔이 갈색으로 광택이 나는 튼튼한 놈을 잡았다. 단단한 등껍질을 잡힌 놈은 수 개의 발을 허우적거렸다. 잡은 놈을 소주병에 넣고는 원을 그리듯이 세차게 돌렸다. 어지럼증에 마취되어 놈의 움직임이 둔해질 때쯤 돌리기를 멈췄다.

놈은 기절이라도 했는지 바닥에 누워 움직이지 않았다. 아이 손가락 굵기의 나뭇가지를 소주병에 넣어 뒤집어져 있는 놈의 배를 지그시 눌렀다. 지포 라이터를 켜 유리에 댔다. 유리가 서서히 달궈지면서 놈은 뜨거움에 다리를 떨며 발광했다. 머리카락이 탈 때와 같은 역한 냄새가 병 밖으로 새어 나왔다. 놈의 발 움직임이 서서히 잦아들었고, 그 과정을 살펴보던 도진의 입꼬리가 올라갔다. 들고 있던 소주병을 바닥에 던지고는 이불 밑에 놓아둔 칼을 들었다. 미처 도망가지 못한 놈들은 여전히 바삐 움직이며 출구를 찾고 있었다. 칼끝은 놈들을 향했다. 표적에서 빗나간 칼은 벽지에 상처만 입혔다. 그런데도 계속 찔렀다. 칼을 내지를 때마다 욕을 했다.

"씨팔, 다 죽어."

붉게 달아오른 얼굴로 놈들을 찌르거나 으깼었다. 한참을 날뛰던 도진은 새끼 낳은 암캐의 젖처럼 축 늘어져 있는 메리야스의 목 부위를 잡아 세차게 찢었다. 앙상하게 드러난 배를 갈라 창자라도 전부 끄집어낼 듯이 칼끝을 배꼽에 대었다. 섬뜩함에 온몸을 부르르 떨었다.

그렇게 한참을 있더니 칼을 버리고 방바닥에 주저앉아 가쁜 숨을 몰아쉬면서 꺽꺽거렸다.

고등학교 이 학년 등교 첫날, 담임은 도진을 교무실로 불렀다. 도진이 공군사관학교에 입학하여 전투기 조종사가 꿈이라는 것을 알고 있는 담임은 장교가 되어 부대원들을 이끌려면 리더십이 필요하다며 반장 맡기를 권유했다.

도진은 학우들 앞에 나서는 것이 두렵고 능력이 부족하다는 이유로 거절했다. 담임은 그러니까 더욱더 해야 하고, 나중에 보면 많이 성장해 있을 거라며 끈질기게 권유했다. 그렇게 떠안듯 도진이 반장을 맡았지만, 최선을 다해 담임과 학우들에게 인정받고 싶었다. 그런데 상수가 자주 시비를 걸었다.

어려서부터 지금까지 같은 아파트에 살고 있는 상수와는 중학교까지 같은 학교에 다녔는데, 고등학교도 같은 학교로 배정받은 것이다. 그와는 중학교 이 학년까지는 특별한 충돌 없이 지냈다. 그는 삼 학년부터 일진회처럼 거칠게 노는 아이들과 어울렸다. 학원 가야 할 시간에 피시방으로 향했다. 이를 의심한 상수의 엄마가 그에 대해 묻자, 사실대로 말을 해주었다. 그런 후부터 그는 도진을 만나면 독 오른 개새끼처럼 이빨을 드러내어 시비를 걸었다.

"헤이, 마보!"

늦은 시간 집 앞 학교에서 동생을 기다리고 있을 때, 상수는 비꼬듯이 불렀다. 피우던 담배를 바닥에 던진 그는 손가락 세 개를 이용해 풍

차 돌리듯이 라이터를 빙글빙글 돌리면서 도진에게 다가왔다.

학교에서 수시로 금연 교육을 받았다. 담임은 학생들이 금연 훈계를 처음부터 끝까지 외울 정도로 자주 했다.

"여러분은 흡연의 폐해는 잘 알고 있을 것입니다. 국가에서는 청소년들에게 담배 판매를 금지하고 있습니다. 그런데 여러분은 친구 중에 규정 속도를 초월한 늙수그레한 친구에게 심부름시키거나, 주민등록증을 위조하여 가게 주인을 속이면서 담배를 구입하고 있습니다. 담배 가게의 주인도 여러분과 같은 자식들이 있고, 가게에서 돈을 벌어 자식들을 뒷바라지하고 있습니다. 그런데 여러분에게 담배를 판매한 것이 발각되어 벌금을 물고 영업정지를 당하고 있습니다. 장사를 하지 못하게 되면 그 가정은 어떻게 되겠는가를 여러분이 상상하여 보기를 바랍니다. 호기심에 구입하여 피우는 담배가 습관이 됩니다. 습관이 되면 중독이 됩니다. 흡연자뿐만 아니라 여러분의 부모님인 가게 주인도 엄청난 피해를 봅니다. 그런데도 흡연하겠는가요? 광주 최고 명문인 최성중학교에서도 가장 모범 학급인 우리 반에서는 흡연자가 한 명도 없을 것을 약속하는 차원으로 '담배는 죽음이다' 삼 회 복창하겠습니다."

훈시를 마친 담임이 '담배는' 선창하면 학생들은 '죽음이다'를 후창했다.

이토록 학생들은 수없이 금연 교육을 받았고, 청소년에게 담배를 판매한 가게 업주가 큰 처벌을 받는데도 조그마한 불씨가 온 산을 태우듯 중학생의 흡연 숫자가 빠르게 늘어간 것을, 도진은 이해할 수 없었다.

상수는 담배를 한 대 더 꺼내 물고는 도진에게 계속 시비를 걸었다.

"야, 병신, 너 엄마한테 자랑 좀 그만 치라고 해라, 너 모친 때문에 이 형이 힘들어야 되겠냐."

도진이 아무런 대꾸를 하지 않자, 그는 도진의 어깨에 손을 얹었다. 이빨 사이로 침을 찌익 쏘고는 뒤통수를 톡톡 쳤다.

"잘 좀 해라."

그는 도진을 애완견 다루듯 했다. 도진은 힘주어 쥔 주먹을 슬그머니 폈다. 상수의 친구들과 그 선배들의 보복이 두렵기도 했지만, 아버지 잔소리에 의식이 지배당했다는 게 맞는 표현일 것이다.

"참아라! 당장은 진 것처럼 보이나 나중에 보면 이겨 있다. 최후의 승자가 진정한 승자이다. 공사에 가려면 전과가 없어야 하고, 학교 생기부가 좋아야 한다. 누가 시비를 걸면 무조건 그 자리를 피해라."

아버지는 시도 때도 없이 같은 말을 무한 반복했다. 그 잔소리에 세뇌당한 도진의 뇌는 참아야 한다, 라는 채널에 주파수가 고정되어버렸는지도 모른다. 그래서인지 특별하게 인내력을 발휘하지 않아도 참을 수 있었다. 이 학년이 되자 그런 상수와 같은 반이 된 것이다.

그날도 그와 실랑이할 생각은 없었다. 이 교시가 끝난 쉬는 시간에 도진은 학우들에게 다가올 스승의 날, 담임에게 꽃과 작은 선물을 드리자고 제안했다. 상수는 즉각 발톱을 세웠다.

"하고 싶으면 너 돈으로 해. 아니면 담탱이에게 귀여움받은 놈들끼리 해라."

상수는 눈에 힘을 넣어 반원들을 훑어보기까지 했다. 도진은 여기에서 밀리면 반장을 하는 동안 계속 밀릴 것 같았다. 누를 필요가 있었고, 그래야 한다고 생각했다.

"여러분도 스승은 부모와 같다는 〈두사부일체〉 영화를 봤을 것입니다. 쓰레기 같은 깡패들도 스승님에게는 예의를 갖춥니다. 스승의 날에 부모님과 같은 선생님에게……."

그때 상수가 불쑥 끼어들었다.

"그러면 담탱이도 성폭력범이냐?"

순간 교실 안은 상영 중인 영화가 정지된 듯, 학우들의 얼굴은 마네킹처럼 굳어졌다. 상수의 말을 알아듣지 못한 도진은 다양한 표정을 짓고 있는 그들의 얼굴만 살필 뿐이었다. 가지각색이었다. 근육이 일그러지면서 곤혹스러워하는 표정, 도진의 다음 행동을 궁금해하는 표정, 나오려는 웃음을 힘들게 삼키느라고 짓는 어설픈 하회탈 같은 표정들이었다.

도진은 그들의 표정에서 자신이 안 좋은 일과 연루되었다는 정도만 추측할 뿐, 그것이 무엇인지 정확하게 알 수 없었다. 상수의 말을 되뇌어봤지만 감이 오지 않았다. 유리창 너머로 운동장을 바라보고 있는 상수에게 무슨 뜻이냐고 묻자, 그가 막 무슨 말을 하려고 할 때였다.

"개자식아!"

상수의 옆줄에 앉아 있던 부반장 진수가 소리를 질렀다. 그리고는 번개처럼 달려가 주먹으로 그의 얼굴을 가격했다. 방어할 틈도 없이 순간적으로 맞은 상수는 손바닥으로 얼굴을 감싼 채 책상에 엎어졌다. 이어서 곡괭이로 땅을 내려찍듯, 진수는 발을 들어올려 발뒤꿈치로 등을 내리찍었다. 학우들이 말렸고, 그는 바닥에 쓰러져 신음만 토해냈다. 진수는 상수의 머리를 밟은 채 단호하게 말했다.

"깝치지 말고 입 다물고 살아, 바퀴벌레 같은 새끼야."

평소 화를 낸 적이 없던 진수가 돌변해 폭력을 행사한 것이다. 도진은 더 혼란스러울 뿐 생각은 나아가지 않았다.

점심시간에 도진은 조금 바보스러우면서도 모든 일에 끼어들기를 좋아하는 한수를 불러냈다.

"상수의 말이 무슨 뜻인 줄 알고 있지?"

눈길을 피하며 머뭇거리는 그를 도진이 다그치자 더듬거리며 말했다.

"너 아부지가 사고 쳤나 봐."

"사고?"

"나도 잘 몰라."

대답을 주저하는 그를 조금 더 세게 몰아쳤다. 그는 낮은 소리로 상수 페이스북에 들어가보라고 했다. 휴대전화가 없는 도진은 그에게 휴대폰을 빌려 접속했다. 머릿속은 하얗게 정지된 반면에 가슴은 심하게 쿵쾅거렸다. 아버지가 여자아이의 가슴과 엉덩이를 만진 성폭력범이라고 적시되어 있었다.

학교 운동장을 에워싸고 있는 이팝나무 꽃들이 바람에 흔들렸다. 연초록 잎 위로 그득히 핀 꽃잎들이 눈처럼 떨어져 바람결을 타고 운동장 바닥으로 내려앉았다. 바닥을 훑는 바람이 일고 희멀건 꽃잎들은 황토 흙바닥을 떼를 지어 뒹굴었다.

오월의 볕인데도 뜨겁고, 눈을 따갑게 했다. 무엇이든 그 볕을 쐬면 금방이라도 말라비틀어져 부서질 만큼 매서웠다. 도진은 볕이 내리쬐는 벤치에 앉아 체육관 뒤쪽을 응시했다. 조금 후 상수가 나타났고, 그는 음습한 건물 벽에 바짝 기대어 담배를 피웠다. 도진은 그에게 빠르게 걸어갔다. 상수는 도진을 흘깃 쳐다보더니 가느다랗게 뜬 눈으로 하늘만 쳐다보면서 회색의 담배 연기를 뿜어냈다.

"페이스북에 올린 것 뭐냐?"

아무런 말이 없는 상수의 멱살을 잡으려 할 때였다.

"빙신 새끼, 너 아부지 성폭력범이라고 우리 집에 통지서가 날아왔더라. 너 아부지 조심하라고 신상정보 검색해서 올려놓은 것인데 못 믿겠음, 확인해보든지."

여전히 담배 연기를 허공에 뿜어대며 말했다.

"개새끼야!"

도진이 상수의 얼굴을 향해 주먹을 빠르게 날렸다. 주먹은 휙휙거리며 허공만 가를 뿐 꽂히지 않았다. 상수는 중심을 잃고 비틀거리는 도진의 배를 발로 걷어찼다. 도진이 비틀거리며 몇 발짝 물러나 손으로 배를 감싸고는 바닥에 쓰러졌다.

"성폭력범의 새끼가 깝치기는."

상수는 이빨 사이로 침을 갈기고는 슬리퍼를 끌며 그곳을 떠났다.

도진은 땅바닥에 애벌레처럼 웅크린 채 꿈틀거렸다. 급소를 맞았는지 숨 쉬기가 힘들 정도로 배에 심한 통증을 느꼈다. 땅바닥에 뺨이 맞닿은 채 거칠게 숨을 쉬었다. 숨을 내뱉을 때 입언저리에 떠돌던 부연 먼지가 들이쉴 때면 입속으로 빨려 들어갔다.

아버지가 여자아이를 추행했다는 게 믿기지 않았다. 아버지가 정신병자인가? 절대 아니다. 넘칠 정도로 극히 정상이다. 그런데 정신병자들이나 하는 짓을 아버지가 했다고? 아버지는 얼마 전까지도 집에 왔었고, 통화도 했었다. 그런데 상수의 페이스북에 올려놓은 통지서와 신상정보에 어떻게 아버지의 정확한 이름과 사진이 있단 말인가.

며칠 전부터 집 안 분위기가 낯설었다. 무겁고 차가운 공기에 짓눌림을 당한 것 같았고, 조심하지 않으면 강한 폭탄이라도 터질 것 같은 위태로움을 느꼈다. 식당에서 늦게야 퇴근해 집에 오던 엄마가 일을 나가지 않았다. 거실 불도 켜지 않은 채 멍하니 앉아 있던 엄마가 도진을 보면 당황하면서 부자연스럽게 행동했다.

화물차를 운전하면서 일주일에 한 번은 집에 오던 아버지가 오지 않았고, 늦은 저녁이면 반드시 안부를 묻던 전화도 며칠째 없었다. 언제나 다정하게 대해주던 윗집 아주머니가 엘리베이터에서 도진의 인사를 어색하게 받고는 구석진 곳에 몸을 바짝 붙였다. 모두 알고 있는 것을 도진만 모르고 있었던 것이다. 동생은 알고 있을까?

지나가는 차의 경적에 깜짝 놀란 도진은 주위를 살폈다. 동생과 함께 자주 다니던 마을 도서관 앞이었다. 도진이 학교에서 나올 때는 낯선 곳, 아무도 자기를 알지 못한 곳으로 가고 싶었다. 그래서 몇 시간을 무작정 걸었다. 그런데 겨우 도착한 곳이 마을 도서관이었다.

도진은 자신의 몸이 궤도에 따라 정해진 노선대로만 이동하는 성실한 전차와 같다는 생각이 들자, 가로수 밑동을 찼다. 더 세게, 더 세게 찼다. 발바닥에서 온몸으로 전달되는 알알한 통증이 짜릿하기까지 했다.

도서관 뒤편 공원 의자로 갔다. 해는 산으로 몸을 가린 채 등성이쪽으로 검붉은 빛만 약하게 쏟아냈다. 어스름이 내리고 있었다. 벤치에 드러누워 하늘을 쳐다봤다. 구름은 매스 게임을 하는 것처럼 다양한 형태로 모였다가 흩어지는 것을 일사불란하게 반복했다. 도진은 이를 바라보다가 긴 숨을 내뱉고는 외로 누웠다.

무언가가 얼굴에 비추는 빛을 가리고 있다는 느낌에 도진은 눈을 떴다. 머리맡에 시커먼 물체가 있었다. 순간 소스라치듯 일어났다. 가슴에 덮여 있던 점퍼가 바닥으로 떨어졌다. 물체는 등을 돌리고 앉아산등성이에 쭈뼛이 내민 달을 바라보고 있었다. 묶은 머리에서 빠져나와 어깨까지 흘러내린 머리카락은 옅은 바람에도 심하게 휘날렸다. 등은 숨을 쉴 때마다 가늘게 흔들렸다.

엄마였다. 그녀는 더 이상 관리하기가 불편해지면 미용실에 가서 머리카락을 짧게 잘랐다. 단발로 자른 머리카락은 얼마 가지 못했고, 몇 개월이 지나 길게 자라면 항상 묶고 다녔다.

동쪽 하늘에 하현달이 떠 있는 것으로 보아 자정이 가까워졌다는 걸 알 수 있었다. 동생과 함께 도서관에 갈 때마다 엄마가 가져온 도시락을 이곳에서 먹었기에 그녀가 이곳을 찾은 것은 짐작이 갔으나 언제부터 여기에 앉아 있었는지 궁금했지만, 묻지 않았다.

"감기 들면 어쩌려고 집에 들어와서 자지 않고……. 배도 고플 텐데."

도진이 정원등의 불빛만 바라볼 뿐 아무런 말을 하지 않자, 그녀는 손바닥으로 얼굴을 쓸어내리고는 이어서 말했다.

"담임 선생님 전화 받았다."

그래도 도진이 아무런 대꾸를 하지 않자, 그녀는 손으로 얼굴을 감싸며 긴 숨을 내쉬었다. 그녀는 자식들에게 어떻게 말할까? 줄곧 고민했다. 그들이 거짓 신고한 걸, 경찰에서는 그들의 말만 믿은 거라고, 아버지는 억울하게 누명을 쓴 거라고, 그렇게 말하고 싶었다. 하지만 평소 거짓 없이 참되게 살아야 한다고 자식들에게 수없이 교육했고, 그녀는 그걸 지키며 살아왔다고 자신했다. 진실이 가려지지도 않거니와 자신의 그런 삶을 부정하는 것 같아 고개를 저을 뿐이었다. 그녀는 아무 말을 하지 못한 채 그냥 그렇게 한참을 앉아 있었다.

"집에 가자."

도진이 전혀 움직이려고 하지 않았다. 그녀는 나오려는 한숨을 참아내기 위해 이빨을 앙다물면서 늘어진 얼굴 볼이 실룩거렸다.

"수진이도 방문을 잠그고 나오지 않고 있다. 너까지 이러면……."

"언제 알았는데?"

도진은 부모라는 사람들이 주변에 신상 공개가 되기까지 아무런 조치를 하지 않은 것이 이해되지 않았고, 미련함이 경멸스러웠다.

"며칠 전에, 어떤 아주머니들이 식당에 와서 자기들끼리 말하더라."

"……."

"네가 동생을 다독여 잘해주었으면 좋겠다."

"내가 왜, 못 해, 아니 안 해."

그녀는 주위와 같은 어두운 안색으로 가만히 듣고만 있었다.

도진은 엄마로부터 몇 발짝 뒤에 고개를 숙인 채 걷고 있었다. 늦은 시간임에도 길에는 많은 사람이 지나다녔다. 아파트 출입구에 이르렀을 때 젊은 남녀가 엘리베이터 앞에 서 있었다. 도진이 머뭇거리다 그곳을 지나치려고 할 때, 그녀는 도진의 손을 꼭 잡았다.

"너 잘못 없다, 당당해라."

'당당! 성폭력범 아들이 당당! 엄마나 당당하게 사세요.'라는 말이 나오려고 했다. 도진은 엄마의 손을 뿌리쳤다.

"바로 들어갈게, 먼저 가세요."

도진은 등교하기 위해 버스에 올라탔다. 버스가 학교에 가까워질수록 같은 교복을 입은 학생들이 타기 시작했다. 도진은 의자에 깊숙하게 앉아 몸을 움츠린 채 차창 밖만 쳐다봤다. 통로에 서 있던 학생들의 소곤대는 소리에, 도진은 반사적으로 고개를 돌렸다. 그들은 말을 멈추고는 빠르게 도진의 반대편을 쳐다봤다.

차에서 내린 도진은 뒷골목으로 걸어갔다. 학교 후문에 도착했을 때는 불량하게 보이는 학생 몇 명만 어기적대며 들어가고 있었다. 아침 자율학습 시간이 끝났는지 학생들은 운동장을 달려 다녔고, 어떤 교실에서는 함성을 질렀다.

도진이 오 일 동안 학교에 가지 않자, 집에 온 담임은 도진에게 반장을 하게 해서 미안하다고 했다. 도진이 학교를 중퇴하겠다고 하자, 담임은 엄마에게 차선책으로 전학을 권유했다. 상수는 학교에서 가장 무거운 징계를 하겠다면서 다른 문제는 제기하지 않기를 바란다고 했다. 전학은 실력이 좋은 학교로 보내줄 것이며, 무단결석은 질병으로 처리하겠다는 당근을 제시했다.

모든 일은 빠르게 이뤄졌다. 도진과 동생은 지금 학교에서 정반대 방향으로 가장 멀리 있는 학교로 전학을 갔다. 학교 근처에 있는 투룸을 임시로 빌려 필요한 물건을 옮기는 것까지 마쳤다. 엄마는 놀라울 정도로 모든 일을 신속히 처리했고, 곪은 상처는 봉합되어 건드리지만 않으면 다시는 터지지 않을 것 같았다.

도진이 전학 간 지 일주일이 되던 날, 교실에 학생들이 모여 휴대전화를 보면서 웅성거리고 있었다. 그들은 도진이 들어온 걸 보고는 선생님이 들어왔을 때 하는 것처럼 잽싸게 자기들 자리로 갔다. 개중에 몇 명은 자리에 앉아서도 도진을 슬쩍슬쩍 보면서 슬며시 웃기까지 했다.

도진은 자살 폭탄 테러가 떠올랐다. 폭탄이 있다면 품에 안고 터뜨리고 싶었다. 폭탄이 터지면서 찢어진 도진의 붉은 살점이 수류탄 파편처럼 날아가 그들의 몸에 박힌 광경이 영화를 보듯 머릿속에서 생생하게 그려지기까지 했다.

교실을 나온 도진은 학교 뒷산으로 올라갔다. 초여름 태양빛이 따가웠다. 나뭇잎이 볕을 가려주는 그늘진 곳에 앉았다. 푸른 하늘에 맥없이 떠다니는 구름만 멍하니 바라봤다. 약간의 시간이 지나자, 해는 성긴 잎사귀 사이로 도진을 찾아 비추었다. 엉덩이를 조금씩 움직이면서 빛을 피해보지만, 그것도 잠깐이었다. 지구상에서 태양을 피할 곳이 어디 있다고, 전학한 어리석음에 헛웃음이 나왔다.

산에서 내려온 도진은 할머니가 있는 시장까지 걸어갔다. 할머니는 노점상들에 섞여 시금치를 다듬고 있었다. 앞으로 다시는 못 볼 것 같아 키워준 것에 감사하다는 인사를 하고 싶었다.

며칠 전 집에 온 할머니는 엄마에게 무언가를 싼 듯한 두툼한 보자기를 건네주었다.

"너 시아버지가 젊었을 때 애비와 똑같은 일로 하도 속을 썩여서 용헌 무당을 찾아갔다. 그 무당이 말꼬리 고은 물을 먹이라고 하더라. 말꼬리를 구해다가 사골 우리는 것처럼 푸욱 우려서 해 먹였더니 병이 나았다. 경험한 것인께 내 말 믿고 먹여봐라. 애비에게는 사골국이라고 하고, 부정 탄께 다른 것은 섞지 말고, 세 번은 먹여야 한다."

기역자로 허리가 휜 할머니는 엄마에게 큰절이라도 올리는 것처럼 앉아 있어도 방바닥에 가슴이 닿을 정도였다. 방바닥만 쳐다보면서 손가락 끝에 힘을 주어 애꿎은 장판만 문질렀다.

"씨도둑은 못 한다고 진즉에 먹였으면 이런 험한 일은 없었을 것인데, 왜 이 생각을 못 했는고. 으슥한 데에 꿩알 낳더라고 애비가 이럴줄을 어떻게 알았겠냐. 내가 참말로 미련한 년이다."

목소리에는 축축함이 묻어 있음에도 눈물샘이 말랐는지 눈물은 나오지 않았다. 그런데도 할머니는 습관적으로 연신 눈자위를 닦았다. 엄마는 다소곳하게 앉아서 듣고만 있었다.

"아가, 마음을 단단히 묵고 아기들을 키워야 쓴다. 내 새끼들이 공부도 잘하고, 네 팔자 펼 날이 얼마 안 남았다. 그때까지는 힘이 들어도 참아야 한다."

방바닥을 짚고 힘겹게 몸을 일으킨 할머니는 지팡이에 의지해 문밖으로 나갔다.

"말꼬리를 많이 쌌다. 혹시 모르니 아기도 같이 먹여라."

엄마에게 속삭이듯 한 말이 도진의 귀로 쨍쨍하게 파고들었다. '아기도 같이 먹여라'는 말이 지금도 사라지지 않고 파문이 일었다.

할머니 말을 듣던 중에 그때가 불쑥 생각났다. 그때 도진이 어렸지만, 그 사람의 괴이한 행동을 이해할 수 없었다. 그 사람과 함께 공원에 갔었다. 도진은 동생과 잠자리채를 들고 곤충을 잡으려고 공원을 돌다가 그 사람이 벤치에 앉아 여자아이를 보듬고 있는 것을 봤었다. 도진이 다가가자, 그 사람은 깜짝 놀라서 정신없이 뛰어갔다. 도진은 그 사람이 간 쪽으로 따라갔다. 그 사람은 나무에 머리를 박고 있었다. 이마에서 나온 피는 볼을 타고 바닥으로 떨어지는데도 알아들을 수 없는 괴성을 질러댔다.

그때는 그 사람의 행동이 이상하다고만 생각했지, 무엇 때문에 그런지 몰랐다. 지금 와서 돌이켜보니 그 사람은 본인도 성도착증 환자라는 것을 알고 있었다. 그러면 할머니의 말대로 나도 정신병자라는 말인가. 도진은 뇌 속에 기생충이 기어다니고 있는 것 같아 어지럼증이 일었다. 내가 여자를, 그것도 어린아이를 강제로 추행할 수 있다고? 있을 수 없는 일이다. 상상조차 해서도 안 된다. 머리를 세차게 흔들었다.

도진은 가까이서 할머니를 바라보며 죄송합니다. 건강하세요. 할머니! 마음속으로 인사하고는 시장에 있는 그릇 가게로 들어갔다. 접이식 칼을 한 자루 사서 주머니에 넣었다.

작은 창으로 들어오던 석양빛이 사라지자, 방은 다시 어둠에 잠겼다. 한참을 헐떡대며 날뛰었던 도진은 더 이상 움직일 힘이 없어 바닥에 누운 채 창문을 쳐다봤다. 달빛에 비친 나무줄기의 그림자가 유리창에 흔들거렸다.

창문 앞 화단에 키 낮은 나무가 심겨 있었다. 나뭇잎이 유리창을 가려 볕의 진입을 방해해, 일 년 전 나무 밑동을 잘라버렸다. 당연히 죽을 것으로 예상했던 진갈색의 나무 밑동에서 올봄에 두 개의 연푸른 줄기가 나왔다. 사람의 가슴에서 팔이 뻗치듯 나온 줄기는 가을이 되자, 연필 두께로 어른 팔 길이만큼 자랐다. 위로 뻗은 줄기가 바람에 흔들렸고, 달빛에 비친 줄기의 그림자가 차 와이퍼처럼 유리창을 닦았다.

어느 날부터 줄기 한쪽이 진갈색으로 말라가더니 결국 힘없이 부러졌다. 그때부터 짝을 잃은 줄기는 고장 난 와이퍼처럼 한쪽 유리창만 닦고 있는 것 같았다. 그걸 지그시 바라볼 때면 짝을 잃은 새의 애끓는 소리가 방 안으로 스며드는 듯했고, 때로는 한쪽 팔을 잃은 여성이 바람을 타고 한풀이 춤을 추고 있는 듯도 했다. 바람의 세기를 운율 삼아 격동적인 몸짓을 하다가 바람이 잦아들면 처연한 춤사위로 바뀌기도 했다. 도진이 푸르디푸른 달빛을 조명 삼아 한쪽 팔을 잃은 여인의 스산한 몸짓을 보고 있을 때였다.

꾸우웅, 꾸우웅, 소리가 들렸다. 도진의 방 부근에 길게 흐른 하천이 있었다. 그곳에 서식하는 황소개구리의 울음소리였다. 달이 해의 자리를 차지하면 개구리들은 어김없이 울었고, 비가 오는 날은 굵고 더 큰소리로 울어댔다. 도진이 옷을 입고 사냥 나갈 준비를 갖추고 있을 때 옆 방 남자가 불렀다.

도진이 가출해 택배 화물 집합소 일을 그만둔 후, 얼마 전부터 옆방 남자와 함께 개구리를 사냥했다. 화물 집합소는 신분 확인을 하지 않았고, 다른 곳보다 임금이 높았다. 게다가 하루 일을 마치면 바로 일당을 받을 수 있어서 도진의 처지에 딱 맞는 일터였다. 그런데 무거운 쌀과 김치를 들면서 허리를 다쳐 더는 할 수 없게 된 것이다. 그런 이후로 옆방 남자를 따라 개구리 사냥을 했다.

번식력이 왕성하면서 허벅지 살이 통통해 국가에서 식용 목적으로 수입한 황소개구리가 지금은 생태계를 파괴한다며 구청에서 한 마리당 오천 원씩 현상금을 내걸었다. 도진은 매일 개구리를 잡아 현상금을 받아서 먹고살았다.

도진과 옆방 남자는 개천에 매어둔 뗏목에 올라탔다. 도진은 긴 대나무를 물속에 쑤셔 박아 수초 가까이 천천히 밀었다. 옆방 남자는 헤드램프로 수풀 속을 샅샅이 뒤졌다. 초록색 물풀 속에 숨어 있는 개구리를 발견하고는 신속하면서도 능란하게 오지창을 날렸다. 날카로운 창살은 개구리의 몸통을 뚫었다. 온몸에 창살이 박힌 채로 뗏목으로 잡혀 나온 개구리는 흰 뱃살을 드러내고 뒷다리를 쫘악 편 채 바르르 떨었다. 상수도 개구리처럼 떨었다. 다만 그는 살려주라고 말한 것이 개구리와 다를 뿐이었다.

도진은 상수의 움직이는 흐름을 잘 알고 있었다. 그는 방과 후 집에 들어가기 전에 아파트 놀이터에 가서 담배를 피웠다. 도진은 그가 도착하기 전에 놀이터의 뒷길로 갔다. 덩치가 큰 나무 뒤에 몸을 숨기고는 그가 걸어오는 쪽의 길을 노려봤다. 오줌이 마려워 아랫배에 힘을 줬다. 각목을 쥐고 있는 손바닥에 땀이 배었다. 굳은 어깨 근육을 풀기 위해 팔을 회전하고 있을 때 그가 나타났다. 각목을 양손으로 쥐어 잡고는 그가 사정거리 내로 들어오기를 기다렸다. 가까이 다가왔고, 속으로 하나, 둘, 숫자를 세었다. 셋에 그의 허리를 야구공 치듯이 휘둘렀다. 뻑 소리가 난 것과 동시에 그는 휘청하면서 외마디 비명을 내고는 바닥에 엎어졌다. 도진은 기어서 도망가려고 하는 그의 다리를 계속 내리쳤다. 기절이라도 한 듯 축 늘어져 있는 그의 등을 발로 밟고 칼을 꺼냈다. 가로등 불빛에 날이 번쩍거렸다. 왼쪽 무릎으로 그의 팔을 누르고 손등을 내리찍었다. 관통한 칼끝이 시멘트 바닥에 찍히면서 손날에 약간 아린 느낌이 들었다.

"아프냐? 넌 손이 문제야. 내 인생 끝난 것처럼 너도 평생 손 병신으로 살아, 개새끼야."

그는 몸을 떨면서 잘못했으니 살려주라고 애원했다. 칼날이 손으로 밀리면서 도진의 손날에서는 덜 잠근 수도꼭지에서 물이 떨어지듯 피가 칼날로 떨어졌다.

"잘못한 것 알면 죽여주라고 해야지, 살려주라고 해, 개새끼야."

도진은 그의 손 등에 박혀 있는 칼을 고장 난 자물쇠 열쇠 돌리듯이 좌우로 세차게 돌렸다. 칼날을 압착하던 손등에 틈이 벌어졌다. 도진의 손에서 흐르는 피는 칼날을 타고 그의 벌어진 상처 부위로 흘러 들어갔다.

"내 피를 너에게 줄게. 너도 그 사람처럼 어린아이를 추행하고 살아."

도진은 상수에게 흐르는 피를 보면서 자기의 유전자가 그의 몸으로 실제 옮겨가는 것 같은 허황한 착각이 들었다. 박혀 있는 칼을 지렛대 젖히듯이 아래로 눌렀다. 반원형으로 휜 칼날은 탄성의 한계점에 이르러 곧 부러질 것 같았다. 그때 우두둑 소리가 나면서 흰 뼈가 손등 밖으로 불룩하게 튀어나왔다. 도진은 칼을 뺐다. 경기만 일으킬 뿐 신음도 지르지 못하는 그의 옷에 칼을 닦았다.

"평생 나를 원망해라. 나도 너를 증오하면서 살 테니까."

자정 무렵까지 개구리 사냥을 했음에도 겨우 열 마리밖에 못 잡았다. 배스의 출현으로 개구리는 갈수록 현저하게 줄어들었다.

옆방 남자는 갈수록 개구리를 잡지 못해서인지 사냥하는 동안 줄곧 침울하더니 일을 마치고 국밥집에 가자고 했다. 도진이 그를 따라다니기 시작해 식당은 처음이었다. 도진은 소주를, 남자는 국밥을 주문했다.

식당 주인은 엄마와 같은 연령대였다. 몹시 야윈 얼굴에 뒤로 묶은 머리, 울퉁불퉁하면서 붉은 손, 엄마와 너무 같았다.

오랜 기간 식당 주방에서 일한 엄마의 손은 항상 벌겋게 부어 있었다. 무릎과 어깨, 손가락 마디가 저리다면서 도진에게 수시로 주물러주라고 했다. 지금도 식당에 다니고 있을 것인데 주물러주는 사람은 있을까, 동생은 어떻게 되었을까, 추운 가슴을 덥히기라도 하려는 듯 도진은 소주를 글라스에 채워 들이켰다.

옆방 남자는 늙은 아버지와 함께 살았다. 그의 아버지는 알코올중독자였다. 오후가 되면 집을 나가 여기저기 기웃거리면서 술을 얻어마셨다. 소주 석 잔이면 흐느적거렸고, 넉 잔이면 움직이지 못했다. 노상에 앉아 옷을 입은 채로 오줌을 싸고는 지나가는 사람들에게 욕을 했다. 그는 그런 아버지를 업어 집으로 데려와 목욕시켰다.

매일 같은 일을 반복하면서도 불평하지 않는 걸 보면서 그는 도대체 어떤 사람이기에 힘들어하거나 창피하다는 표정 없이 묵묵하게 해낼까? 궁금했지만, 이제껏 물은 적이 없었다.

"아버지가 짜증 안 나세요?"

그는 도진보다 열다섯 살이 많았다. 도진의 묻는 의도를 알지 못한 그는 눈을 깜박거리며 손으로 이마만 만지작거렸다. 대부분 몇 박자 느리게 반응했다. 잠시 후, 그는 난해한 문제의 답이라도 찾아낸 것처럼 해맑은 표정을 지었다.

"그러면 어쩔 거야? 갖다 버려? 아버지인데, 아버지도 속상한 일이 많아서 그래."

도진은 주정뱅이 아버지가 대우받을 자격이 있나요, 라는 말이 나오려는 걸 목젖에서 넘겼다.

"언제부터 저리 되셨어요?"

"십 년, 원래 술은 좋아했는데 모친과 누나가 죽고 부쩍 더 마시더라."

그의 모친과 누나가 죽었다는 말에 도진은 어떤 말을 할 수 없었다. 그의 아픈 과거를 들춰낸들 해줄 수 있는 게 있겠는가. 그래서 탁자 위에 두 손을 가지런히 모아 동정 어린 시선만 보내자, 그가 스스로 말했다. 엄마가 우울증 환자였고, 유전적으로 누나도 같은 병을 가졌다고 했다. 약 먹는 걸 거부한 엄마가 자살한 후 누나도 자살했고, 그 이후부터 아버지가 술을 많이 마셨다는 것이다. 그는 다행히 아버지의 피를 물려받아 우울증은 없지만, 아버지처럼 살기 싫어 서른 살부터 술을 마시지 않는다는 거였다.

도진은 부모의 결합으로 출생한 아이가 한쪽의 유전자만 가질 수 있는지 의문이 들어 물었다. 그는 정상인과 비정상인이 결혼하면 비정상인도 출생하고, 정상인도 출생한다고 했다. 그의 말이 맞을까, 그렇다면 자신은 누구의 유전자를 받았을까.

도진이 소주 두 병을 거의 비워갈 때 옆자리에 있던 자들이 술에 취했는지 큰 소리로 떠들었다. 그들이 화물차 기사라는 것을 바로 알 수 있었다. 그들 중 가장 비대한 남자가 비너스 모텔은 서비스가 지랄이다. 부산항에 있는 노래방 도우미들이 쭉쭉빵빵하다고 하자, 다른 자들도 다음에 돈을 따면 가야겠다는 등 서로 음담패설을 주고받으면서 낄낄거렸다. 도진은 그들을 쳐다보며 드는 생각은 기사들이 모텔에서……?

그러면 그 사람은? 중학교 삼 학년 여름방학 때, 공군사관학교가 있는 청주로 화물을 운송하면서 도진에게 학교 견학을 가자고 해 따라간 적이 있었다. 화물을 하차하고 학교에 도착했지만, 정문에서 보초 서는 군인들에게 출입을 제지당했다. 그 사람은 견학 취지를 설명하면서 사정했지만, 군인들은 딱딱한 말투로 매몰차게 거절했다.

눈알을 부라리며 무슨 말을 하려던 그 사람은 숨을 거칠게 쉬면서 꽉 다문 입술만 실룩댔다. 한참을 숨만 크게 쉬며 그리 서 있다가 머리를 긁적였다. 텅 빈 시선으로 교정을 바라보다가 도진을 향해 애써 미소를 지었다. 그러고는 가라앉은 목소리로 인천으로 가서 광주로 가는 화물을 싣고 집에 가자고 했다.

그 사람은 그런 사람이었다. 악바리처럼 살면서도 경비병에게 악을 쓰면 미래 도진이 학교 진학에 어떤 화가 미칠 것 같은 우려에 참은 사람, 가족을 위해서라면 모든 걸 참고 희생할 수 있는 사람이었다.

도진은 그 사람의 무조건적인 희생과 가족만을 위한 이기적인 면을 지독히 싫어했다. 그런데도 그걸 말한 적은 없었다. 아니 말할 수 없었다는 게 맞을 것이다. 그 사람은 인천으로 가기 위해 운전을 하면서 서운한 감정이 풀리지 않았는지 국민 세금으로 운영하는 곳에 국민이 견학을 못한다는 게 이치에 맞지 않다며 몇 차례 불만을 토하다가, 마무리는 도진의 꿈을 다그치는 것으로 했다.

"네가 높은 사람이 되어 이 잘못된 걸 고쳐라."

인천항에 주차한 후 짐칸에 텐트를 치고 옆에 돗자리를 깔았다. 컵라면에 김밥을 먹고는 드러누워 하늘을 바라봤다. 그 사람은 검은 하늘에 유난히 반짝이는 북극성이 왕별이고, 국자 모양의 북두칠성은 북극성을 돌면서 보호하는 신하별이라고 했다. 북극성은 도진의 별, 북두칠성은 그 사람의 별이라고 했다. 그러다가 배우고 있는 노래라면서 전인권의 〈걱정 말아요, 그대〉를 듣기 고약할 정도의 음률로 불렀다.

그렇게 차에서 하룻밤을 보낸 적이 있던 도진은 화물차 기사들은 차에서 숙식을 해결한 것으로 알았다. 그런데 옆자리 사람들은 모텔에서 잠을 자면서 도박하고 노래방을 다니고 있다. 가슴이 미어졌다. 그런 억척스러운 삶은 어떻게 하고 아이를……. 옆방 남자 같은 사람도 아버지에게 자극받아 술을 마시지 않는데, 왜 그랬다는 말인가?

그들은 식당을 나와 집 쪽으로 걸었다. 초가을 늦은 밤거리는 쌀쌀한 찬기로 가득했다. 도로 가장자리에는 주차된 차들만 낮고 길게 늘어선 가로수처럼 텅 빈 도로를 지켰다. 그곳을 천천히 걷던 도진은 화물차로는 흔하지 않은 색깔인 국방 무늬의 큰 화물차를 본 순간 그대로 선 채 차를 바라보기만 했다.

그 사람의 차 색깔도 국방 무늬였다. 그는 소원 성취를 위해 부적을 몸에 지니듯 공군사관학교 입학을 바라는 마음으로 국방 무늬의 차를 사겠다고 했다. 도진은 터무니없다는 걸 알면서도 그 또한 그 사람의 행복이란 걸 엄마로부터 듣고는 말리지 않았다.

그 사람은 회사 차를 운전한 지 십 년 만에 칠 톤 화물차를 샀었다. 새 차가 나온 날, 우리는 강변 쪽으로 드라이브를 했다. 차창 밖으로 긴 강줄기를 따라 끝없이 이어진 강변이 보였다. 그곳에는 석양에 물든 황금빛 억새꽃이 바람결을 따라 파도처럼 일렁였다. 도롯가에 핀 코스모스는 가녀린 몸을 수줍게 흔들어댔다.

조수석에 탄 엄마는 눈을 감은 채 숨을 길게 들여 마시고는 새 차 냄새가 향기롭다고 했다. 거기에 답이라도 하듯, 그 사람은 흡사 선서라도 하는 것처럼 오른손을 번쩍 들었다.

"저는 전국을 부지런하게 누벼 많은 돈을 벌 것이며, 가족을 행복하게 해줄 것을 선서합니다."

마지막 단어에 악센트까지 실어 맹세했던 모습이 환하게 다가오자, 도진이 자기도 모르게 살포시 미소를 지었다가 바로 얼굴을 일그러뜨렸다. 시간이 흐르면서 그 사람에 대한 짙은 원망은 조금씩 옅어지기도 했다. 마음이 아팠고, 어떤 날은 정신병에 걸렸으니까 이해해야 한다는 생각이 들기도 했다. 그 사람이 떠오를 때면 온기에 마음이

데워졌다가도 금세 차갑게 식었고, 냉탕과 온탕을 드나드는 것처럼 감정의 변화가 심했다. 요즘에는 이런 궁핍한 생활이 앞으로도 계속될 것 같아 지혜롭게 행동하지 못한 바보스러움이 그 사람을 향한 원망보다 자신에 대한 혐오스러움이 더 컸다.

도진은 자신의 과거를 가정법의 방식으로 성찰하기도 했다. 상수의 해코지나 학우들의 빈정거림을 지나가는 바람으로 생각하고 참았더라면, 상수에게 복수하지 않고 가출하지 않았다면, 바라는 대로 공군사관학교에 입학했을까? 의미 없다는 걸 알면서도 지금쯤 장교로 임관되었을 거라는 결론에 이르면, 자신에 대한 미움은 더욱 심해졌다. 평생을 지금처럼 살 것 같은 불안감이 치밀 때면 스스로에 대한 혐오감과 분노는 최고조에 이르렀다. 그럴 때마다 자신이 미워 스스로를 학대하고 싶은 충동을 억누르기 어려웠다.

도진은 노란색 바탕에 검게 써진 차 번호판을 봤다. 그 사람의 번호는 아니었다. 문짝에 손끝을 대어 얼룩무늬의 선을 따라가다가 이마를 기대었다. 차가움에 몸을 떨었고, 그런 도진을 쳐다보던 남자는 집에 빨리 가자며 팔을 끌어당겼다.

며칠 후 옆방 남자는 인터넷으로 성경 강의를 듣기 위해 교회에서 컴퓨터를 가져왔다. 도진은 프로그램을 다운받아 강의 듣는 법을 알려줬다. 그는 몇 번의 실습으로 혼자 할 수 있게 되자, 부친을 찾으러 방을 나갔다.

도진은 이빨로 아랫입술을 잘근잘근 씹으며 모니터를 바라봤다. 때론 게임이 하고 싶기도 했고, 가족 중 누군가는 메일을 보냈을 거라고 예상했음에도 피시방 한 번 가지 않았다. 상수나 그 가족이 경찰에 신고했을 것이고, 경찰이 검거하기 위해 인터넷 접속 로그 기록과 아이피를 추적할 것 같았다. 마우스를 쥐고 있는 손이 가늘게 떨었다. 상당한 시간 마우스만 만지다가 떨리는 손으로 이메일을 열었다.

미안하다.

메일을 보내기까지 많이 망설였다. 나의 잘못으로 너를 포함하여 가족에게 너무 많은 죄를 지었고, 메일 보낼 자격도 없다는 것을 알고 있다. 그러나 나 때문에 네가 더 이상 망가져서는 안 된다는 생각에 메일을 보낸다.

삼십대 후반에 정신적으로 문제가 있다는 것을 알았다. 딸을 키우는 입장에서 피해자가 생기는 일은 절대로 있어서는 안 된다고 생각했다. 장기간 병원 치료를 받으면서 약을 먹었고, 병원으로부터 정상이 되었다는 진단을 받았다. 전과 다르게 여자아이를 보더라도 유혹을 느끼지 못했기 때문에 다 나은 줄 알았다.

그 사건이 벌어진 날, 부산에서 강원도까지 화물을 운송했다. 물건을 내리던 중에 고가의 물건을 떨어뜨려 깨뜨렸다. 화주는 운송비는 고사하고 배상을 요구했다. 내 잘못이었으므로 많은 돈을 지불하고는 속이 상해 빈속에 술을 마신 것이 정신을 잃었다. 그런 상태에서 절대 해서는 안 될 짓을 저지른 것이다.

이해와 용서를 바라지 않는다. 나를 아버지라고 여기지 않아도 좋고 평생을 원망해도 좋다. 너 앞에 절대 나타나지 않을 것이며 지금도 엄마와 따로 살고 있다. 다만 나의 잘못으로 너의 인생이 잘 못되는 것은 정말 견디기 어려운 고통이다. 너의 인생이다. 엄마도 동안 고생을 많이 해서인지 건강이 좋지 않다. 동생은 검정고시에 합격하고 대학교 진학을 준비 중이다.

나는 계속 치료를 받고 있고, 죽을 때까지 치료받으려고 한다.

상수 문제는 차를 팔아서 합의했다. 다행히 수술이 잘되었고, 현재 직업군인으로 있다. 상수 집에서도 그의 잘못을 알고 경찰에 신고하지 않았고, 지금은 오히려 너를 걱정하고 있다.

부탁한다. 집으로 돌아가서 지금부터라도 너의 발전된 인생을 살기를 간절히 바란다.

2019. 10. 29.

죄 많은 사람이

그 사람이 메일을 보내고 일 년 후, 동생이 보낸 메일을 열었다. 눈 꺼풀에 경련이 일면서 맥박이 빠르게 뛰었다. 머릿속 모든 생각의 흐름은 정지됐다.

도진은 책상에 엎드려 손으로 입을 막았다. 등이 들썩이고 입을 막은 손가락 사이로 흐느낌이 새어 나왔다. 한참을 울고 나자, 그 사람의 모습이 선연하게 그려졌다. 왜 그랬어요, 이러려고 그토록 악착스럽게 살았어요? 차만 사면 우리 행복하게 해준다고 했잖아요. 그깟 유혹 하나를 이기지 못해요? 그래놓고 자살하면, 저는 어쩌라고요. 저보고 장래를 위해 살라고요. 잘 살 수 있을까요. 발끝에서부터 치밀어오르는 회한에서 쏟아지는 뜨거운 눈물이 볼을 타고 흘렀다.

가을 하늘에 퍼져 있던 맑은 구름은 순식간에 검게 변하더니 보듬고 있던 비를 쏟아부었다. 퍼붓듯이 내린 빗물로 도로는 금방 물에 잠기었다. 대기는 어둠침침해졌고, 차들은 라이트를 켜고 주행했다.

집을 나와 그냥 걷던 도진은 줄기차게 쏟아지는 비를 온몸으로 받아 냈다. 빗물이 몸속으로 파고들어 혐오스런 감정의 찌꺼기를 씻어 줄 것 같았다. 입을 벌린 채 하늘을 쳐다보고는 양손을 벌렸다. 입안으로 떨어진 빗물을 그대로 삼켰다.

지나가던 차바퀴가 도로에 고인 물을 두 동강을 내어 인도에 서 있는 도진을 덮쳤다. 몸으로 받아낸 빗물은 신고 있는 운동화로 흘러들었다. 발걸음을 내디뎌 철벅거릴 때마다 몸속의 때를 씻어낸 듯 신발 밖으로 뿌연 물거품이 새어 나왔다.

두 시간가량을 걸었다. 세찬 빗줄기는 가늘어졌다. 두꺼운 실처럼 끊이지 않고 내리던 비는 드문드문하다가 하늘은 언제 비를 뿌렸냐는 듯 파란 얼굴로 새침을 뗐다. 햇빛은 걷고 있는 도진의 몸을 부드럽게 감쌌다. 한기로 오슬오슬했던 몸에 따뜻한 기운이 돌았다. 엉덩이까지 튄 흙물 자국이 선명한 바지는 몸에 박혀 있는 반점처럼 보였다.

뗏목을 젓던 도진은 밤하늘을 봤다. 서쪽 하늘에는 여린 상현달이 떠 있었다. 검은 하늘에 북극성은 수정처럼 여전히 빛을 냈다. 국자 모양의 별들이 조금씩 이동하면서 둥그렇게 말았다. 원형으로 된 별들은 아버지의 얼굴이 되었고, 눈과 코와 입이 되어 깜박거렸다.

도진은 별을 향해 큰절을 했다. 신상 공개는 왜 하는 걸까. 금연 교육에도 청소년들은 어떻게든 담배를 구입해 피우고, 담배 가게 주인은 강한 처벌을 받고 있다. 모순적이게도 흡연 학생이 늘어나는 건 뭐일까? 신상을 공개하는데도 연일 성폭력 범죄는 발생하고 있다. 배스가 황소개구리를 멸종시키듯 다른 예방 방법은 없을까.

주머니에서 칼을 꺼냈다. 오랫동안 소지한 칼이었다. 멀리멀리 던졌다. 시커먼 하늘에 흰 점이 되어 날아가던 칼은 어둠 속에 묻혔다가 하천에 떨어졌다. 물의 표면을 치는 소리가 고요함을 깨뜨렸다. 다시 북두칠성을 바라봤다. 원래 모양인 국자가 되어 여전히 반짝거렸다. ✿

보이지 않는 것들

보이지 않는 것들

누구라도 겪어서는 안 될 것을, 나는 사 개월에 걸쳐 경험한 적이 있다. 그것도 누군가의 침입에 대한 방어가 아닌 스스로 내 방문을 활짝 열어 끌어들인 것이었다. 그 긴 시간, 감정의 혼란 속에서 어떻게 숨을 쉬었는지 모르겠다.

지금껏 살아온 사십 년의 세월로 보자면 사 개월이라는 기간은 짧은 시간일 수 있다. 그러나 그 시간 동안 감정을 다스리지 못해 영혼을 고문당해 본 적이 있는지, 아니 스스로에게 가해 본 적이 있는지, 만약 있다면 그 시간이 결코 짧다고 말할 수 없을 것이다. 더구나 믿었던 자로부터 등에 칼침을 맞았다고 생각한 내게, 믿음이란 곧게 뻗은 나무처럼 부러지지 않아야 한다는 걸 가장 큰 가치로 살아온 내게는 더욱 그렇다.

누구나 살면서 배신감을 경험하진 않을 것이다. 어떤 누구는 평생 '신의는 개뿔'로 여겨 물고 뜯기며 사는 이도 있을 것이고, 누구는 그런 사실이 없어 쓰라림을 겪지 않는 이도 있을 것이다. 또 어떤 누구는 여름 한낮 소나기를 맞은 듯 툴툴 털고 아무렇지 않게 지나가는 이도 있을 것이다.

나도 툴툴 털고 지나가야 했다. 하지만 그때 나는 그들과 다르다고, 지구의 자전 주기보다 더 믿었던 자에게 당했다고 생각한 것이다. 돌아보면 나는 참으로 어리석었다. 이런 걸 경험한 자는 많지 않을 것이다. 그로 인해 나는 누구를 만나든, 무엇을 하든, 가슴속이 아닌 살갗의 언어와 감정으로만 대했고, 자괴심에 이빨을 앙다물면서 잇몸이 헐리기까지 했다. 이런 걸 경험한 이는 더욱 드물 것이다.

이미 늦었지만, 예사로운 일을 예사롭지 않게 받아들이고 치졸했던 지난 행동이 한스럽게 느껴진다. 하지만 그때는 가까운 미래에 가슴을 치고 후회할 수 있다는 생각까진 못했다. 스승님에 대한 섭섭함만으로 가득 찬 나는 늪에 빠진 것처럼 허우적거렸고, 움직일수록 더 깊이 빠져들어갔다. 행동은 또 다른 행동을 낳았고, 소량의 설탕이 솜사탕으로 부풀려지듯 행동의 수위는 커져만 갔다. 늪에서 헤어 나오면 그동안 생각하지 못했던 것들이 떠오르고, 서운했던 것들이 얼마나 대수롭지 않은 것이란 걸 알았을 것이다. 그때 잠시 비켜서서 바라볼 필요가 있었는데, 그렇지 못했다.

시작은 알라딘 중고 서점에서였다. 시 코너 진열장에 낯익은 시집이 꽂혀 있었다. 그걸 본 나는 부동자세가 되어 움직일 수 없었다. 눈만 깜박거릴 뿐이었다.

옅은 황토색 바탕 표지에 낯익은 책 제목, '마흔에 아는 것들'이 외로 꽂혀 있었지만, 난 바로 알아봤다. 내 시집이었다. 시집 양쪽으로는 위대한 시인들의 책이 나의 책을 호위하듯, 그들의 책 가운데 자리하고 있었다. 그때 미소를 지었던가? 기억나지 않는다. 잠깐이나마 얼굴 가득 미소를 지었을 것이고, 따뜻한 돌을 품은 듯한 느낌을 받았을 것이다.

나 같은 무명 시인의 책이 대형 서점에서 판매되고 있다는 것만으로도 가슴이 벅찰 일인데, 거기에 위대한 작가들의 창작물에 섞여 있다는 게, 감정에 겨워 눈물까지 나려고 했다. 그때 나는 정상급 시인으로 인정받아 그들의 부류로 들어간 것 같은, 아니 그들과 어깨를 나란히 한 것 같은 착각에 잠시나마 우쭐했었다.

지금 와서 생각하면 그때 시집을 보지 말았어야 했다. 그때 느낀 벅찬 감동을 가슴에 담아 평생 우려먹어야 했다. 이게 지금까지 내 인생의 몇 번 안 된 선택 중에서 가장 크게 한 오류였다. 나는 얼굴이 화끈거리고, 어딘가로 숨고 싶었다. 책 앞 페이지에 마음을 다해 쓴 선명한 나의 필체가 애벌레처럼 꿈틀꿈틀하면서 놀리는 것 같았다.

교수님, 봄입니다.
따스한 봄의 기운처럼 언제나 행복하기를 바랍니다.

2019. 5. 3. 김필우 드림

현기증이 일면서 머리가 어지러웠다. 손이 가늘게 떨렸다. 그 손으로 손때라곤 전혀 묻지 않는 책장을 한 장씩 끝까지 넘겼다. 밑줄은커녕 점하나 찍히지 않았다.

아랫배에 낯선 통증을 느꼈다. 갑자기 봉인된 내 뱃속을 알 수 없는 바람이 휘젓고 있다는 느낌을 받았다. 개구리 항문에 빨대를 꽂아 공기를 주입하듯 누군가 나의 항문에 에어호스로 바람을 불어넣기라도 한 걸까. 아니면 내장의 지각변동이 생기면서 자체적으로 바람이 생성된 것일까. 어쨌든 알 수 없는 바람이 뱃속을 회오리치면서 이에 놀란 창자들이 꿈틀거리는 것 같았다.

화장실로 달려갔다. 변기에 머리를 넣고 입을 크게 벌려 빼내려 했지만, 그럴수록 헛구역질만 나왔다. 바지를 내리고 변기에 앉았다. 뭔가 나올 것 같아 안간힘을 다했지만, 나오지 않았다. 그때 나는 배설되지 않는 뭔가에 서서히 허물어질 것 같은 예감이 들었다.

출간한 이백 권 중 인사말을 적어 선물한 게 오십 권이다. 그중 교수로 호칭하여 선물한 것이 한 권, 그 책이 지금 이곳에 있는 것이다. 내 시집이 대형 서점에 진열된 것과 스승이 인사말도 그대로 둔 채 판매한 사실, 이걸 어떻게 받아들여야 할지 모호했다

나는 내 시집을 구매한 후 가방에 쑤셔 넣고 밖으로 나왔다. 거리에는 어둠이 차기 시작했다. 버스 정류장에 서서 전조등 빛을 내뿜으며 도로 위를 지나가는 자동차들을 무심히 바라봤다. 바람이 휘리릭 지나가자, 활짝 핀 벚꽃이 소리 없이 무수히 떨어졌다.

그날 나는 누구를 만나거나, 아무것도 하고 싶지 않았지만, 친구의 전화를 받고는 마음이 바뀌었다. 하긴 위로가 필요하기는 했다. 친구

또한 위로가 되어줄 마땅한 사람을 찾기 위해 핸드폰에 저장된 전화번호를 뒤적이다가 나를 선택했을 것이다. 그게 중요한가. 누군가로부터 선택받았다는 거, 나라는 존재가 누군가에게 위로가 될 수 있다는 거, 기분이 나쁘지는 않았다. 더구나 나 또한 메말라 있어 촉촉함이 필요한 밤이지 않은가.

친구와는 중학교부터 같은 대학 법학과까지 함께 졸업했다. 졸업 후에도 같은 고시촌에서 함께 공부했다. 삼 년째까지 일차 시험에 합격하지 못한 것도 함께였다. 사 년째 일차 시험에 함께 떨어진 날, 우리는 선술집에 들어가 몸속 깊은 곳에서 빠져나오는 시린 한숨을 어묵 국물에 섞어 그걸 안주로 술을 마셨다.

다음 날, 우리는 중고 책방에 책을 넘겼다. 그렇게 희망을 향해 달리던 인생의 전반기를 좌절로 막을 내린 것이다. 이후 친구는 선배가 운영하는 변호사 사무실 사무장으로, 난 금융기관에 취직했다. 그렇게 우리는 긴 시간을 함께하면서 서로의 머릿속을 들여다볼 수 있는 엠아르아이 같은 관계가 된 것이다.

그런 친구와 한동안 만나지 않다가 지금은 한두 달에 한 번씩 만나고 있다. 그는 배 속에 가득 찬 토사물을 받아줄 사람이 필요할 때면 내게 연락했다. 만나면 그가 주로 말하고, 난 듣는 쪽이었다. 처가살이하면서 금방이라도 처가에 폭탄이라도 터뜨릴 것처럼 불만을 뱉는 그에게 결혼하지 않는 내가 무슨 말을 할 수 있겠는가, 별다른 조언을 할 수 없었다. 다만 그가 속에 고인 것 모두를 토해내도록 적당한 순간에 등을 두들겨주었을 뿐이었다.

친구는 장모와 와이프의 그림자라도 된 듯 그들의 율동에 맞춰 춤추는 백댄서처럼 대부분 그들과 엮어진 소소한 것들만 펼쳐놓았다. 내가 가끔 시 구절을 읊으면, 그는 와이프에 대한 흉을 웅변하듯 외쳤고, 내가 하늘의 푸르른 별빛을 말하면, 그는 장모가 키우고 있는 애완견의 푸른똥을 말했다. 시를 말하고 싶은 나와, 현실에 매몰된 친구, 우린 참 조합되지 않는 관계였다. 그래도 그와 교합되는 부분이 있다면 서로 술을 좋아한다는 거였다. 우린 서로 다른 세계에서 자기만의 춤을 추면서도, 난 친구를 찾거나 그의 부름에 응하는 질긴 인연을 이어간 것이다.

거기에 누가 나의 시를 인정했던가. 그 몇 사람 중 한 명이 친구이지 않던가. 그는 내 시집을 읽었다며 부연 유리를 맑게 닦은 것 같다는 귀여운 유치로 감상평을 곁들였다. 내가 그의 말에 취해 시집에 실린 시 구절을 읊자, 그는 난처한 눈빛으로 누런 이를 드러내어 웃었다. 그러면 어떤가? 처음이자 마지막으로 나의 시집 열 권을 구매하여 주변인들에게 나눠준 고마운 사람이지 않은가 말이다.

약속 장소인 술집은 작고 허름했다. 홀에는 네모난 탁자 여섯 개가 두 개씩 직사각형으로 놓여 있었다. 손님 한 명 없는 텅 빈 곳, 나는 거리가 보이는 통유리 쪽 의자에 앉았다.

주인 여자가 배추 담은 채반을 탁자에 던지듯 놓았다. 통배추를 네 토막으로 잘라 그중 한 토막이 채반 위에 있었다. 샛노란 속살이 여러 겹으로 알차게 들어차 먹음직스럽게 보였다. 가장 깊은 속살을 뜯어낼 때 친구가 들어왔다.

그는 엷은 미소와 함께 손을 들어 나에게 인사했다. 단골 술집인지 주인에게는 어떤 재료가 싱싱하냐고 친근한 말투로 묻고는 나의 맞은편에 앉았다. 친구 또한 배추 속살을 뜯어 된장을 발라 입으로 넣었다. 그리고는 냉장고로 가서 소주 두 병과 홍초 한 병을 가져왔다. 빠르게 병마개를 딴 후 양은 주전자 뚜껑을 열어 그곳에 소주병을 거꾸로 세워 넣었다. 잠시 후 빈 병을 들어내고는 홍초 반 병을 부었다. 주전자를 들어 엄숙한 의식 행위처럼 천천히 원을 그리며 흔들고는 맥주잔 두 개에 반쯤 채웠다. 한 잔은 자기 앞에 한 잔은 내 앞으로 밀었다.

우리는 언제나 했던 대로 말없이 잔을 부딪쳤고, 원샷했다. 소주의 쓰고 독한 맛은 다디단 홍초에 녹아들어 사라졌지만, 그는 습관적으로 크으, 소리와 함께 탁자를 치며 잔을 놓고는 큰 소리로 말했다.

"이모! 돼지, 닭발 섞어 삼만 원어치 양을 이만 원, 콜?"

신선한 재료가 있냐고 물어보지를 말든지, 기껏 시킨 게 가장 저렴한 안주를 그것도 양은 올리고, 가격은 내려 주문했다. 주인은 그런 농담에 익숙했는지 끝의 악센트를 내리며 바로 답했다.

"콜."

우리는 안주가 나오기 전에 주전자를 다 비웠다. 친구는 다시 같은 비율로 주전자에 술을 채웠다. 식도를 타고 내려간 알코올이 머리로 서서히 올라와 뇌를 마비시키려 할 때였다. 나는 서점에서 있던 일을 푸념하듯 말을 하려 했으나, 발음이 심하게 떨려 나왔다.

평소 복잡한 일에는 시큰둥한 것과 달리, 친구는 얼굴에 판독 불가능한 웃음기까지 띠며 내게 얼굴을 바짝 들이밀었다. 그의 아리송한 웃음이 내심 내가 생각하고 있던 것을 꿰뚫어보는 것 같아 얼굴을 약간 찌푸리며 물었다.

"너 지금 뭐야, 내 시집이 대형 서점에서 판매되고 있다는 게 웃긴 거냐?"

그는 실실거리는 웃음기를 지우지 않는 채 말했다.

"그건 아니고, 너 욕심 아냐?"

스승이 제자에게 선물로 받은 책을 중고로 판 것에 대해 배신감을 느꼈다는 게 욕심이라니, 그는 내 생각이 잘못되었다는 걸 깨우쳐줄 심오한 진리라도 있는 것처럼 말했다. 나는 그 의미를 정확하게 헤아리지 못해 입을 다물었다.

"넌 누군가로부터 선물 받은 걸 다른 사람에게 주거나 판 적 없냐. 또 누군가 너의 시집을 사서 주옥같은 시를 읽으면 좋은 것 아냐. 별것 아닌 걸 심각하게 생각하냐."

그는 말하는 와중에도 나의 눈을 비껴보면서 웃음기는 지우지 않았다.

위로라고 한답시고 스승이라는 자가 친필 인사말을 붙인 채 판 것을, 친구는 일반적인 물건 거래에 빗대어 비교했다. 거기에 주옥같은 시라고 말할 때는 입가에 비릿한 미소까지 지었다. 애써 누르고 있던 치욕이 올라온 나는 심하게 입술을 실룩거렸다. 그러더라도 그 말은 하지 않아야 했다. 순간 나도 모르게 튀어나왔고, 아차 싶었다.

"네 와이프와 장모를 팔아도 되겠네."

친구는 잠깐 눈빛이 날카롭게 빛나더니 이내 그 판독 불가능한 미소를 지으며 배추 속잎을 입에 넣고는 우적우적 씹었다. 입을 움직일 때마다 실룩거리는 콧등이 형광등 불빛을 받아 반짝였다.

"알라딘에서 내 와이프와 장모를 사줄까?"

그가 이죽거리며 말해서인지 잘게 부서진 배춧잎이 입 밖으로 튀어나왔다. 그때 난 진열된 내 시집과 그의 빈정대는 말투에 이상한 오기 같은 게 치밀었다. 우리의 대화는 끊겼고, 나는 아무 말 없이 나온 안주를 배추에 싸 먹기만 했다. 내가 막 미안하다고 말하려고 할 때, 그가 먼저 말했다.

"교수가 돈도 되지 않는 걸 왜 팔았는지 궁금하기는 하다."

"알면?"

나도 교수의 의도를 줄곧 고민했지만, 도무지 헤아릴 수 없었다. 또 알아낸들 어쩔 것인가. 의도를 알고 이해할 것인가, 아니면 인생 제대로 살라고 훈계라도 할 것인가. 속이 아리기는 하지만, 그냥 이대로 며칠 지나면 자연 치유될 거로 생각했다. 들춰서 이로울 것도 없었다. 문단에서 막강한 힘을 가지고 있는 교수와 대립하고 싶지 않거니와 그럴 힘도 없었고, 그런 곳에 에너지를 소비하고 싶지 않았다. 그래서였다.

"갚아줘야지. 어떻게 스승이라는 자가 제자로부터 선물 받은 책을 중고 책방에 넘길 수 있냐. 정 팔려고 했으면 네 인사말 정도는 없애는 게 최소한의 예의이지 않냐. 그 개자식은 네 인사말도 안 본 거야."

별것 아닌 거라고 했다가, 내가 평소 교수를 존경한다는 걸 잘 알면서도, 친구는 서슴없이 '개자식'이라고 지칭하고는 '타리오법칙'을 실현하라고 했다. 그는 마치 자기가 화가 난 것처럼 잔에 가득 찬 술을 단숨에 털어 넣었다. 나 또한 술을 원샷하고는 툭 쏘듯 말했다.

"너 왜 이래? 왜 이랬다, 저랬다 해."

친구는 자기 의견을 삐딱하게 받아들이는 내 생각을 존중하겠다는 거였다.

"내가 언제 복수하겠다고 했어?"

"내가 너를 모르냐. 넌 이미 그쪽으로 마음이 기울어져 있어."

배신감으로 상처를 받은 내가 복수하지 않으면 그 한이 앞으로의 삶에 영향을 미쳐 엉망이 될 수 있으니 실행하는 게 인생에 이로울 거라는 거였다. 카멜레온 같은 인생관을 가진 친구다운 변화였다. 그러면서 덧붙였다.

"우유부단하지 마. 시작하면 좌고우면하지 말고."

그랬다. 나는 지금껏 무엇하나 독단으로 선택하고 결정한 적이 있었던가? 또 결정하고 힘을 다해 밀어붙인 적이 있었던가? 없었다. 그리고 나중에 짙게 후회했다. 친구는 그런 나를 너무 잘 알고 있었다. 그가 법대에 가자고 해, 갔다. 검사, 판사라는 직업을 그다지 부러워하지 않으면서도 친구의 사법고시 준비 권유에 따랐다. 공부를 게을리했으니 합격할 리 있겠는가? 시험을 포기할 때도 그를 따라 했다.

은행에서 퇴사할 때도 마찬가지였다. 구조 조정 바람이 불 때, 입사 십이 년 된 내가 그 대상이 될 거라고는 전혀 예상하지 못했다. 지점장은 내가 가장 만만했던지 면담 자리에서 말을 빙빙 돌렸지만, 요지는 미혼인 내가 가장 부담이 없으니 많은 수당을 받고 퇴사하라는 거였다. 당시 직원들 간에 본인은 나가기 싫음에도 누군가가 나가기를 바라는 이기적인 분위기, 너무 싫었다. 그동안 저축한 돈과 퇴사 수당으로 원룸을 매입하면 생계는 해결할 수 있을 것 같아 흔쾌하게 받아들였다. 퇴사하고 얼마 되지 않아 소속이 없다는 것, 갈 곳이 없다는 것, 세상으로부터 버려진 것 같아 짙게 후회했다.

시로 등단할 때도 그랬다. 작가가 되면 좋겠다는 생각은 했지만, 간절하지는 않았다. 그냥 시를 고민하고 쓰는 시간이 좋았고, 문우들과 술을 나누면서 시를 소재로 대화하는 그 시간만으로도 아주 행복했다. 그것만으로도 충분했다.

그런 내게 교수는 등단 작가로 인정받는 문예지에 나의 시 세 편이 기고될 수 있도록 도와주겠다는 거였다. 거기에 시집을 출판할 수 있도록 집중 지도해주겠다는 약속까지 덧붙였다. 대신 잡지사의 형편이 어려우니 일정 금액을 찬조금 명목으로 기부해야 한다는 조건을 붙였다.

돈질까지 하면서 등단해야 하나? 말을 할까 하다 이내 입을 닫아버렸다. 하지만 교수의 마음 씀을 거절하는 것이 도리에 어긋난 것 같아 동의했다. 이 사실을 친구에게 말하지 않았다. 그가 이 사실을 알면 교수를 향해 '개자식'보다 더 센 욕을 했을 것이다.

복수의 방법도 모르겠고, 하겠다고 한 적이 없는데도, 그는 내가 복수하겠다는 걸 기정사실로 받아들였다. 교수가 이중적인 사람으로 나를 무시한 것이라며 계속 욕을 했다. 그 욕을 듣는 난 시원하기는 했지만, 한편으론 욕설이 표창으로 변해 술집 허공을 빙빙 돌다가 내 머리에 꽂혔다. 그만큼만 해도 너무 아픈데, 친구는 결정타를 날렸다.

"그 개자식이 자기보다 힘이 있거나 뛰어난 시인으로부터 책을 선물 받았다고 치자, 그 책은 팔겠냐? 그 개자식 제자가 수백 명일 거이고, 그중에 개자식의 도움받아 등단한 사람도 꽤 많을 거다."

친구의 말은 꼬챙이가 되어 감추고 있던 나의 감정을 날카롭게 긁었다. 교수의 도움을 받아 많은 사람이 등단했을 거라는 말을 듣고는, 많은 사람? 등단 장사? 설마 하며 가진 의혹으로 헝클어져 있던 것이 풀리는 듯도 했다.

"어떻게 복수해?"

"곰곰이 궁리해봐. 분명 그 개자식의 아킬레스건을 끊을 수 있는 것이 있을 거다. 그걸 넌 알고 있을 것 같은데."

내가 알고 있을 것 같다는 그의 말에, 나는 다시 움츠러들었다. 변호사 사무실 사무장으로 근무하는 그가 얼마나 다양한 사건을 접하겠는가. 그는 내가 한 것을 훤히 알고 있으면서도 아무것도 모른 척하고 있을 수 있다. 이건 내 착각일 수 있지만 그의 친화성을 보았을 때 충분히 그럴 수 있었다. 이런 생각을 하게 된 건 금방이라도 바스러질 것처럼 마음이 바짝 말라 있기 때문일 수 있다고도 생각했다.

술집을 나온 나는 집까지 걸었다. 걸음의 폭과 속도는 한결같지 않더라도 정신만은 일정함을 유지하려 했다. 발을 한 발짝씩 내디딜 때마다 '우유부단하지 마'라는 친구의 말이 핸드폰 벨 소리처럼 계속 머리에서 재생되었다. 물론 문단에서 영원 퇴출이라는 거겠지만, 거대한 산 같은 존재를 어떻게 보낼 수 있단 말인가. 그럴 능력도 없지만, 만약 그렇게 된다면 교수는 어찌 될 것인가? 친구 말대로 별것 아닌 걸로 그렇게까지 해도 되는 건가? 몸은 여전히 똑바로 걷지 못했다. 튀어나온 보도블록에 발이 걸린 것처럼 '선생님 시는 은은하면서도 힘이 있어요. 은유적인 표현도 좋습니다'라던 교수의 말이 머릿속에서 튀어나왔다.

이쯤에서 교수의 호칭부터 정해야겠다는 생각이 들었다. 그는, 그놈. 그 자식, 무엇으로 정할까. 그래도 한때는 존경했던 사람이었으니 '그 사람'이라고 할까?

골목 갈림길에 이르러 눈에 익은 간판과 건물들을 보면서도 어디로 가야 할지 방향감각을 잃었다. 허공에 떠 있는 안내 표지판을 봤다. 파란색 바탕에 '용서로, 복수로'가 흰색 글씨로 쓰여 있는 것처럼 보였다. 어느 쪽으로든 가야 하는데 지면에 다리를 붙박고 넘어질 듯하다 순간 휘리릭 바로 서는 광고 풍선처럼 비틀거리다 중심만 잡을 뿐 나아가지 못했다.

다음 날 오후 화원에 간 나는 붉게 만개한 달리아꽃을 그 사람에게 보냈다. '교수님의 마음, 너무 감사합니다'라는 작은 편지와 함께였다. 섬세한 그 사람이 꽃말을 찾아보길 기대했다. 내 카톡에는 시집의 사진을 배경 화면에 게재하고, '내 시집이 알라딘에 진열, 굳'이라는 문구를 넣었다.

집에 온 나는 청소기로 방과 거실을 청소했다. 중간중간 청소기 작동을 중단하고 핸드폰을 열어봤다. 세탁기에 빨래를 넣고 작동시켰다. 물 채워진 옅은 소리를 들으면서 머그잔에 커피를 담아 베란다로 나갔다.

늦은 오후, 날이 흐렸다. 구름대가 얇은 하늘에 희멀건 낮달이 동그랗게 떠 있었다. 달 바깥 선의 윤곽이 구름에 흐트러져 하얀 해바라기를 보는 것 같았다.

희멀건 낮달, 그 사람의 얼굴도 희멀겠다. 그 사람의 키는 아주 작았다. 호리호리한 몸매에 얼굴은 자그마하니 희고 말쑥했다. 얼굴에 대칭될 만큼 작은 눈, 코, 입이 적당히 균형을 이루면서 조화롭게 붙어 있는 그저 그런 얼굴이다.

시 창작을 뺀 그 사람의 장점을 굳이 찾는다면 중저음의 부드러운 목소리와 야윈 몸이었다. 그 사람은 항상 속삭이듯 말했다. 작은 소리를 알아들으려면 그 사람의 입 쪽으로 귀를 바짝 대야 했다. 그것도 여의찮으면 무성영화를 보듯 그 사람의 입 모양을 눈이 시릴 정도로 쳐다보고, 알 수 있는 단어 몇 개를 조합하여 그 내용을 대충 짐작해야 했다. 작은 목소리는 넓게 펴진 부챗살이 한곳으로 모아지듯 상대들로 하여금 본인에게 고도의 집중을 요구하게 했다. 빗물에도 쓸려 갈 것 같은 야윈 몸은, 보는 이로 하여금 돌봄의 본능을 불러일으키게 했다. 타고남이겠지만 참 이기적인 장점이었다.

그 사람의 시 쓰기 강좌에, 난 수강생이므로 스승과 제자 간이었다. 사제 간이라고 하면 왠지 엄격하고 딱딱한 관계를 연상할 수 있지만,

아니었다. 그 사람은 나보다 다섯 살이 많았지만, 친구처럼 지냈다. 존경도 했다. 그 사람은 문학은 인성을 다듬는 학문이고, 항상 사람이 먼저라며 소외된 계층을 동정했고, 사회 모순점에 대해서는 신랄히 비판했다. 무엇보다 모든 사물을 시상으로 연결할 줄 아는 타고난 시인이었다. 돌이켜보면 이 모든 게 이중적이었지만, 하여튼 그때는 그렇게 느꼈다.

이렇게 말하고 나니 갑자기 감정의 혼돈이 온다. 친구 말대로 나는 지금 우유부단하기 위한 구실을 만드는 건가?

나는 여전히 휴대폰을 만지작거리고 있다. 시작해놓고 전화를 기다리는 건 또 무언가. 지금이라도 그 사람이 진심으로 사과한다면, 어떻게 할 것인가? 여기까지 생각해보지 않았지만 지금 기분이라면 모든 걸 용서할 수 있을 것도 같다.

아무런 축하나 기념할 것도 없는데 난데없이 꽃을 받은 그 사람은 어떤 생각을 할까? 그냥 꽃이 이쁘다고 단순하게 받아들일까? 아니면 꽃말이 배신이라는 걸 알았고, 내 카톡 배경 화면을 보고서도 마치 아무것도 모른 척할까. 꽃집 주인으로부터 본인에게 직접 전달했다는 문자를 받은 지 다섯 시간이 지났는데도 지금까지 연락이 없다. 낮달은 구름이 얇아지면서 조금 더 환하게 떠 있었다.

다음 날 늦은 새벽 카톡을 받았다. '해야 할 일이 밀려 있어 바로 답장하지 못했네요. 미안합니다. 정성을 다해 키우다가 내년에 꽃 피워 보내든지, 관리에 자신 없으면 보낼게요. 고마워요.'

나는 내년에 보낸다는 문구를 곱씹었다. 그 사람은 나의 의도를 알고, 밤새워 고민한 결론이 같은 양으로 내게 꼭 갚겠다는 것인가? 고맙다고 한 것도 은혜도 모른 나의 실체를 늦게나마 알게 해준 게 고맙다는 것인가? 그래서 새벽에 보낸 것인가? 아니면 지금 내가 방향을 잃을 정도로 의식이 흐려져 순수한 의도를 반대로 해석한 것인가?

커튼을 젖히고 거실 창문을 열었다. 검은 색칠이 채 빠지지 않는 늦은 새벽, 고지대에 위치한 원룸 오 층에서 바라본 세계는 짙은 안개가 시내의 정경을 두껍게 덮어 하룻밤 사이 물에 잠긴 듯했다. 안개 위로 도드라진 빨간색의 십자가만 바다의 부표처럼 군데군데 떠 있었다. 칙칙한 안개가 거실로 밀려들었다. 온몸으로 안개를 맞으며 알 수 없는 불안감이 서서히 차오르는 걸 느꼈다. 어제 잠들기 전까지만 해도 그 사람으로부터 사과받으면 나도 살아야 해서 뭉친 감정을 풀려고 했다. 그런데 이게 뭔가? 여전히 뱃속에 바람은 휘돌고 있고, 늪 속으로 점점 빨려가고 있는 것 같다.

이른 아침, 나는 거실 벽에 걸린 전자시계 숫자가 일곱 시가 된 것을 보고 집을 나와 시외버스 터미널에 도착했다. 육중한 출입문을 열고 안으로 들어갔다. 출근 시간대여서인지 대합실 안은 사람들로 붐볐다. 승차권 자동발매기에 현금카드를 투입하고는 '서울' 버튼을 누르려고 할 때 재채기가 나오려고 했다. 급하게 손바닥으로 입을 가리고 재채기를 했다.

아침에 일어날 때부터 몸이 평소와 다르다는 걸 느꼈다. 시작한 재채기는 멎질 알았다. 손바닥과 얼굴에 튀어나온 침과 가래가 범벅으로 묻어 있었다. 뒤에서 기다리던 대기자는 손으로 자기 입과 코를 가리고는 한 발짝 물러나 나를 쳐다보면서 얼굴을 찡그렸다.

나는 빠르게 카드를 회수하고는 의자로 가 앉았다. 손수건을 꺼내어 분비물을 닦았다. 몸에 기운이 없어 캐리어 손잡이에 머리를 대고 숨을 골랐다. 이런 몸으로 예정한 이박 삼일의 일정을 해낼 수 있을지 의문이 들었다.

핸드폰을 열었다. 거짓말일지언정 그 사람으로부터 그럴싸한 핑계라도 듣고 싶은 건 무슨 이유인가? 그러면서 알라딘 중고 서점에 또 간 것은 무엇인가? 요즘 체온조절이 안 된 것처럼 감정이 오르락내리락했고, 생각 또한 내가 나를 이해할 수 없을 만큼 변덕이 심했다.

진열된 그 사람의 책을 빼내어 앞면을 살펴봤다. 그 사람의 인사말이 적힌 시집이 없었다. 몇 시간에 걸쳐 진열장에 있는 다른 작가들의 시집을 샅샅이 뒤졌다. 무명 시인들이 책을 내면 나처럼 친한 사람들에게 인사말을 적어 선물했을 것인데, 없었다. 그런데 그 사람은……. 다시 뱃속에 바람이 휘도는 느낌이 들었다. 트림을 해보지만 나오지 않았다.

그 사람의 인사말이 있는 시집을 구하려고 서울에서부터 내가 사는 이 도시까지 각 지역에 있는 알라딘 매장을 방문하기 위해 집을 나섰다. 기침은 계속되고, 콧구멍에서는 맑은 물이 그치지 않고 흘러내렸다. 감기에 걸려본 기억이 없을 정도인데, 여기에서 중단하라고 몸이 신호를 보낸 걸까?

재채기는 가라앉았는데 콧물은 멈추지 않다. 콧물을 처리하기 위해 화장실로 갔다. 후줄근한 옷차림의 중년 남성 두 명이 목에 수건을 두르고 세면대를 차지한 채 수염을 깎았다. 거울에 비친 그들의 얼굴을 쏘아봤다. 잠깐 거울 속의 눈과 나의 눈이 부딪쳤다. 멋쩍고 쑥스러워하는 그들의 눈빛을 보고는, 나는 빠르게 우측 대각선 방향으로 눈길을 돌렸다. 키가 작고 야윈 오십 대 중후반으로 보이는 남성이 소변기 앞에 있었다. 나는 픽, 하고 웃었다.

남성은 허벅지까지 내린 바지춤이 흘러내리지 않기 위해 양다리를 벌려 팽팽하게 당겼다. 엉치뼈에 달라붙은 흰 살은 밀가루 반죽 처지듯 밑으로 흘러내렸다. 살이 처진 끝부분에는 연흔 같은 주름에 옹이가 박힌 듯한 거무스름한 반점이 찍혀 있었다. 늙어 쭈그러든 원숭이 엉덩이가 연상되었다.

언뜻 보면 남성은 마치 소변기 안으로 들어가려고 하는 것 같았다. 앞으로는 낭심을 최대한 내밀고 상체는 뒤로 젖힌 모습이 활 모양이긴 했지만, 활대의 굽이가 느슨해져 고장 난 활 모양으로 용기에 바짝 붙어 있었다. 그런 어정쩡한 자세로 남성은 작은 개불 모양의 물총을 손가락으로 잡고 변기 안에 그려진 파리를 정조준했다. 물을 쏘았지만, 약한 수압으로는 목표물의 하단만 맞출 뿐이었다. 파리는 여전히 날개를 떨었고, 나는 그 소리를 들은 듯했다.

남성은 더더욱 낭심을 앞으로 내밀며 물총을 위로 올려 쐈다. 이미 바닥난 물은 잠근 샤워기처럼 물총 바로 아래로 방울져 떨어졌다. 그는 쓸쓸한 표정으로 온몸까지 흔들어 잔뇨를 털어내고는 바지를 올렸다.

그걸 보면서 그 사람이 떠올랐다. 낯선 남성의 희한한 행동을 보고 왜 그 사람이 떠오르는 건지, 그 사람도 내게 씁쓸한 표정을 지은 적이 있었는데 그래서인지 모르겠다.

그 사람의 강의를 듣던 첫날, 쉬는 시간에 화장실에서 그 사람과 맞닥뜨렸다. 우린 서로 어색함에 묵례했다. 생리 현상을 해결하는 장소에서 누군가와 마주쳤을 때 왜 어색한 감정이 드는지 잘 모르겠다. 그 사람과 나란히 소변기 한 개씩 차지하고 있을 때 그는 생기라곤 전혀 없는 억양으로 대뜸 오줌발이 약해졌다고 말했다.

듣는 내가 민망했다. 그땐 서로 오줌발을 틀 만큼 가까운 사이가 아니었는데도 왜 자신의 약한 점을 기운 처진 목소리로 말하느냐 말이다. 그때 난 저 사람 푸르네, 라고 생각했다. 오줌발이 약한 것과 푸르름과는 연결되지 않는데, 아마도 시 강좌를 듣고 모든 것을 시상으로 연결 지으려 했던 것 같다.

그날 두 시간 동안 작고 왜소한, 약한 오줌발을 가진 그 사람의 강의를 들은 느낌은 진실하다였다. 그 사람의 심장 한쪽이 내게 이식된 것 같은 느낌, 뭔가 보호하고 지켜주어야 할 것 같았다. 왜 그때 생각이 떠오르는 걸까? 흐르는 콧물을 크으윽, 깊게 들이켰다. 아무런 맛이 나지 않는 묽은 액체가 입안으로 그득 빨려 나왔다. '좌고우면하지 마.' 맴도는 친구의 말에 입안 그득 고인 콧물을 섞어 목으로 넘겼다.

그 사람의 강의가 끝나고 항상 했던 대로 술집에 모여 앉았다. 탁자 세 개를 차지하고 그 사람은 중앙에, 난 그 사람의 옆쪽에 빠르게 앉았다. 문우가 가져온 더덕을 잎사귀까지 갈아 막걸리에 넣자, 연녹색에 향긋한 냄새가 눈과 코를 자극했다. 그 사람은 술이 담긴 잔을 인중에 대고 향기를 깊숙이 들이마셨다.

나는 가방에서 시집 세 권을 꺼내어 탁자 위에 놓았다. 그 사람의 인사말이 있는 시집을 서울과 대전의 알라딘 중고 서점에서 구입했다. 그 사람이 젊었을 때 출간한 거였고, 지금은 모두 절판되었다. 책 모두 맨 앞 장을 펴 그 사람에게 내밀었다.

"오래전부터 구하려고 했던 시집이었는데, 우연히 중고 서점에 있는 걸 발견하고 구매했어요. 사인 좀 부탁드립니다. 평생 간직할게요."

그 사람은 노안이 왔는지 안경을 벗어 탁자 위에 놓고는 누런 종이 위에 쓰여 있는 본인의 필체와 내용을 확인했다. 반흘림체로 '이여진 님께 드립니다. 행복하세요. 황석우 드림'을 읽고는 표지를 덮어 제목을 봤다. 책을 옆으로 밀어놓고는 다른 시집을 봤다. 그 책에도 앞 권과 유사한 내용의 인사말이 적혀 있었다.

그 사람은 눈을 감았다 뜨기를 반복하다가 평소 난처할 때마다 습관적으로 하던 대로 오른 손바닥으로 머리카락을 뒤로 쓸어 넘겼다. 연이어 엄지손가락으로 눈자위를 닦는 것인지 비비는 것인지 알 수 없지만, 양 팔꿈치를 탁자에 대고 눈을 문질렀다. 그러고는 책과 나를 번갈아 봤다.

"이 책 저에게 줄 수 없나요? 사연이 있어서요."

나는 그 사람의 눈을 피해 책에 시선을 두고 설핏 미소를 지었다.

"사연이요? 저도 사연이 있어 서울⋯⋯. 어렵게 구한 겁니다. 제가 잘 간직할게요."

그 사람은 나의 얼굴만 감정 없이 쳐다보다가 고개를 들어 술을 마셨다. 전기 스위치처럼 튀어나온 목울대가 술을 삼킬 때마다 위아래로 크게 움직였다. 약간의 정적이 지나고, 그 사람은 내키지 않는지 고개를 살짝 끄덕이고는 기존의 인사말 밑에 '김필우 님, 어렵게 구한 책 잘 보관하세요. 황석우' 읽기 난해할 만큼 흘려 썼다.

그 사람은 자신이 사인해서 선물한 책이 중고 서점에 진열된 것을 어떻게 받아들였을까? 그거에 대한 감정 표현은 하지 않았다. 그때까지 난 그 사람의 부탁이나 요구를 거절한 적이 없었다. 그런 내가 단칼에 거절한 것에, 그 사람은 자존심이 상했을 것이다. 그 감정이 필체에 온전히 드러나 있는 거로 생각했다. 그러면 어떤가?

알라딘 중고 서점에 그 사람의 책 두 권을 내밀자, 직원이 이리저리 살피더니 고개를 갸웃했다. 나는 그를 지그시 쳐다보면서 물었다.

"왜요, 무슨 문제 있나요?"

"출판한 지 오래되었네요. 거기에 낙서까지 많아 구입할 수 없습니다. 죄송합니다."

직원은 빠르지만 정중하게 말하고는 책상 위에 쌓인 책을 그의 앞으로 끌어당겨 바코드 부착 작업을 계속했다.

나는 사인을 받은 날부터 그 사람의 연락을 기다렸다. 이번에야말로 알았을 것이고, 모른 척하며 지나치지 못할 거로 예상했다. 연락이 올 줄 알았고, 간절히 기다리기도 했다. 매일 그 사람의 생각으로 가득 찬 내가 무엇을 할 수 있었겠는가. 아무것도 할 수 없었다. 생산성 없는 싸움을 빨리 끝내고 내 생활로 돌아가고 싶을 뿐이었다.

그러는 동안 그 사람의 시집을 여러 차례 읽었다. 시를 읽으며 하는 짓이란 구절에 주석을 붙이듯 자기 생각을 덧붙였다. 예로 들면 '파아란 하늘'이란 구절에 밑줄을 긋고 '하늘이 파란 건 당연, 시인 상상력 결핍'이라고 적었다. 그리고 혹여 이 책을 구입한 사람이 두 번에 걸쳐 저자의 인사말이 있는 책이 중고 매장에 진열된 게 궁금해할 것 같아 약간의 설명을 덧붙였다. 직원은 그걸 낙서라고 한 것이다. 물론 그의 입장에서 보면 그렇게 생각해도 무리는 아닐 것이다. 그걸로 시비할 생각은 없다. 단지 이 책이 진열되어 누군가의 손에 들어가 읽어주기를 바랄 뿐이었으니까.

나는 직원에게 알라딘에서 자주, 많은 책을 구입한 회원이라는 걸, 앞으로도 그럴 거라고 말했다. 책을 팔기 위해 이런 유치한 압박까지 한 자신이 한심했지만, 그런들 어떤가, 이미 시작했고, 그 사람이 끝내지 않고 있는데.

직원은 아무 대답 없이 싱긋이 웃고는 라벨 부착에만 집중했다. 나는 절판되어 희소가치가 있고, 유명 시인의 책이어서 금방 팔릴 거라고 설명했다. 직원은 자연스럽지 못한 미소를 짓고는 권당 일천 원에 매입하겠다고 했다. 이천 원을 받은 나는 곧바로 불우이웃돕기 모금함에 집어넣었다. 빠르게 깜박거리며 쳐다보는 직원의 눈길을 뒤로하고 서점을 나왔다.

나는 우체국 데스크에서 메모지에 '귀 학교 재학생 황민주 학생 아빠의 절판된 귀한 시집입니다. 많은 학생이 읽기를 바라며 보냅니다'라고 적었다. 시집에 책갈피처럼 메모지를 끼워 노란 봉투에 넣고 봉인했다. 이게 마지막이 되기를 바랐다. 이 막된 신경전에 그 사람의 딸을 개입시키는 건, 정말이지 해서는 안 되었다. 하지만 싸움은 시작되었고, 그 사람은 모든 걸 알고 있음에도 여전히 사과하지 않고 있다.

나의 긍정적 성향을 잘 알고 있는 그 사람은 어느 정도 하다 그만할 거라고 생각하고 있을지도 모른다. 나는 평소 했던 말과 다른 모순적인 그의 행동이 더욱 서운했고, 시작한 것이니 끝을 봐야 한다고 생각했다. 소포의 무게를 재고 금액을 지불했다. 여전히 뱃속은 벙벙했고, 잇몸을 찌르는 듯한 통증이 왔다.

자정 무렵, 나는 동네 호프집 구석진 자리에 앉아 있었다. 잠이 오지 않아 마시기 시작한 소주가 두 병째였다. 술에 취해 하는 생각이란 몸속에 자라고 있는 것 같은 독버섯이 멸살되기를 바라거나, 오염된 머릿속이 세정되기를 바랐다. 그래서 일 개월 전 나로 돌아가고 싶었다. 터무니없지만 그럴 수만 있다면. 다시 맥주잔에 가득 채워진 소주를 반쯤 마셨다.

그 사람으로부터 여전히 연락을 받지 못한 나는 맥박이 불규칙하게 뛰면서 감각이 극도로 예민해졌다. 분명히 그 사람은 딸을 통해 내가한 행위를 알았을 것인데도 이에 대해 일절 반응하지 않고 있다. 과거에 자신이 했던 말들과는 너무 엇나간 행동 때문에 체면이 없어서일까. 아니면 무대응만이 최선의 방법라고 생각한 걸까.

이미 난 그 사람과의 관계는 틀어질 대로 틀어져 앞으로 더 이상의 교류는 없을 거라고 예상했다. 원하지 않았지만, 이리 되었다면 이젠 그 사람의 사과가 아닌 승복을 받아 무릎 꿇는 걸 보고 싶었다.

며칠 전에 만난 친구의 말이 생생하게 떠올랐다. 유명 국악인으로부터 국악대회에서 상을 받게 해주겠다는 말을 믿고 이천만 원을 주었는데 상을 받지 못했고, 돈도 돌려받지 못한 사건을 의뢰받았다고 했다. 변호사가 형사 고소장을 제출하자, 즉시 그 국악인으로부터 사과를 받고 돈을 돌려받은 사건을 설명했다.

친구의 말을 듣는 동안, 나는 자신도 모르게 무르춤해져 고개가 바닥으로 숙어졌다. 그는 내게 왜 이런 사건을 상세히 설명하는 게 궁금해 물었다.

"왜 내게……?"

친구는 의미를 알 수 없는 미소를 띠었다.

"시작했으면 끝을 봐."

나는 술잔을 들고 유리창 밖 거리를 바라봤다. 눈은 거리를 향했지만, 희뿌옇게만 보일 뿐이었다. 시작했으면 끝을 보라는 친구의 말이 머리에서 울렸다.

나는 책상을 사이에 두고 형사와 맞바라보고 앉았다. 일천만 원 자기앞 수표 세 장을 시집 사이에 넣어 집에 보관하고 있었는데 도난당했다. 이 사실을 몰랐다가 알라딘에 방문해서 그 시집이 진열된 것을 보고 알았다. 절도범이 수표는 사용하고 책은 중고 매장에 판 것이라고, 늦었지만 지금이라도 신고한다며 책을 제출했다.

시집을 살펴던 형사가 시인이냐고 물었다. 나의 인사말을 보고는 교수에게 선물한 책이 아니냐고 물었다. 선물하기 위해 인사말을 적었다가 여의찮아 집 책장에 꽂아둔 거라고 했다.

형사는 어떤 말을 하려다가 입술을 오므리고는 나를 넌지시 쳐다봤다. 그러고는 흠 없는 말투로 앞으로의 수사 진행 과정을 설명했다. 그런 중에도 미심쩍은 눈빛을 거두지 않았다. 나 또한 눈길을 모아 형사의 눈을 바라봤다. 범인을 잡으면 연락하겠다는 형사의 말을 듣고, 나는 그곳을 나왔다.

해가 지고 있었다. 붉은 햇살은 수평선 너머에서 사라져가고, 푸른 바다는 흐릿한 어둠에 잦아들었다. 밤의 시작을 알리는 어스름은 저 멀리 수평선부터 서서히 잠식해 내가 있는 캠핑장까지 다가왔다. 캠핑장 앞으로 어둠에 감싸인 모래사장이 드넓게 펼쳐져 있었다.

나는 글램핑 텐트 안에 있는 의자에 앉아 종이를 태웠다. 화로대 안의 불꽃이 사그라져 갈 때면 책의 낱장을 찢어 집어넣었다. 종이를 넣을 때마다 화로대 위로 불길이 치솟았다.

경찰서에서 나온 나는 집에 있는 시집 전부를 차에 실었다. 가까운 바닷가에 있는 글램핑장으로 갔다. 나는 시가 없는 앞으로의 삶을 생각해본 적이 없었다. 그런다고 하더라도 몸속에 더러운 피가 흐르고 있는 내가 맑고 깨끗한 시를 쓰고 읊어서는 안 될 것 같았다. 그래서였다. 내 시집을 포함한 모든 시집을 태웠다. 이제 난 시 없는 삶을 살아갈 것이고, 그 삶은 건조하겠지만 어쩔 수 없었다.

신고한 지 이 개월이 지나, 나는 형사의 출석 요구를 받았다. 경찰서 진술 녹화실 출입문을 열었다. 그곳은 여섯 평가량의 넓이에 사무용 책상 한 개와 의자 여러 개가 있었다. 사방 벽은 온통 흰색으로 도배되었기 때문인지 정신과 병실이 연상되어 심리적인 압박감을 느꼈다. 뭔가 알 수 없는 기운에 위축되어 나도 모르게 소음이 나지 않도록 몸의 움직임을 조심했다.

그 사람은 내가 들어갔음에도 형사 앞에 앉아 머리를 깊게 숙인 채 고개를 들지 않았다. 그 사람의 머리 위쪽 천장에서 두 뼘 정도로 내려온 줄에는 진술 녹음을 위한 마이크가 대롱대롱 매달려 있었다.

나는 그 사람의 옆 의자에 앉았다. 그때까지도 그 사람은 머리를 숙인 채 계속 바닥만 내려봤다. 나와 그 사람은 형사가 내민 진술 녹화 동의서에 서명했다. 형사는 나와 그 사람의 진술이 달라 대질신문을 할 것이고, 중요한 만큼 녹화한다고 했다.

형사는 진술 조서를 작성하기 전에 사전 브리핑을 하듯 지금까지 수사한 것을 설명했다. 십 분가량의 설명이었지만, 간추리면 삼천만 원 수표 사용자는 그 사람이 맞다. 그 사람의 집과 집 안에 있던 물건이 압류될 때 나의 시집도 포함되었다. 이후 강제 집행되어 경매로 낙찰받은 사람이 알라딘 서점에 판 것까지 확인하였다는 거였다.

그 사람은 여전히 머리를 들지 않는 채였다. 형사의 설명이 시작되자, 그 사람은 긴 한숨을 몇 회 내쉬었다. 설명이 이어지는 동안 등을 들썩이더니 눈물이 바닥으로 떨어졌다. 나는 그 사람의 눈물과 들썩이는 등을 보면서 그 사람처럼 머리를 숙이고는 바닥에 긴 숨만 내뱉었다.

형사가 질문을 시작했다. 형사의 물음에 그 사람과 나는 아무런 대답을 하지 않았다. 형사는 한숨을 쉬며 우리를 쏘아보다가 짜증이 가득 섞인 목소리로 물었다. 나에게는 왜 도난낭했다고 신고한 것인지, 이유를 설명하라고 했다. 내가 계속 대답하지 않자 진술하지 않으면 무고죄로 입건하겠다며 압박을 가했다.

나와 그 사람은 여전히 아무런 말을 하지 않았다. 형사는 몇 번을 더 추궁하다 묵비권을 행사하는 우리에게 도저히 진술을 받을 수 없다고 판단했는지 다음으로 미뤘다.

나는 그 사람에게 삼천만 원을 주었었다. 액수는 다르더라도 그 사람의 요구가 있었다. 하지만 시 지망생들이 훨씬 적은 돈을 잡지사에 찬조하고 등단한 것을 알고 있었기에 그 사람이 많은 금액을 취할 거라는 걸 알았다. 그런데도 돈을 준 것은 대부분 시인이 경제적으로 어려웠고, 그 사람에게서도 그런 느낌을 받았기 때문이었다. 거기에 그 사람이 시집 출판까지 약속한 것도 작용했다.

그 사람의 경제적 어려움이 그 정도일 줄은 상상하지 못했다. 아내의 사업 실패와 이혼, 딸의 가출, 일정한 거처 없이 숙식하고 있다는 게 믿기지 않았다. 지금 나는 무더운 여름을 보내고 있지만, 그 사람은 한겨울을 지내고 있었던 것이다. 가만히 두어도 추위를 견디기 어려운 사람에게, 나는 찬물을 끼얹은 격이었다.

그 사람은 꽃말을 몰랐다. 오늘 밤 숙식을 걱정하는 그 사람에게 꽃이 무슨 의미가 있었겠는가. 없었을 것이다. 그런데도 키울 때까지 키우고, 환경이 되지 않으면 내게 돌려주려고 했다는 거였다. 사인 된 책을 주라고 한 것 또한 집에 보관하던 책 모두가 없어져버렸고, 그 시집은 절판되어 구할 수 없는데 간직하고 싶었다는 거였다.

여기까지 이야기를 들은 나는 이 지구상에서 사라져야 할 악마로 느껴졌다. 치미는 분노와 나오려는 울분을 참기 위해 입술을 오므렸다. 그 사람의 야윈 어깨는 더욱 졸아들었고, 희멀건 얼굴은 잿빛 기운마저 돌았다.

그 사람은 카페에 앉아 몇 년 동안 겪은 걸 한 시간에 걸쳐 말했지만, 내가 긴 시간의 쓰린 과거를 어찌 세세하게 알 수 있겠는가. 절대 알 수 없을 것이다. 다만 빙산의 얼음 한 조각 쥔 손으로 그 사람이 온몸으로 겪고 있는 시린 추위를 대략 짐작할 뿐이리라. 알려고 하는 것 또한 나의 자만이리라.

나는 교수의 손을 잡았다. 집으로 가, 전복과 약재를 넣어 푹 삶은 촌닭의 살점을 뜯어 묵은지를 얹어 같이 먹고 싶었다. 그 사람이 겨울을 보내고 봄이 올 때까지 한 집에서 함께 살 수 있고, 그를 위해 매일 식사를 준비할 수도 있다. 그러고 싶었다. 하지만 차마 그 말은 하지 못했다.

싸움은 나의 패배로 끝났다. 내가 일방적으로 시비를 걸고, 무참하게 당한 것이다. 나는 서점에서 시집을 발견할 때보다 더 큰 충격을 받았고, 그걸 내가 초래했다는 게 더욱 서글펐다.

물건에 그림자가 있듯 사람의 행동에도 그림자가 있다. 그런데 난 눈에 비추는 것만 보았을 뿐 그 이면까지 보지 못했다. 그리고 보이는 것만이 진실이라고 믿었다. 그때는 그 오류를 인지하지 못한 채 의심을 확신하고, 그 편협한 사고의 밭에서 키운 독초의 향기를 타인에게 뿌린 것이다.

지금 반성한다고 해서 내가 지난날의 졸렬한 행동을 용서받겠다는 것이 아니다. 평소 한번 믿었으면 끝까지 변하지 않아야 한다는 걸 신조로 여긴 내가, 무턱대고 사람을 의심하고, 의심을 확신한 채 해코지로 상처를 준 것이다. 이는 저지른 죄보다 몇 곱절 더한 벌을 받는 게 마땅하다.

다만 나는 이로 인해 나는 한 겹 더 익었을 것이고, 나의 가치관이 맞았다는 것이다. 잠시 흔들렸지만, 신의는 부러지지 않아야 한다는 지론이, 무른 석고가 굳어지듯 나의 마음속에 더욱 굳어졌다는 것이다. 다시는 이런 오류는 범하지 않을 것이다. ✿

나는 죽어가고 있다

나는 죽어가고 있다

대략 십 년이 넘은 것 같다. 그때 난 이두박근이 불끈거리고 거기에 선명한 가슴 근육이 실룩대기까지 했다. 고로 난 불로불사(不老不死)할 줄 알았다. 그래서 후쿠시마 근해에서 잡힌 생선이라고 다들 피할 때도 거침없이 잘 먹었고, 방사선을 토해내기라도 하듯 한계치까지 입을 쩍 벌리고는 트림을 크게 했다. 그런 내가 근육이 뭉개지면서 자신감 또한 자연스럽게 사라졌다. 무릇 인간은 육체의 근육량에 따라 생각이 바뀐다는 것이다. 나는 그렇다.

지금 와서 돌이켜보면 진시황도 이루지 못한 걸 인류의 먼지 한 점 뿐인 내가 어찌 영생할 수 있겠는가. 인간은 생(生)하면 사(死)하는 게 불멸의 진리인데, 딱 잘라 망상이었다.

하지만 하느님 백신만 믿고 '영생'을 외치며 따르는 신도들에게 코로나바이러스를 힘차게 퍼뜨린 그 교주라면 모르겠다. 그는 코로나 시국에 연일 여의도 집회를 해도 생존했고, 시베리아에서도 살아남은 걸 보면 단순히 공포탄을 쏜 것만은 아닐 성도 싶다.

그러더라도 가을 끝자락의 나뭇잎처럼 나뭇가지에 간신히 붙어 있는 것 같은 그의 몸뚱이는 어떻게 설명할 것인가? 그걸 보면 그의 말이 '개뻥'인 것 같다. 예수도 생하고 사했는데, 그자라고 대단한 뾰족수가 있겠는가.

난 가끔 그자가 떠오를 때면 희망한 것이 있다. 스포츠토토 같은 것 말이다. 그의 말이 '개뻥이다? 아니다? O, X' 맞추기와, '그가 요단강 건너기 직전에 어떤 말을 할까?' 주관식 문제 같은 도박 말이다.

만약 있다면, 난 '아니다'와 '영생(靈生)이었지, 이 영생(永生)이 아니었다고. 육신은 떠나지만, 영혼은 영생하여 개뻥이 난무한 이 인류를 구원하겠노라고. 마지막까지 뻔뻔한 뻥을 칠 거라는 거에 전 재산을 걸겠다. 내게 그런 행운이 올 리 없겠지만 말이다.

대신 성심을 다해 기도하겠다. 십 년 이내에 그자의 영혼이 성층권으로 올라가기를. 그곳에서 냉동 영생하여 더 이상 '개뻥'을 칠 수 없기를. 그만큼 인류는 여기도 뻥, 저기도 뻥, 우리는 뻥, 뻥, 뻥, 속에 살고 있다고, 나는 생각한다.

누군가는 그 뻥에 죽고, 누군가는 그 뻥을 골프공 치듯 쳐버린 사람도 있을 것이다. 난 확고하게 후자 쪽이지만, 그래도 정신 바짝 차려야 한다. 자칫했다간 내 몸이 뻥튀기되어 그 교주를 추월할 수 있으니.

이는 누구도 쉽게 믿어서는 안 된다는 것이다. 이건 내 모토다. 혹여 이 글을 읽은 사람 중에 책가방 오래 들었다는 우월 의식으로 내게 시답잖은 충고하려고 들지 마라. 이런 건 가방 속에 들어 있지 않은 거니까.

이런 내가 누구를 믿겠는가. 세상에 믿을 놈 없다고 생각하면서도 아내만큼은 믿었다. 아니 믿어야 했다. 만약 믿지 않고 의심했다가 그녀로부터 나 감당할 수 있어? 라는 도발적 질문을 받는다면, 나는 그러지 않아도 낮아진 몸뚱이를 한층 더 저(低)할 것이다.

이는 전술적 믿음이다. 그런데 얼마 전부터 이런 전술에 금이 가기 시작했고, 그 틈새로 의심이 조금씩 차오르기 시작한 것이다.

아내에 대한 의심은 그 교주와는 완전히 다르다. 교주가 저능아 수준이라면, 그녀는 훨씬 높은 수준일 수 있다는 거다. 그만큼 지능적이라는 거다. 하지만 의심의 까닭을 말하기엔 논리가 부족하고, 뒷받침할 자료 또한 없다. 단지 촉감일 뿐이다. 요즘 잦은 설사로 부쩍 근육량이 없어진 탓일까, 하여튼 환장할 지경이다.

*

사무실에 출근하자마자, 나는 밀걸레부터 들었다. 현장에서 늦게 돌아온 직원들의 안전화 자국이 바닥 여기저기에 찍혀 있었다. 바닥을 닦는 동안 팀원들이 잇따라 출근했다. 서로 아침 인사로 수선스러울 때 전화벨이 울렸다.

순간 팀원 모두 '동작 그만' 명령이라도 받은 듯 그대로 멈췄다. 눈만 깜박거리며 서로를 쳐다봤다. 지금 느낀 불안감의 근원으로 자기들의 예상이 맞는지 서로에게 확인하는 눈빛이었다. 상무의 호출, 예상은 적중했다.

나는 그러면 그렇지, 라고 생각할 때 배 속 내장이 지각 변동이라도 하는지 요란을 떨며 꾸르륵했다. 그 소리는 덕지덕지 껴 있는 피하지방을 뚫고 밖으로 새어 나왔다. 마치 곧 폭우를 예고하는 뇌성처럼 사무실 공간을 우렁차게 울리는 듯했다. 나는 그렇게 들었다.

화끈거리는 얼굴로 주위를 살폈다. 나를 곁눈질하며 웃으려 하는 정 대리를 째려봤다. 그녀는 립스틱 붉게 바른 입술을 슬며시 오므리고는 하품을 참는 것처럼 했지만, 눈빛만은 어쩌지 못했다. 나는 이여자, 순진하게 뻥친다는 생각에 그녀에게 밀걸레 자루를 던지듯 인계했다.

상무의 사무실까지 십 미터도 안 된 거리를, 나는 뛰다시피 걸어갔다. 문을 노크하기 전, 숨 고르기를 하고 있을 때 다시 배에서 소리가 났다. 급한 불부터 꺼야 하는데, 잠시 갈등했지만, 그의 부름에 일 분이내 응소하지 않으면, 말을 말자, 개자식. 그는 그런 날은 나를 불규칙적으로 불러서는 그다지 중요하지 않은 말 몇 마디를 한 후 돌려보내는 짓을 되풀이했다.

상무의 책상 앞에, 난 엉덩이 양쪽을 바짝 끌어당겨 똑바로 섰다. 그는 고개를 숙인 채 신문만 읽었다. 잠시 후 신문의 마지막 면을 소리없이 덮더니 유리창으로 눈길을 돌렸다. 통유리에 희미하게 비친 머리를 보면서 쓰고 있는 가발의 옆과 뒤쪽을 손으로 쓰다듬어 지그시 눌렀다.

"어쩔 거야?"

앞뒤 없이 푹 찌르고 들어오는 물음에, 나는 풋! 웃음이 나오려고 했다. 그가 이렇게 나올 수 있다는 걸 미리 생각했었다. 그런 쓸쓸한 예상이 실지로 들어맞자, 비웃음이 나오려 한 것이다. 그런데도 난 이렇게 대응할 뿐이었다.

"……예, 무슨 말씀인지?"

"입찰 건, 어쩔 건데?"

예상 범위에서 조금도 빗나가지 않는 물음, 나는 대본에 충실한 배우처럼 양손을 모아 아랫배 위에 올리고는 더듬거리며 말했다.

"저는 상무님이 지시하신……."

그는 나의 말이 끝나기도 전에 신문을 들어 책상 위를 가볍게 내리쳤다. 그러고는 입술만 떨 뿐 더 이상 말을 하지 못한 나에게 고개를 쳐들어 부릅뜬 눈으로 노려봤다.

"당신 업무가 뭐야?"

"네에?"

하나 마나 한 그의 물음에도, 난 여전히 자세를 낮춰 '에'에 악센트를 힘주어 넣었다.

"모든 팀장과 회의해서 가장 적정한 금액으로 입찰하는 게 당신 업무 아냐?"

"제가 그렇게 해서 금액을……."

그는 내 말을 툭 자르고 들어왔다.

"그래서? 그래, 내가 이의를 제기했어. 그러면 당신은 어떻게 해야 하는데, 엉. 한칼 맞더라도 합당한 이유를 들어 나를 끝까지 설득하는 게 맞지 않아?"

나는 움찔했다. 그가 사용하는 단어인 '한칼' 때문인지 날이 선 칼날에 내 몸이 베이기라도 한 듯 짧은 신음이 나왔다.

그를 보면 비굴한 암살자가 연상됐다. 땅딸한 체구에 터질 듯 부푼 배, 거기에 두꺼운 목에다가 팔까지 짧았다. 그런 기형적인 체구로 칼을 들고 있는 포즈를 상상하면 딱 저팔계였다. 그런데도 비굴한 암살자가 연상된 것은 그의 치졸한 성향에 '한칼'이라는 질 낮은 단어를 자주 사용하기 때문이었다.

'한칼'이란 단어, 쓰임새가 얼마나 다양한가? 한칼에 사람을 죽일 수도, 해고할 수도, 수박을 가를 수도 있다. 그래서였다. 치졸한 새끼.

그의 물음에 내가 아무런 대답을 하지 않자, 재차 물었다.

"그래, 안 그래?"

이러니 내가 미치지 않을 재간이 있겠는가. 관공서 신축공사 입찰 금액으로 사백삼십칠억 사천만 원을 제시한 나의 의견에, 그는 자재 대금과 인건비가 상승했다는 이유로 이억 원을 더 올리라고 했다. 팀장들과 회의 결과대로 하자는 건의에도, 굽히지 않아 그의 뜻대로 했다. 결과는 이천만 원 차이로 다른 회사에게 미끄러진 것이다.

상무의 요지는 이거였다. 어제 귀국한 회장과 미팅할 것이고, 회장에게 추궁받을 것은 자명했다. 그때 나의 지극한 애사심에서 생긴 판단 착오로 매듭을 짓자는 거였다. 한마디로 '네가 뒤집어써, 신상은 보장할게'였다.

나는 그에게 달려들어 덮고 있는 가발을 벗겨내고 싶은 충동이 일었다. 그의 진상을 드러내 '불량한 새끼, 잘 봐, 너의 진솔한 면상을, 인류에 뻥치지 말고, 개자식아' 욕을 하고 싶었다. 그때 다시 뱃속이 요동치고 정신이 아찔해지면서 욕은 꾸르륵으로 대신했다.

상무의 방에서 나온 나는 화장실로 향했다. 오 미터도 남지 않았다. 그 거리가 오십 미터나 된 것처럼 멀게 느껴지고, 그곳까지 도착한다는 게 아득했다. 있는 힘을 다해 괄약근을 오므렸지만, 그거로는 대처 불가능이었다. 정말이지, 최고의 난도는 한 발짝도 뗄 수 없다는 거였다. 발가락만 움직여도 수돗물이 아닌 거대한 뭔가가 방류될 것 같았다.

펭귄이 걷듯, 손으로 벽을 짚고 엉거주춤한 자세로 발을 질질 끌다시피 조금씩, 조금씩 앞으로 나아갔다. 발을 옮길 때마다 허벅지 쪽으로 곧 흐를 것 같았다. 이대로 조금씩 천천히 가야 할지, 순간 달려가는 게 맞는 것인지 고민했다. 자칫 쏟아지기라도 하면, 그 후의 상황이 머릿속에 그려질 때 두피에 나온 식은땀이 볼을 타고 흘러내렸다.

정전에 대비해 손전등을 갖춰놓듯 사무실에 팬티와 바지를 여벌로 두지 않은 것을 후회했다. 마그마가 끓듯 뱃속은 계속 부글거렸다. 곧장 분출할 것 같은 위기감이 들어 길게 숨을 들여 마시고는 호흡을 참았다. 혁대 버클과 바지 후크를 풀었다. 측정 불가의 속도로 달렸다. 문을 벌컥 밀고 들어가 빠르게 변기에 안착했다. 곧바로 거대한 폭포수 떨어지는 소리가 몇 차례 거세게 울리고서야 점점 쇠약해졌다. 가파르던 호흡이 진정되자, 그제야 '몰래 찍고 유포하면 반드시 검거됩니다' 문에 붙어 있는 경고문을 읽을 수 있었다.

십 일째 설사였다. 정확하게는 이십 일째였다. 대수롭지 않던 게 조금 대수로워졌다. 입찰 문제로 과민성 스트레스인가? 내장에 무슨 병이라도 생긴 건가? 원인을 찾으려 했지만, 진단을 내릴 수 없었다. 삼일째까지는 평소 하지 않던 아침 식사를 하면서 그로 인한 위의 거부 반응으로 알았고, 오후에는 괜찮아져 인간의 위대한 생체 적응 능력을 믿었다. 그런데 오늘 이 난리를 겪은 것이다. 걱정된 건 내일 또한 겪지 말란 법이 없다는 거였다.

속이 쓰려 아내에게 아침밥을 먹고 출근하겠다고 말했었다. 그녀는 입술을 가늘게 떨면서 눈만 깜박거릴 뿐 말을 하지 않았다. 그녀는 말하기 곤란할 때면 입술을 떠는 버릇이 있었다. 지금 그녀는 아침 식사를 하지 않는 것과 속쓰림과의 연결이 왜 이치에 맞지 않는지를 그럴싸하게 설명하기 위해 적절한 구실을 찾고 있는 중이라고, 그 말을 서운하지 않게 하기 위해 머릿속에서 언어를 다듬는 중이라고, 하지만 설득력이 부족할 것 같아서 말없이 눈만 깜박거리고 있다는 걸, 긴 세월을 함께 한 나는 알 수 있었다.

"지금껏 하지 않던 걸, 해도 괜찮을까?"

나는 그녀가 솔직하게, 귀찮게 왜 그래? 라고 말하기를 기다렸다. 그래야 나도 되받아 강하게 공격할 것인데, 그녀는 나를 걱정하는 투로 말한 것이다. 그 이면에는 내 말에 동의하기 어렵다는 걸 의문문으로 교묘하게 말하고 있음을 충분히 알 수 있었다.

"적응하겠지."

단호한 나의 대구에, 그녀는 잠시 멈칫하더니 기도에 뭔가가 걸린 듯 더듬거렸다.

"……그래, 그럼, 그렇게 해."

아침 식사를 하자, 처음에는 이물질을 삼킨 것처럼 속이 불편하더니 며칠이 지나고부터는 편안해졌다. 그런데 며칠 후부터 설사를 시작한 것이다. 병원에서 장염 처방을 받아 약을 먹었지만 낫지 않았다. 다시 병원에 갔다. 의사는 고개를 갸웃거리더니 설사에 혈흔이 섞여 있는지를 물었다. 난 본 적이 없었다. 다른 약을 처방받아 복용했다. 그런데 오늘은 모든 내장이 녹아 쏟아진 것처럼, 이제껏 경험하지 못한 최고조의 분출을 한 것이다.

*

점심시간, 나는 팀원들과 함께 식당 탁자를 둘러싸고 앉아 있었다. 누구는 스마트폰을, 누구는 벽에 걸린 TV 뉴스를 봤다. 뉴스는 동물 학대 내용이었고, '캣맘' 회원인 중년 여성의 인터뷰가 이어졌다. 그녀는 새된 목소리로 유치원 주변에서 놀던 고양이들이 어느 날부터 묽은 변을 배설하더니 점차 활동력이 떨어져 흐느적거리다가 계속 죽어가고 있다는 거였다. 그때 정 대리가 눈을 동그랗게 뜨고는 화면에 비친 고양이 사체들을 보면서 경기라도 들린 듯 반응했다.

"어머, 어머, 어떻게 해."

회장과의 미팅을 무사히 마친 나는 긴장이 풀렸는지 졸음이 왔다. 반쯤 감긴 눈으로 호들갑을 떠는 그녀에게 고개를 돌렸다. 그때 편 대리가 보통 때보다 한 옥타브 높여 말했다.

"유치원 원장 짓이네,"

나는 멍한 눈빛으로 눈꺼풀을 느리게 깜박이며 편 대리를 쳐다봤다. 그는 더욱 힘 있는 목소리로 덧붙였다.

"원장이 유치원 영업을 위해 먹이에 약 탔네."

그의 확신하는 말투에, 나는 별 의미 없이 답변하듯 물었다.

"약 탄 걸 먹었으면 바로 죽지, 시름시름하다 죽는다고?"

편 대리가 어이없다는 눈빛으로 나를 쳐다봤다.

"팀장님, 한 방에 보내봐요. 누구라도 의심할 수 있잖아요. 전염병에 걸려 죽은 것처럼 하려는 연출입니다, 연출!"

가정이 아닌 단정이었다. 나는 시름시름하다 죽게 하는 약이 있나? 라고 언뜻 생각하다가 딱히 반박할 말이 없어 고개만 갸웃거렸다. 그러면서 고양이의 설사와 연출이라는 말에 출장지에서 설사가 멎은 일이 겹쳤다. 고양이의 죽음과 나의 설사와는 아무런 연결이 되지 않을 것임에도 잔잔한 의식이 조금씩 흔들리고 있다는 느낌에 고개를 절레절레 흔들었다.

나는 탁자 위에 있는 냅킨을 빼어, 가는 막대 모양으로 말았다 펴기를 되풀이했다. 그러는 중에 서서히 치민 생각이란, 그러면 내게도? 했다가, 설마 그럴 리가? 라며 말던 냅킨을 반듯하게 폈다, 곧이어 연출입니다, 연출입니다, 라는 편 대리의 확신에 찬 말투에 꽉 움켜쥐었다. 옥신각신한 감정에 손가락으로 귓속을 후벼보지만, 연출이라는 그 말은 이미 강한 세균이 되어 귀를 통해 머릿속에 침입한 것 같아 머리를 세차게 긁기만 했다.

사무실 유리창으로 오후 봄볕이 스며들었다. 나는 한 손으로 턱을 괴고 앉아 손가락으로 책상 위를 톡톡 두드렸다. 오늘도 전날과 비슷한 급박함으로 엄청나게 쏟아내면서 계속 편 대리의 말과 고양이의 사체가 떠올랐다. 의지와 다르게 마음이 꿈틀거렸다. 터무니없고, 해서는 안 될 의심에 머릿속이 서서히 먹혀 들어가는 것 같은 불쾌한 느낌에 주먹으로 머리를 때리거나 머리카락을 헝클어뜨렸다.

눈 감으면 코 베어 가는 세상이다. 무엇이든 의심부터 하는 게 세상살이가 평안하다. 이걸 구구단 외우듯 머릿속에 심어놓으라는 말을, 모친 김 여사에게 귀에 옹이가 박히듯 들었다. 잊고 있던 그 말이 되살아나 귀에서 웽웽거리기까지 했다.

아이러니하게도 그런 김 여사는 조급히 떠났다. 의심하고 사는 게 삶의 즐거움인 것처럼 신경질적으로 집착하더니, 결국 위암에 걸려 환갑 커트라인을 힘겹게 통과하고는 지금은 지구에 존재하지 않는다.

김 여사가 지구에 존재할 때, 난 뱀띠, 그녀는 닭띠, 이를 안 김 여사는 얼굴이 약간 푸르스름하게 변하더니 사뭇 참된 목소리로 말했다.

"닭이 뱀을 쪼는데."

나는 입안 가득 물고 있던 사과 조각들을 뿜어낼 뻔했다. 손으로 입을 막고는 웃음 가득한 눈으로 김 여사를 봤다. 김 여사는 그날로 희로애락이 있을 때마다 찾아가는 용한 점쟁이에게 달려갔다.

점쟁이 왈, 나는 그냥 뱀이 아니라, 바람과 구름을 타고 하늘로 올라가는 용의 기운이 있고, 아내는 미래를 보는 눈과 지략이 뛰어나 용이 힘차게 승천하도록 안내한다는 거였다. 누구라도 용한 점쟁이가 될 수 있는 점괘였다.

우주를 정복하는 시대에 평소 의심부터 하라는 인생관과 달리 점쟁이의 '개뻥'을 믿느냐고 꼬집으려다가 꽤 진지한 태도에 은근히 들떠 있는 기분을 떨어뜨리고 싶지 않아 고개를 천천히 끄덕이기까지 했다. 이것 또한 김 여사가 희망의 조미료를 팍팍 넣어 인공적인 맛을 살린 거겠지만.

아내는 평소처럼 낮은 톤으로 전화를 받았다. 어디냐는 나의 물음에, 그녀는 짧게 답하고 물었다.

"알잖아, 근무 시간에 무슨 일로?"

허리 통증에 시달리던 그녀는 아들이 중학생이 되자, 오후에 수영장을 다녔다. 나는 그걸 알고 있음에도 확인한 것이었다. 반차 냈다는 말에, 그녀는 여전히 짧게 물었다.

"왜?"

"계속 설사하면서 몸에 기운이 없네."

그녀는 잠시 말을 하지 않다가 더듬대며 말했다.

"왜 계속 그러지, 업무 스트레스 때문인가?"

머릿속에 침투한 세균이 나의 기존 세포와 힘겨루기라도 하는지 머리가 어지러웠다. 이렇게까지 해야 하나? 다시 고민했다. 하지만 하지 않아 만약 고양이처럼 된다면, 거기까지는 상상하고 싶지 않지만, 꺼림칙한 게 있다면 확인한 후 이에 대비하는 게 맞을 것 같았다.

집에 온 나는 싱크대 위 우측 선반을 열었다. 선반 위에는 콩기름 등 식재료들이 각기 모양과 크기가 다른 용기에 담겨 있었다. 겉으로 보아 내용물을 알 수 없는 식재료는 뚜껑을 열어 냄새를 맡거나 손끝으로 찍어 맛을 보았다. 달거나 짜거나 아무 맛이 없었다.

다양한 식재료를 보면서 유치원 원장이 고양이를 살해하듯, 아내의 공간에서 만든 음식으로 나를 해하려 든다면 이에 대한 대비는 불가능할 것 같다는 무력한 절망감에 한숨만 나왔다. 이토록 많은 식재료 중 어느 한 가지에 약을 섞었다면 어찌 찾아낼 수 있겠는가.

좌측 선반을 열자, 자기 그릇들이 사이사이에 마분지를 낀 채 겹겹이 쌓여 있었다. 선반 속이 이토록 복잡했던가, 그녀가 보물을 숨겨놓았다고 하더라도 찾을 수 없을 것 같았다. 의자를 딛고 올라가 그릇 한 개씩 들춰가며 확인하는데 머리가 빙 돌았다. 몸의 중심이 자꾸 좌측으로 기울어 의자에서 자칫 떨어질 뻔했다.

나를 왜? 아내는 무슨 이득이 있어서? 고민해도 머릿속은 희뿌연 안개만 가득할 뿐이었다. 내가 몸이 아파 조퇴했다고 하면, 병원을 옮겨보라고 하든지, 쉬고 있어, 금방 갈게, 라든지 걱정하는 게 맞을 것이다. 그런데 더듬대며 말을 하지 않다가, 업무 스트레스 때문인가, 했다.

이 또한 원인에 대한 나의 관심을 다른 각도로 방향을 틀게 한 건 아닐까? 그러고는 이제야 약발이 제대로 통한다며 속으로 쾌재를 부르기라도 한 걸까? 충분히 그럴 수 있지 않을까? 나는 의심하고, 곧바로 그럴 리가? 라며 이를 부정해보지만, 반신반의 상태가 된 나는 머리만 아팠다.

모든 게 뒤죽박죽인 이 시점에 타로점이 떠올랐다. 왜 그 생각이 나는지 나도 알 수 없지만 하여튼 생각났다. 새해 출근 첫날, 우연히 타로 카페에 갔다가 황토색의 개량 한복을 입고 도인처럼 긴 머리카락을 늘어뜨린 점성가를 봤다. 그의 독특한 분위기가, '나는 사기꾼이오'를 천명한 것 같았다. 나는 그의 사기의 방법이 궁금해 재미 삼아 올해 운수를 봤었다. 그는 탁자 위에 탱화 같은 괴상망측한 그림 카드를 펼쳤다 접기를 수회 반복하더니 매우 근엄한 표정으로 조심스럽게 말했다.

"올 한 해 액운이 끼어 있어 비행기와 자동차를 조심해야 합니다."

나는 팔짱을 낀 채 킥킥거렸다. 비행기는 안 탈 수 있고, 하늘에서 내게 떨어지지 않는 한, 사고당할 일은 없을 것이다. 그런데 자동차는? 이는 사회생활을 그만하라는, 이래 죽으나 저래 죽으나, 아무튼 죽는다는 거였다. 난 그럴 줄 알았다며 웃고 넘겼지만, 지금은 그 점괘에 닭이 뱀을 쪼는데, 모친의 말이 겹쳐 떠오른 것이다.

뱀이 닭을 이길 수 있어? 없잖아. 그러면 운명인가? 자포자기한 심정으로 잠깐 생각해보지만, 그러더라도 너무 쉽게 당한 건 아니었다. 인간이 태어나면 죽는다고 하더라도 인위에 의해 죽는 건 진짜 억울했다.

한편으론 나의 내장이 부실한데도 그녀에게서 원인을 찾고 있는 건 아닌지, 지극히 합리적인 사고를 가지고 있다고 자신한 내가 생각해보지 않았을까? 나의 내장은 튼튼했고, 지금껏 이토록 길게 설사해본 적이 없었다. 아침밥을 먹고부터 시작했고, 일주일 동안 지방 출장 갔을 때는 식당에서 아침 식사를 했음에도 설사하지 않았었다. 그런데 출장을 마치고 집에서 아침 식사를 하면서 다시 시작한 것이다. 이건 어떻게 받아들여야 하는가?

병원에서는 원인을 찾지 못하고 있다. 그러면 뭐란 말인가? 아침 식사 준비로 귀찮은 그녀의 불만이 독으로 변해 음식 할 때 손끝으로 흘러나오기라도 한 걸까. 하여튼 미칠 지경인데, 이를 다른 사람이 알면 어떻게 생각할까? 망상증 환자를 보듯 나를 경멸스럽게 쳐다볼 것이다. 그러나 당해보지 않는 자, 함부로 단정하지 마라.

*

맞은편에 앉아 저녁 식사 중인 아내와 아들을 살펴봤다. 그들이 돼지고기볶음을 입에 넣고 씹고 삼키면, 난 그걸 먹었고, 계란말이를 먹으면 나도 그걸 먹었다. 나 혼자 먹을 수 있는 건 밥과 국물이었다. 나는 양이 너무 많다며 그릇에 담긴 밥을 일부 떠서 그녀에게 주었다. 그녀는 나를 얼핏 보더니 계속 식사했다. 난 다시 국물에 손을 대지 않았다며 그릇째 들어 그녀의 국그릇에 부으려고 했다. 손으로 그릇을 빠르게 가린 그녀는 날카롭게 반응했다.

"못 먹겠으면 남기지, 불결하게 왜 그래."

아들은 그런 그녀를 멀뚱하게 쳐다봤다. 나 또한 전에도 자주 그랬는데 오늘따라 유난스럽게 불결까지 들먹이는 그녀를, 눈을 가늘게 뜨고 쏘아봤다. 그녀는 나의 시선을 피하려는지 고개를 아래로 떨어뜨렸다. 계속 내가 쏘아보자, 그녀는 허둥대며 말했다.

"설사가 심하다고 해, 속을 달래주기 위해 일부러 된장국을……."

말을 끝까지 하지 않은 그녀는 싱크대에 국그릇을 놓고 거실 소파로 가 TV를 켰다.

나는 숟가락으로 국물을 조금 떠 입안에 머금었다가 삼켰다. 보통의 맛이었다. 목소리를 높여 아들에게 국물을 먹을 거냐고 물었다. 그때 아내는 버럭 소리쳤다.

"왜 그래?"

그녀는 빠르게 식탁으로 다가와 내 국그릇을 들어 개수대에 버렸다.

"먹기 싫음, 안 먹으면 되지, 양파 알레르기 있는 애한테 왜 먹이려고 해."

그냥 한 말을 그녀는 아주 예민하게 반응했다. 그런 그녀를 보고, 나는 바로 이거라는 느낌이 몰려왔다. 그녀는 개수대에 남김없이 버리고는 수도꼭지를 돌려 쏟아지는 물에 손까지 씻었다. 본인 국그릇은 싱크대 위에 올려놓았음에도 내 것은 남김없이 버리고, 거기에 손을 씻는 척하면서 물로 모든 걸 흘려보낸 것이다.

그래도 대상은 나에게만 한정되었다는 게 위안이라면 위안이었다. 맛으로는 불순물을 감별할 수 없다. 어떻게 해야 할까? 아무런 증거가 없는데 국물이 이상하다며 경찰에 신고하면, 그들은 나를 어떻게 대할까? 분명 그들은 나오려는 웃음을 애써 참으면서 진지하게 정신 상담 한번 받아보라고 할 게 뻔했다.

거기에 그녀와 이후의 관계는? 답답하기만 할 뿐이었다. 그냥 이대로 서서히 요단강을 건너가야 하는 건가, 거기까지 생각이 미치자, 내게 남은 시간은 얼마나 될까? 그 시간에 무엇을 해야 할까? 혼자 적적하게 살고 있는 부친이 떠오르기도 하고, 상무 그 개자식의 가발을 벗겨야 하는데, 그 정도의 시간은 있을까?

공사 입찰에서 같은 회사에 두 번이나 떨어졌다. 두 번 모두 상무가 입찰 금액을 올렸고, 근소한 금액으로 낙찰받지 못한 것이다. 이게 우연이겠는가? 상대 회사의 입찰 금액을 알았거나, 또는 우리 회사의 입찰 금액을 알려주거나 하는, 그런 무언가가 있을 것 같다는 강한 의심을 떨칠 수 없었다.

상무는 내게 그 공사를 수주하지 못하면 회사가 입을 타격은 어느 정도인지 물어봤었다. 왜 그걸 물어보겠는가? 회사가 파산할 지경이 된다면 배신 행위를 하지 않겠다는 의미 아니겠는가? 회사 소유인 휴대전화를 사용하고 있는 상무에게 신형 전화기로 교체해주고, 사용했던 전화기는 디지털 포렌식과 통화 기록을 떼어 은밀히 조사할 필요가 있다고 회장에게 보고해야 하는데. 회장은 어떻게 반응할까?

처남이 배신했다고? 라고 생각하며 회사를 사랑하는 나의 충언을 이간질 행위로 받아들인다면? 그러다 웃음이 툭 터져 나왔다. 곧 지구를 떠날 놈이 주접도 가지가지 한다는 생각이 들어서였다.

그러더라도 할 건 해야지 않는가. 내가 스피노자처럼 '내일 지구가 종말하더라도 사과나무를 심겠다' 뭐 이런 대단한 가치관이 있다거나, 회사를 사랑해서가 아니다. 단지 상무 그 불량한 자식의 가발을 벗기고 싶을 뿐이다. 그런데 아내는 내게 왜?

*

팀원들 모두 퇴근한 사무실에 혼자 남아 인터넷으로 의심병 AI 진단 프로그램에 접속했다. 이런 걸 어디에 드러내고 상담받을 수 있겠는가, 그래서였다. AI가 묻고, 나는 답했다.

1) 대체로 귀하의 논리가 맞는가? 맞다.

2) 귀하와 주변에 발생한 일에 대해 한 번 이상을 생각하는가? 그렇다.

3) 자신에겐 엄격하면서도 가까운 사람들에게는 관대한가? 아니다.

나는 의심병과 별로 상관없는 질문에 약간 짜증이 났다. 그래도 무언가 있을 거라는 기대감으로 계속했다.

4) 누군가를 판단할 때 그 대상에 대하여 얼마나 알고 있다고 생각하는가?

이 질문에 나는 바로 답을 할 수 없었다. 생각할 시간이 필요했다. 습관대로 천장을 향해 고개를 쳐들었다. 아랍 문자 모양으로 조각된 천장 텍스를 독해라도 하려는 듯 유심히 봤다.

아내는 어떤 사람이지? 어떤 음식을 좋아하고, 드라마 취향 같은 그런 표피적인 것이 먼저 떠올랐다. 맞아, 때론 대담한 구석이 있지, 라는 것 외에는 천장 텍스의 무늬처럼 십오 년을 같이 산 그녀에 대해 아는 게 별로 없었다. 한마디로 독해가 불가능한 여자였다.

누구에게든 그림자가 있다. 서로 간 만남의 횟수가 거듭될수록 상대의 긴 그림자를 볼 수 있을 것이고, 대부분의 사람은 그럴 것이다. 그런데 그녀의 그림자는 짧았다. 판소리 전공으로 대학교에 진학했다가 성대결절로 포기했다는 것, 건축학과로 전과하여 졸업했고, 처가 식구들은 결혼식장에서 처음이자 마지막으로 만나 기억도 나지 않는다는 것이다. 그녀는 자신의 성장 과정이나 가족, 친구들을 화제로 올린 적이 거의 없었다.

가정 폭력에 시달리다 대학생 때부터 혼자 생활했고, 친정 식구들과 사이가 안 좋아 교류하지 않겠다는 그녀의 말에, 나는 그럴 수 있겠다고 받아들였다. 게다가 사는 데 불편하지 않아 더 이상 물어보지 않았다. 되돌아보면 나는 그림자가 짧은 아내의 무엇을 믿었고, 왜 결혼했던가? 미모 때문이라면 그건 절대 아니었다.

굳이 그녀와 결혼한 까닭을 찾는다면 회사 신입사원 환영 파티 때일 것이다. 그때 나는 입을 헤벌린 채 그녀의 소리에 빠져들었고, 그녀의 꽃씨 한 점이 벌린 입안으로 날아와 가슴속에 깊숙이 들어앉은 거라고, 그 씨앗이 오랜 기간 잠복해 있다 뒤늦게 발아한 거라고, 사유라면 그게 사유일 것이다.

그날, 회장은 신입사원들에게 앉은 순서대로 건배사를 시켰다. 일곱 명의 신입사원 중 아내 앞 네 명까지는 빵틀에서 구워낸 붕어빵처럼 거기서 거기인 건배사를 했다. 그녀의 차례가 되었고, 다음이 나였다. 지금까지 자기 자리에서 일어나 건배사를 한 동기들과 달리 그녀는 앞쪽으로 천천히 걸어 나갔다.

회장과 임원을 향해 머리를 깊게 숙이고는 건배사 대신 우리 소리를 하겠다는 거였다. 회장은 멀뚱한 표정을 지으며 아무런 반응을 하지 않았다. 그때 곁에 있던 임원의 설명을 듣고서야 회장은 손뼉을 치고는 그녀를 향해 엄지까지 추켜올렸다.

그녀는 〈심청가〉 중에 심청이가 인당수에 빠진 대목을 고수가 북을 치듯 손바닥으로 장단을 넣어가며 했다.

심 봉사 두 눈이 번쩍 뜨이라고
심청이 샛별 같은 눈을 감고
뱃전으로 우루루루루루루루
만경창파 갈매기 격으로 떴다
물에 가, 퐁!

말로만 들었던 애간장을 녹인 소리, 그녀의 소리가 그랬다. 그때 난 심청이라도 된 듯 애간장이 녹았다. 소리를 마친 그녀는 회사를 위해서라면 태평양에 이 몸을 던지겠노라고, 다부진 마무리까지 했다.

모든 이들의 박수가 쏟아졌다. 국악을 했냐는 회장의 물음에, 그녀는 어려서부터 소리꾼이 되는 게 꿈이어서 대학교까지 갔는데 성대결절로 그만뒀다는 거였다.

예술 지망생이 노가다 회사원이라, 뭔가 결이 맞지 않는 느낌 때문인지, 아니면 그녀의 꿈이 좌절된 것에 대한 애잔함 때문인지 모르겠지만, 모든 이가 침묵했다. 잠시 분위기가 숙연해지자, 회장이 건축도 예술이라며 못 이룬 소리꾼의 꿈을 건축 예술로 이루기를 바란다며 '한 곡 더'를 청했다. 그러자 모든 이들이 '한 곡 더'를 연이어 외쳤다.

그녀는 잠깐 머뭇머뭇하더니 고깃배가 출항할 때 만선을 기원하는

〈풍어가〉를 우리 '성은건설'의 축원을 바라는 마음을 담아 부르겠다고 했다. 그러고는 자기 자리로 갔다. 가방에서 수건 크기의 베이지색 스카프를 꺼냈다. 풍어제를 지낼 때면 조금의 부정이 있어서는 안 되기에 머리에 수건을 쓰는 거라며 스카프를 머리에 둘렀다. 그녀는 우아한 춤사위와 함께 풍어가를 시작했다. 그녀의 소리로 인해 분위기는 고조되었고, 훈훈해졌다. 회장은 마치 만선이라도 된 듯 얼굴 가득 홍조까지 띠며 일어나 그녀의 춤 동작을 따라 어깨까지 들썩였다.

나는 다음 순번이라는 것도 잊고, 넋을 잃은 채 그녀를 바라봤다. 우리 소리를 처음으로 깊이 들었고, 빠져들었다. 그런 중에 하는 생각은 저 여성 매력 있네, 앞으로가 궁금하네, 였다. 나도 개다리춤이라도 준비할걸, 이 상황을 미리 예견하지 못한 것에 머리를 치면서 임원들이 비운 잔에 부지런히 술을 채웠다. 그것 말고는 내가 딱히 할 것이 없었다.

아내의 소리에 흠뻑 빠진 회장은 나의 외모를 보고 붕어빵 건배사만 나올 것 같아서인지 모르겠지만, 그녀와 국악에 관한 대화만 했고, 더 이상 건배사를 이어가지 않았다. 그녀가 나를 살린 것이다.

나와 아내는 부서가 달랐지만, 얽힌 업무가 많았다. 자주 만났고, 함께 출장을 다녔다. 잦은 접촉으로 신입사원 파티 때 내게 스며들었던 씨앗이 많은 시간이 지난 후에야 움을 트더니 급기야는 활짝 핀 것이다.

보통 키에 평범한 몸매인 그녀, 목은 조금 두꺼웠고, 셔츠 위로 도드라져야 할 가슴은 밋밋했다. 따로따로 떼어놓고 보더라도 별로, 종합하면 더 별로였다. 그런 그녀였지만, 내겐 흠결로 보이지 않았다. 그녀는 대범하면서 차분했고, 내 말을 다감하게 잘 들어주었다. 사람과의 관계에서 가장 중요하다고 생각한 감정이 통한 것이다. 그런 점이 외모의 부족함을 채우고도 넘쳤다. 지금 와서 생각하면 왜? 나도 모른다. 하지만 그땐 그랬다.

그녀는 나를 그냥 편한 입사 동기, 힘들 때 술 한 잔씩 하며 스트레스를 푸는 상대, 딱 거기까지였고, 그 선을 넘지 않으려 했다. 그런 그녀를 나는 고상하게 해석한 것이다. 비대칭 몸매로 인해 상처받고 싶지 않아 그런 거라고, 그래서 방어벽을 치고 자기를 지키는 거라고.

그러던 그녀가 어느 날 호프집에서 잔에 남은 맥주를 마시고는 작은 소리로 말했다. 음악 소리에 눌린 그녀의 목소리를 정확하게 듣지 못했지만, 그녀에게 온 신경을 모으고 있던 나는 표정의 변화와 입 모양을 가지고 의미를 조합했다. 나는 누구를 사귈 수 없어요, 운명이에요, 였다.

순간 나는 그녀의 밋밋한 가슴 때문인지, 여장남자? 하는 생각이 불쑥 들었다가 출장길에 그녀가 가방을 뒤적일 때 생리대를 본 적이 있어 빙긋이 웃었다. 그러면 웬 운명? 친구 부인처럼 성 불감증이라도 있는 건가? 뭔가 자연스럽지 못한 몸매를 보았을 때 그럴 수 있을 것 같았다. 그러면 어떤가, 친구 부인은 수술받고 좋아졌지 않는가. 치료받던지, 아니면 지금까지도 여자를 모르고 잘 살았는데, 그깟 것이 내게 중요하겠는가, 중요하지 않았다.

그날 나는 백보드처럼 바로바로 튕겨내기만 하던 그녀가 조금이나

마 받아들이려 한다는 느낌에 취기가 더해져 들뜬 기분으로 말했다. 앞으로 어떤 것도 감수하고, 이겨낼 자신이 있다고, 그렇게 긴 구애로 연인이 되었고, 결혼했다.

이후 회사 사정이 어려울 때 사내 커플인 우리에게 둘 중 한 명은 퇴사를 요구했다. 아내는 나중에 설계사무소를 차리겠다며 깔끔하게 퇴사했다. 지금까지는 개설하지 않고 있지만, 언젠가는 하겠지, 라고 생각이 미치자, 나는 마지막 질문에 그녀에 대하여 아주 조금 안다고 적었다.

입력하고 시작 버튼을 클릭했다. 푸른 하늘을 배경으로 갈매기가 나타나 날개를 퍼덕였다. 약간의 시간이 지난 뒤에야 날갯짓이 멈추더니 문구가 나타났다.

'귀하는 판단 불가입니다. 가까운 심리상담사에게 상담받기를 권유합니다.'

즉시 쌍욕이 나왔고, 또 낚였다는 생각에 컴퓨터 전원을 빠르게 눌렀다.

설사는 계속됐다. 이젠 잠까지 자지 못하면서 바지가 흘러내릴 정도로 살은 줄어들었다. 대학병원에서 모든 검사를 받았다. 장염은 없어졌고, 정확한 건 아니지만 과민성 대장증후군 증상과 유사하다며 스트레스받지 말고 마음을 편안하게 가지라는 거였다. 그러지 않으면 큰 병으로 확대될 수 있다면서, 의사는 만병의 원인인 스트레스로 진단했다.

나는 그가 날로 먹고 있다는 생각에 그의 얼굴을 흘깃 보면서도 어떤 반발을 하지 못했다. 다만 어떤 약물이든 검사하면 검출될 수 있냐고 물었다. 그는 아주 짧게 눈빛이 흔들리더니 나의 얼굴을 천천히 살펴봤다.

　"왜요?"

　"약을 먹어도 낫지 않아서요. 음식에 들어가지 말아야 할 약물이나, 제 체질과 안 맞은 식품을 먹고 있지 않나 싶어서요."

　"저희가 검사했는데 특이한 건 없었어요. 전부는 아니지만요."

　"전부 검사하려면요?"

　"글쎄요, 국립과학수사연구소에서나 가능할 것 같은데요."

　그곳에서는 개인적으로 할 수 없는데, 의사는 하나 마나 한 말을 했다.

　병원을 나온 나는 눈부신 햇빛에 심한 현기증이 일어 그대로 쓰러질 것 같았다. 비틀거리며 화단으로 걸어가 나무 밑 잔디밭에 앉았다. 분명 무언가의 공격으로 허물어지고 있는데, 나는 대적하지 못하고 있다. 의사에게 입원 권유를 받았지만, 밀린 일 때문에 이 또한 하지 못했다.

　집에서 음식을 먹지 말까? 그건 아닌 것 같았다. 나를 해하려고 마음먹었는데 음식으로 안 된다면 다른 방법은 없겠는가. 이혼하는 것만이 살길인가. 아무런 증거가 없는데 나의 의심만으로 이혼한다는 게 가당키나 하고, 그녀가 응하겠는가. 그런데 어떻게 이혼한단 말인가?

*

회사 정원 벤치에 앉아 봄볕을 쬐었다. 볕은 밍크 담요로 둘러싼 듯 부드럽고 따뜻했다. 곧 무너질 것 같은 육체에 에너지가 희미하게 차오르는 것 같았다. 담배를 피우기 위해 라이터를 켰다. 그 소리에 느티나무 가지에 앉아 있던 까치 두 마리가 검은 날개를 팔락거리며 하늘을 향해 날아갔다. 새가 날아가는 방향으로 눈길을 따라가던 나는 푸른 하늘에서 멈췄다. 고개만 들면 눈이 시릴 만큼 푸른 하늘을 볼 수 있는데, 지금 어둠에 갇혀 있다. 하늘을 쳐다보고 있으니 티 한 점 없는 푸르름이 마음속으로 스미면서 주름진 생각이 조금은 펴진 듯했다.

AI 질문에 대답을 못 했던 것처럼, 나는 아내의 내면을 알지 못한다. 누군가 내게 그녀를 설명하라고 한다면 명쾌하게 할 말이 없다. 그녀에게는 두 가지 면이 함께 존재했다. 어떨 때는 저돌적일 정도로 나서다가도 그 역할이 끝나면 대부분 말없이 자기 일만 했다. 이를 양면적이라고 할 수 있는가?

그녀는 회사를 그만두고 전업주부 생활에 큰 불만이 없는 듯이 보였다. 설계사무실을 개설할 수도, 설계 회사로부터 부름을 받기도 했다. 그런데도 하지 않았다. 그녀가 아들을 양육하면서 여유롭게 사는 생활에 만족하고 있고, 관성의 법칙처럼 자기의 세계를 벗어나는 게 귀찮을 수 있겠다 싶어, 나는 그 삶을 인정했다.

그런데 무엇 때문에 내가 사망하면 많은 돈을 수령할 수 있는 보험에 가입했다는 말인가? 내가 아는 한 큰돈이 필요할 만한 까닭이 없

나는 죽어가고 있다　165

다. 지금도 부친으로부터 상속받은 십억 원이 넘은 건물이 있다. 그곳에서 매월 임대료를 받고 있고, 앞으로도 연금을 받듯 그럴 것이었다.

며칠 전 아내의 서랍장과 옷장을 뒤지면서 보험 계약서를 발견했다. 그곳에 내 사인이 있었다. 나는 기억이 없는데 그녀가 내 사인을 하면서까지 가입한 것이다. 회사 다닐 때 서로 편리를 위해, 나는 아내 것을, 그녀는 내 사인을 해야 할 때가 많았다. 그래서 서로 연습했다.

보험은 오래전에 가입한 거였다. 지금껏 아무런 행동이 없다가 지금에야? 납득이 되지 않았다. 이것도 연출인가? 아니면 갑자기 돈이 필요해 이를 이용하기 위함인가? 거기에 부친으로부터 물려받은 건물을 담보로 칠억 원을 대출받기까지 했다.

부친은 김 여사가 떠나자 단조롭게 살고 싶다며 재산을 정리했다. 나의 반대에도 물렁한 나를 믿을 수 없다며 나와 아내의 공동 명의로 등기를 이전했다.

그녀는 그 큰돈을 어디에 사용했을까? 당장 묻고 싶었지만, 모든 걸 숨긴 그녀가 쉽게 말하지 않을 것 같았다. 우려스러운 건 나의 추궁에, 막바지에 몰린 쥐가 고양이를 물듯이 나를 한 방에 보낼 수 있을 것 같아서였다. 그리 허망하게 가지 않으려면 그녀처럼 연출하다가 단번에 숨통을 죄는, 그런 지혜로 해결해야 할 것 같아 물어보지 않았다.

이쯤 되자, 흐릿했던 의심이 조금의 윤곽을 갖춘 듯했다. 난 거의 잠을 자지 못하고 있다. 깜박 잠에 들면 어김없이 똑같은 꿈을 꿨다.

불개미에게 살을 파먹히거나, 잠긴 문고리를 열기 위해 찰칵찰칵거리는 소리에 벌떡 일어났다. 몸에 상처는 없고, 문은 여전히 잠겨 있다. 제도용 쇠 잣대를 들고 거실로 나가 주방과 베란다까지 살펴봤다. 아내가 있는 안방 문에 귀를 대보면 옅은 콧소리만 났다. 이걸 반복하면서 드는 생각이란 오늘도 수면제는 먹이지 않았네, 아니 먹일 수 없었겠지, 수면제 성분은 검출이 될 거니까.

내가 죽으면 모든 재산은 아내에게 갈 것이다. 계산해보니 대략 이십억 원이 넘었다. 그녀는 그 많은 돈을 어디에 사용할까? 내가 아는한, 그녀는 특별히 사치하거나 무슨 사업을 할 만큼 적극적이지도 않다. 그런 그녀가 돈 때문에 나를 해한다고? 아닐 것이다. 그런데 나는 왜 그녀를 계속 의심할까? 망상이라고 억누르지만, 그녀의 핸드폰 패치가 바뀐 건 어떻게 받아들여야 하는가.

혹시 발생할 수 있는 사고에 대비하자는 그녀의 제안에 같은 형태의 패치를 사용했다. 그런 그녀가 나 모르게 패치를 바꾼 것이다. 이는 무슨 의미일까? 곰곰이 생각해보니 요즈음 그녀의 휴대폰 벨 소리나 진동을 들은 적이 없었다. 코로나 시국에 재난 알림 문자라도 많이 왔을 것인데 전혀 듣지 못했다. 내 전화는 잘 받았는데, 그러면 뭐인가? 나와 있을 때만 무음으로 했단 말인가?

애써 누르고 있던 생각이 독버섯이 번지듯 넓게 퍼졌다. 아내에게 내연 남자가 있을 것 같다는, 아니 있다는 생각으로까지 연결됐다. 그렇지 않다면 이제껏 사용하던 패치를 바꾸겠는가? 뭐야, 그러면 난 그남자의 제물이 된 건가? 대출받은 돈은 그 남자에게 준 걸까? 그런데 그녀는 거울을 자주 보지 않았다. 이것도 나 있을 때만 그런 걸까? 속옷이나 겉옷도 특별히 사치한 것 같지 않았다.

이게 뭐인가, 남자가 있기는 한가? 두더지 잡기 게임처럼 튀어나온 두더지를 망치로 때려 누르면 또 다른 두더지들이 번갈아 튀어나오듯 생각은 수시로 바뀌었다. 내일은 아침 회의가 있어 회사에 일찍 출근해야 하는데 잘 출근할 수 있을까? 차 엔진에서 원인 모를 불이라도 나 전소되면 어쩌지? 나는 어느 정도까지 태워질까? 경찰은 화재의 원인만 수사할 것인데, 내가 죽으면 내 몸속에 있는 장기까지 정밀 검사를 하라고 부친에게 알려야 할까?

이젠 뒤가 무직하면서 심한 통증까지 일었다. 이 년 전에 수술받을 때가 되살아나자, 바로 이 말이 튀어나왔다.

"제발! 하느님 맙소사."

다시는 겪고 싶지 않은 경험, 난 간호사의 안내에 따라 수술 침대에 엎드렸다. 간호사가 버튼을 눌러 엉덩이 부위가 위로 올라갈 수 있도록 높이를 조종했다. 엉덩이가 천장 쪽을 향해 올라갔고, 내 몸은 야트막한 산처럼 정상인 엉덩이에서 머리 부위까지 완만한 내리막이 되었다.

간호사들이 바지를 무릎까지 내린 후 푸른색 테이프를 우측 궁둥이에 접착했다. 한 손으로 테이프 붙인 궁둥이를 바깥쪽으로 잡아당겼다. 원형으로 가는 것을 방지하기 위해 테이프를 팽팽하게 당겨 침상 아랫부분에 붙였다. 좌측 궁둥이도 같은 방법대로 했다.

나는 볼 수 없지만 호빵을 반으로 나눴을 때 드러난 팥처럼, 벌어진 엉덩이 틈새로……. 아이고, 더는 말을 못 하겠다.

잠시 후 의사가 들어왔다. 그는 들어오자마자 수술 상태를 점검한 후 내 얼굴 쪽으로 다가왔다.

"저희 병원은 하느님을 신봉합니다. 시술하기 전에 수술이 잘 될 수 있도록 하느님께 기도를 올립니다. 기도하겠습니다."

이런 개 같은 경우가, 그러면서도 나는 아무런 말을 하지 못했다. 간호사들은 나를 경계로 의사의 반대편에 서서 양손을 맞잡고 고개를 숙였다.

"하느님, 아버지, 저희 병원을 내원하신 김세의 님을 수술하려고 합니다. 하느님 아버지께서 김세의 님에게 은혜를 베푸시어 수술이 잘 될 수 있도록 도와주시기 바랍니다. 아멘!"

그때 난 인류는 '개뺑'이라는 인생관은 저 멀리 사라지고, 처음으로 마음을 모아 하느님께 기도했다. 그들의 기도발이 통하기를. 그런데 지금 그때와 비슷한 증상을 느낀 것이다. 체중은 급격하게 줄고, 이젠 고장 난 항문으로 설사보다 더한 걸 쏟아낼 지경이 된 것 같았다.

*

컴퓨터 모니터 화면에서 나오는 빛만 어두운 실내를 희미하게 드러냈다. 수십 대가 설치된 컴퓨터 앞에 군데군데 사람들이 앉아 머리에 큰 헤드폰을 끼고 각자 게임을 즐기고 있었다. 나 또한 자리에 앉아 모니터를 쳐다보다가 부옇게 앞이 보이지 않아 손으로 눈을 비볐다. 공기가 탁하고 어두운 피시방에서 장시간 모니터를 봐서인지 눈까지 시렸다.

나의 죽음으로 인한 돈이 어떤 남자에게 갈 수 있다는 것에 생각이 미치자, 참을 수 없었다. 증거를 잡기 위해 가스레인지 후드에 카메라를 설치했다. 그 메모리칩을 가져와 지금 이를 보고 있는 것이다.

별다른 건 없었다. 아내는 음식을 하면서 때때로 소리를 했다. 주걱을 살랑살랑 흔들면서 춤을 추기도 했다. 신랑은 날이 갈수록 몸이 말라가고 죽기 직전인데, 그녀는 노래를 부르고 춤을 춘다, 뭐야, 지금 구름 위에 떠 있는 기분이라는 건가?

핸드폰 화면을 켰다. 아내의 차는 조금 전까지 수영장이었는데 지금은 미려동 모텔촌에 있었다. 시린 눈 때문에 잘못 본 것 같아 눈을 질끈 감았다가 떴다. 차는 여전히 그곳에서 움직임이지 않았다. 내가 혐오스러운 상상을 하는 거라고, 망상하는 거라고, 제발 그러기를 간절히 바랐다. 온몸이 떨려 허리를 곧게 세우고 있을 수 없어 의자에 몸을 파묻듯이 뒤로 기대었다. 앞을 멍하게 바라보면서 연신 숨만 쉬었다 뱉기를 반복했다. 떨림이 조금 누그러지자, 겁이 나기 시작했다.

흡연실로 들어가 담배만 연달아 피웠다. 어떻게 해야 할까? 어떤 남자일까? 아내와 친하게 지냈던 동료들이 떠올랐다. 아니면 수영장에서 만난 남자일까? 그녀와 남자가 모텔에서 함께 나올 때, 나는 과연 그들의 앞에 설 수 있을까? 그들을 마주쳤을 때 어떻게 해야 할까? 보는 게 원죄가 될 수 있다면 차라리 보지 않는 게 낫지 않을까? 흡연실의 환풍기는 요란한 소음을 내며 돌아갔다. 담배 한 대를 더 피웠다. 연기는 물에 풀린 물감처럼 공기에 떠다니다 밖으로 빠르게 빠져

나갔다.

모텔 주차장으로 걸어갔다. 아내의 차 뒤에서 잠시 주변을 살핀 나는 범퍼 안쪽으로 손을 넣어 위치추적기를 떼어냈다. 그리고 내가 타고 간 렌터카로 돌아와 모텔 출입문과 주차장을 볼 수 있는 자리에 세웠다. 주차장으로 들어가는 입구에 '오늘 할 일을 내일로 미루지 말자. 3+1'이라고 세로로 적힌 입간판이 세워져 있었다. 그 문구의 의미를 바로 이해하지 못한 나는 읽고 또 읽고서야 의미를 알았다. 그녀는 저 문구를 보면서 어떤 생각을 했을까? 궁금증이 일자, 손바닥으로 내 뺨을 철썩 때렸다.

한 시간쯤 기다리는 동안 세 커플이 나오고 다섯 커플이 들어갔다. 그들의 모습은 다양했다. 서로 팔짱을 하고 들어가는 커플이 있는가하면, 주차장에 차를 세우고 남자가 먼저 들어가면 잠시 후 여자가 뒤따라 들어가는 이도 있었다.

그녀는 어떻게 들어갔을까? 신입사원 환영식 때처럼 대담하게 행동했을까? 그런 생각을 하고 있을 때 출입문이 열렸다. 아주 가끔 길거리에서 봤던 유형의 사람이 나왔다. 머리는 내 머리 크기에 신장은 내 허리 정도인 뚱뚱한 여성이었다. 어린아이처럼 걸음걸이까지 불안했다. 뭐야, 이런 곳에? 이 생각을 할 때 아내가 뒤따라 나왔다.

아내는 보자기로 큼직한 반찬통을 싼 것 같은 걸 들고 있었다. 나는 머릿속 프로그램이 다운된 듯 멍하니 그들을 쳐다보기만 했다. 아내는 한 손으로 그녀의 어깨를 감싸듯 걸어 차로 갔다. 차 문을 연 아내는 타기 전에 그녀를 꼬옥 껴안았다. 그녀 또한 아내의 허리를 쓰다듬 었다.

순간 레즈비언이 떠올랐고, 눈살을 찌푸렸다. 내가 차 문을 벌컥 열 자, 그들은 내게로 시선을 돌렸다. 아내는 나를 보고는 휘청거렸다. 아내와 같이 있는 여성은 멀거니 나를 쳐다보다가 아내의 흔들리는 몸짓을 보면서 어리둥절한 표정을 지었다. 잠시 후 빠르게 몸을 바로 하고는 나에게 고개를 숙였다.

텅 빈 카페에는 재즈 음악만이 울렸다. 나는 침울한 낯빛으로 앞에 앉아 있는 아내에게 시선을 모았다. 그녀의 눈에서 흰 액체가 볼을 타 고 흘러내렸다. 눈물은 참 신비로웠다. 나와 아무런 인연이 닿지 않는 사람이더라도, 그가 눈물을 흘리면 마음이 아팠고, 죄인이 된 기분이 들었다. 그런데 생소한 지금 이 감정은 뭘까? 그녀가 우는 걸 처음으 로 보면서도 마네킹의 눈물 같다고, 그런 연기가 조금 신선하다고, 그 런 감정으로 그녀를 노려보기만 했다.

많은 것을 묻고 대답을 듣는 게 급했다. 하지만 대담한 그녀가 울 정도까지 다급했다면 또 다른 연극이 있지 않을까? 그걸 기다리며 주 먹을 쥐었다 펴기만 했다. 곡이 몇 번 바뀌었고, 그녀가 손등으로 눈 자위를 훔치고는 말을 시작했다.

"죄송합니다. 진심으로 죄송합니다."

그녀의 높임말이 낯설어, 난 뒤로 젖히고 있던 상체를 바르게 했다. 입대하여 자대에 배치받자마자 선임에게 듣던 훈계, 모든 말은 '까'로 시작해 '다'로 마치라고, 어떤 상황에서도 '모까다'를 실천하라고.

그때 나는 적의 기습을 받을 때 쏴야 합니까, 쏴야 합니다. 후퇴해야 합니까, 후퇴해야 합니다, 라고 말해야 하는지 궁금했지만, 한 대 얻어터질 것 같아 묻진 않았다. 마음보다 살갗에 치중하는 언어, 한마디로 '군대는 좆까다'였다. 하긴 좆도 살갗이지만 중요하긴 하네. 그런 생각을 하고 있을 때 그녀가 이어 말했다.

"조금 전 본 사람은 친언니예요. 부모님도 언니 같은 사람이고요. 형제로는 언니가 두 명인데, 저만 정상인으로 태어났어요."

나는 순간 픽, 하고 웃음이 나오려고 했다. 그걸 억지로 틀어막자, 헛구역질이 나왔다. 그런 나를 그녀는 먼 산을 보듯 무심히 바라봤다.

내가 뭣 같은 군대에서도 살아남은 비결은 개처럼 생활했기 때문이었다. 나를 건들면 으르렁거리며 짖었다. 불침번 근무 때 고개를 끄덕이며 졸다 선임에게 걸렸었다. 그의 집요한 추궁에도 몸을 꼿꼿이 세운 나는 그의 눈을 맞바라보며 으르렁거렸다.

"속으로 노래 부르면서 머리로 박자를 넣은 것입니다. 김 상병님은 그런 적 없습니까? 정말 존 적 없습니다."라고 끝까지 우겼다.

이런 환장할 순간에 개 같은 그때가 왜 떠오르는 건지, 나는 열린 기억의 문을 닫기라도 하려는 듯 손으로 급히 머리를 쓸어 넘겼다. 그러고는 입을 꽉 다문 채 싸늘한 눈길로 그녀를 쳐다보면서 물었다.

"결혼식 때 본 사람들은?"

"스승님과 그분의 가족들입니다."

결혼식장에 하객 알바를 고용한다는 건, 들었어도 부모님까지? 그녀의 거짓말에 더 미칠 것 같아 그만하라고 소리치고 싶었지만, 나는 억지 미소만 지을 뿐이었다.

"부친은 국악기를 배운 박수무당이었습니다. 나는 초등학교에 들어가기 전에 소리를 배웠어요. 초등학교 일 학년 때 함께 소리 공부하는 아이들에게 가족이 장애인이라는 이유로 놀림을 받고 소리하지 않겠다고 했어요. 그러자 부친은 집에서 아주 멀리 떨어진 곳에 있는 스승님에게 나를 보냈어요. 그곳에서 고등학교까지 마치고 대학에 진학했다가 성대결절로 포기한 후 그곳을 나와 혼자 생활했어요."

나는 그녀의 얼굴을 뚫어져라 쳐다봤다. 표정과 말투에서 조금의 흠이라도 찾아낼 생각으로 면밀히 살폈지만, 보이지 않았다. 그녀의 이야기는 신파극과 유사한 스토리였다. 그녀가 〈심청가〉를 해서인지 「심청전」이 떠올랐다. 그러면 「심청전」처럼 그녀의 이야기도 해피엔딩일까? 결말이 궁금하기는 했다. 그래서 조용히 듣고만 있었다.

"내가 집에 가면 부친은 엄마와 언니들을 때렸어요. 나를 오지 못하도록 하려고요. 나만이라도 보통 사람들과 어울리며 잘 살기를 바랐고, 그게 부친의 가장 큰 희망이었어요. 결혼식 때도 같았어요. 물론 나도 시댁에 가족을 보이는 게 싫었지만, 가족 모두가 참석하지 않겠다고 했고요."

그녀의 성장기 서두를 들었을 때, 이미 나는 여기까지의 전개는 이미 머릿속에 그려졌다. 문득 나는 비아냥거리고 싶은 충동이 일었지만, 그녀의 눈을 지그시 바라봤다. 그녀의 말을 끝까지 들어봐야 사실에 근거한 연극인지 여부를 평가할 것 같았다.

나는 심청이가 인당수에 몸을 던질 때 그 상황을 연상했다. 나이 어린 심청이가 시퍼런 바닷물을 보고 공포감을 느끼면서도 아비를 위해 몸을 던져야 했을 때, 내가 심청이가 되어 그 상황을 상상하자, 기이하게도 몇 초 후 가슴에서 슬픔의 싹이 피워져 말투에 물기가 묻어 나왔다.

"왜 말하지 않았어? 평생 숨기고 살 수 없잖아?"

그녀는 한 손으로 입을 가리고는 창 쪽으로 고개를 돌렸다. 약간의 시간이 지나고 눈을 내리깔고 말했다.

"결혼 전에 말하려고 했어요. 그러다 가족들이 나에게 어떤 불편을 끼치거나 요구가 없었고, 앞으로도 그럴 것이고, 이대로 영원하리라고 생각했어요. 안 좋은 걸 굳이 드러내어 서로 불편해지는 게 싫기도 했고요."

김 여사의 인생관이 맞은 것인가? 결혼 전, 김 여사는 그녀의 주민등록 주소지에 갔었다. 인근 사람들에게 그녀의 가족에 대한 정보를 수집했다. 그런 확인이 없었다면, 나는 아내의 사연을 가슴 깊숙이 받아들였을 것이다. 안타까운 심정으로 그녀의 손을 감싸고는 지금까지 불행한 과거에 붙들려 사느라고 힘들었겠다고, 앞으론 구김 없이 살라고, 같이 살고 있는 것에 감사하다며 따뜻한 목소리로 말했을 것이다.

그런데 이게 뭔가, 이런 막바지에서도 거짓말하는 그녀의 대담성은 어디까지일까? 그녀를 섣불리 판단하지 말자며 스스로를 다스리고 있던 불안한 상상이 퍼즐 맞추듯 조금씩 형체를 갖춰가는 듯했다. 그렇다고 당신 레즈비언이야? 라고, 직접 물을 수는 없다. 더욱 치민 배신감에 나는 얼굴 근육이 미세하게 떨렸다. 고르지 않는 호흡으로 조급하게 물었다.

"건물 담보 건은 뭐야?"

순간 그녀의 몸이 움찔하더니 얼굴에 핏기가 사라졌다. 그대로 몸이 굳어버린 듯 움직임이 없었다. 나는 이쯤 되면 모든 걸 사실대로 털어놓을 거라고 생각하면서도, 반면에는 이런 막다른 곳에서도 거짓말을 하는데, 아니 그런 것 같은데, 진실을 기대하는 건 순진한 건가? 어지러운 감정으로 그녀를 쳐다봤다.

그녀는 잠시 나와 눈을 마주치고는 흔들리는 눈동자를 감추려는지 눈을 감았다. 불편한 시간이 조금 지나자, 그녀가 거푸 한숨을 쉬고는 말을 이어갔다.

"그것도 정말 죄송합니다."

또 '다'로 끝냈다. 당황하면 무의식적으로 나오는 습관적인 말투. '다'로 끝나는 그녀의 사과에, 나는 의례적이라는 느낌을 지울 수 없었다. 머그잔을 들어 그녀의 얼굴에 커피를 뿌릴 수 있을 것 같아 양손을 깍지 낀 채 허벅지 사이에 넣었다.

"언니가 그 모텔에서 일합니다. 언니와 가끔 만나면서 가족이 경제적으로 어렵다는 걸 알았어요. 때마침 모텔이 매물로 나왔고요. 영업이 잘 된다는 언니의 말을 듣고 시장 조사 등을 한 후 대출받아 모텔을 매입했어요. 수익금으로 대출받은 원금과 이자를 갚은 나머지는 친정을 주려고요. 모텔을 산 지 삼 년 되었는데 지금까지는 계획대로 되고 있어요."

보험 영업사원은 나와 같은 회사에 다녔던 동료였기 때문에 나도 아는 사람이다. 그가 해고된 후 보험 영업을 할 때 부탁을 거절할 수 없어 약관을 보지 않고 가입했다는 것이다. 그때 나에게 동의를 구했다는데, 나는 기억에 없다. 핸드폰 또한 아들이 자꾸 그녀의 것으로 게임을 하려고 해, 패치를 바꾼 걸 잊고 말하지 못했다는 거였다.

*

출발할 땐 말갛던 하늘이 고속도로에 들어서자, 서쪽에서부터 검은 구름이 들어차기 시작했다. 얼마 지나지 않아 급기야 온통 먹색이 됐다. 두 시간이면 갈 수 있는 거리를 현기증이 일면 쉬었고, 계속된 설사로 휴게소에 자주 들르느라고 다섯 시간에 걸쳐 도착한 것이다. 지금 한낮을 조금 지났을 것이다. 그런데도 어두워진 사위로 인해 초저녁 같다는 착각이 들었다.

아내의 이야기는 너무 터무니없었다. 들통날 것에 대비해 그럴싸한 시나리오 원, 투를 만들어 대응 중이라는 느낌을 떨칠 수 없었다. 하지만 나는 그녀가 길게 이야기하는 사이사이에 무거운 숨을 쉬면서까지 진지하게 들었다. 왜소증 부모에게서 정상인이 태어날 수 있다고, 누가 믿겠는가? 그러면 그녀가 왜소증 여성과 연인 관계라는 건? 그건 더더욱 아니었다. 이도 저도 아니면 그녀의 정체는? 생각할수록 머리만 저렸다. 그래서 확인이 필요했다.

대문 앞에 차를 세웠다. 반쯤 열린 대문 사이로 안을 살폈다. 좁은 마당에 슬레이트 지붕의 낡고 작은 집이었다. 그녀의 부모 집에 막상 도착하자, 그녀의 말대로라면 나에게 장인, 장모인 그들을 대면했을 때 어떤 호칭으로, 어떻게 인사하고, 무엇부터 물어야 할지 고민했다. 몸에 힘이 없으면서 열이 나는지 가슴에서 줄곧 식은땀이 흘렀다. 이 상태로는 아무것도 할 수 없을 것 같아 그냥 돌아갈까? 잠깐 갈등이 일었다.

그들은 왜소증 장애인이 맞았다. 그들은 머리를 연신 굽히며 같은 말을 반복했다.

"진심으로 죄송합니다."

그러면서 좌식 책상 서랍을 열어 누렇게 탈색된 제적등본을 꺼내 내게 내밀었다. 아내의 본 이름은 김지숙인데 사망신고가 되어 있었다. 엄연히 살아 있는 사람을 죽은 자로 만들고, 그녀는 타인의 이름 진여울로 살고 있었다. 제적등본까지 확인했으니 그들의 말을 '개뻥' 으로 치부할 수만은 없겠지만, 그렇다고 그 황당한 이야기를 전적으로 믿을 수도 없었다.

드디어 비가 줄기차게 쏟아졌다. 도로 위에 쏟아진 빗물이 노면 밖으로 빠지지 못해 두껍게 고였다. 차는 배가 되어 물 위를 떠서 달리는 것 같았다. 빠르게 왔다 갔다 한 와이퍼의 움직임에도 시야가 트이지 않았다. 모든 신경을 모아 앞을 보아서인지 눈에 피로가 확 몰려오면서 머리가 어질어질했다. 몸이 허물어질 것 같았지만, 차의 속도를 늦출 순 없었다. 아내의 호적상 부모이자 스승인 그들까지 만나고 집으로 돌아가려면 시간이 촉박했다.

장인이란 사람은 그렇게 말했다. 스승이 아내에게서 소리꾼 끼가 보인다는 말에 장인은 그녀가 여섯 살일 때부터 소리를 가르쳤다. 아내는 습득 능력이 빠를 뿐만 아니라, 감정이입과 목청까지 너무 좋았다는 거였다.

그러던 중 아내보다 한 살 아래인 스승의 친딸이 기나긴 병으로 사망했다. 그때 아내가 초등학교 일 학년이었다. 아내의 타고난 끼에 감복해 탐을 내고 있는 걸 안 장인은 아내라도 최고의 소리꾼이 되어 잘 살게 하기 위해 사망한 딸 이름으로 살게 하고, 아내의 본 이름 김지숙은 사망신고를 했다는 거였다. 신분을 세탁한 것이다.

아내는 고등학생까지 각종 국악제 상을 휩쓸었는데, 여기에서 장인은 더 이상 말을 잇지 못했다. 그러면서 다시 죄송하다고만 했다. 아내의 미래를 위해 신분을 바꿔치기했다는 서글픈 설명을 듣던 중에, 나는 고작 그런 생각을 했다. 스승의 집까지 어떻게 갈까? 그 거리와 시간을 헤아리면서 오늘 중에 집에 도착할 수 있을지를 계산할 뿐이었다.

아내는 이에 대해서는 전혀 말하지 않았었다. 내가 확인할 거라고는 예상하지 못했을 것이다. 아니면 신분 세탁한 걸 직접 말하기가 두려웠을까? 그녀는 가족으로부터 가정 폭력을 당했다고만 했지, 자세하게 말하지 않았다. 호적상 부모의 도움을 받아 성장했다면 은혜를 갚아야 하는 것 아닌가? 그런데 스승을 언급하거나 찾아간 적이 없었다. 모든 게 명쾌하게 풀리지 않았다.

장인과 장모라는 사람은 아내와 함께 모텔에서 나오던 그녀의 부모이고, 레즈비언 관계를 숨겨주기 위해 서로 말을 맞추지 않았을까? 거기까지는 너무 나간 것 같다는 생각도 들지만, 이는 모든 게 깔끔하지 않는 그녀 때문이라고 생각했다.

거대한 건물이 붕괴하는 듯 쿠쿠쿠쿵 소리와 함께 천둥이 계속 내리쳤다. 하늘이 갈라지듯 치는 번개의 푸른빛이 차 위에 내리 꽂히는 것 같았다. 비는 무자비하게 쏟아졌다. 앞이 전혀 보이지 않아 차가 물속으로 들어가고 있는 것 같았다. 도로에는 차들이 보이지 않았고, 더 이상 차를 운행할 수 없었다.

갓길에 차를 세우고 경고등을 작동시켰다. 그 빛이 이 빗속 어디까지 뚫을 수 있을는지, 이곳을 진행하는 차 운전자에게 신호를 보낼 수 있을는지, 사고가 우려스럽기는 했지만, 세우지 않을 수 없었다.

의자 등받이 레버를 조금 뒤로 젖히고 비스듬히 누웠다. 차창에 두꺼운 비닐 막을 치듯 흐르는 빗물을 무심히 바라봤다. 차가 아득히 먼 물속으로 침잠하는 듯했다. 차 위를 두드리는 굵고 거센 빗소리에 내 몸이 난타라도 당한 것처럼 흠칫거렸다. 금방이라도 차를 쪼개버릴 것 같은 뇌성에 공포감이 든 눈으로 앞 유리를 봤다. 와이퍼는 여전히 빠르게 움직였다. 와이퍼의 움직임에 따라 아내와 그녀의 언니, 친부모의 넓게 퍼진 얼굴이 부채처럼 펴졌다 접히기를 반복했다.

열이 올랐다. 숨을 쉴 때마다 기도에 뜨거운 열기가 들어왔다. 가슴이 답답하고 몸에 열로 가득 차 윗옷을 벗었다. 반라의 몸이 되었음에도 열은 내려가지 않았다. 마치 화마로 뒤덮인 차 속에서 온몸이 태워지고 있는 것 같았다.

차창을 전부 열고 밖으로 손을 힘겹게 내밀었다. 손바닥을 조개껍데기 모양으로 오므렸다. 손바닥에 고인 빗물을 몸에 뿌려야 하는데 팔이 움직이지 않았다. 눈이 감겼다. 캄캄한 어둠 속에서 앞 유리에 비쳤던 얼굴들이 다시 나타났다 사라지고, 요단강 건너기 직전 간헐적으로 희미하게 숨을 쉬는 김 여사가 보였다. 나는 엄마를 부르고, 그녀는 고요한 눈빛으로 나를 쳐다봤다. 김 여사는 뭐라고 말을 하지만, 나는 알아들을 수 없다. 어떤 말을 했을까? 뱀이 닭을 이기지 못한다고 말했을까?

차 안으로 빗물이 쏟아져 들어오고 있다. 유리창을 닫아야 하는데 손이 움직이질 않았다. 숨을 깊게 들이쉬려 하지만, 공기가 코로 빨려들어오지 않았다. 귀를 통해 내 몸속에 빗물이 채워지고, 온몸이 마비되어 물에 통통 분 익사체가 되어가는 것 같은, 그런 느낌이 들면서 무력해지고 잠이 왔다. 이런 중에도 나는 상무 그 개자식의 가발을 벗겨야 하는데, 아내의 진실을 확인해야 하는데, 라고 생각했다. ✿

답은 예스뿐이야

답은 예스뿐이야

서울 본사에서 실시하는 센터장 워크숍에 참석을 마친 정우는 대구행 버스 창가 쪽 의자에 앉아 있었다. 차는 일직선으로 뻗은 고속도로 위를 달리면서 군데군데 세워진 교통표지판을 빠르게 스쳐 지나갔다. '워크숍, 그 단어 참 세련되고 번지르르하다, 개자식들아. 실적 히스토그램을 스크린에 띄워놓고, 뭐, 뭐, 뭐라고.'

"경북 지역만 삼 년 연속 하강이네요. 바닥이 어디일지 궁금합니다."

본부장의 그 말만으로도 정우는 아랫입술을 잘근잘근 깨물었다. 그런데 그녀는 많은 사람들 중 유독 정우의 온몸을 훑어보며 조롱기 가득 머금은 얼굴로 이어 말했다.

"부티보다 귀티 나게 외모와 의복 관리 좀 하세요. 귀티가 뭔 말인 줄 다들 아시죠. 귀티 나는 자기 관리, 그게 진짜 매력이고 곧 영업력이에요."

그 말이 위산에 섞여 목구멍으로 울컥 치밀었다. 그걸 토해낼 수만 있다면 입안으로 끄집어내어 허공에 뿌리고 싶었다.

창으로 고개를 돌렸다. 뿌옇게 김이 서린 유리창은 마치 옅은 회색 커튼이 둘러쳐진 것처럼 보였다. 뿌연 유리에 흐릿하게 비치는 얼굴을 유심히 바라봤다. 얼굴은 사각 철재 판에 막 올려놓은 빈대떡 반죽처럼 넓게 퍼져 있었다. 흘러내릴 것 같은 피부, 있으나 마나 하게 칠해진 희미한 눈썹, 톡 불거진 눈두덩이, 물 담은 풍선처럼 축 늘어진 턱살까지 천천히 뜯어봤다.

거울을 언제 봤는지, 정우는 기억나지 않았다. 언제부터였을까? 지금의 처지가 얼굴에 낱낱이 쓰여 있을 것 같았다. 그걸 읽게 되면 힘겨운 삶이 화살처럼 가슴에 꽂혀 살 맞은 짐승처럼 비틀거리다 쓰러질 것만 같았다. 그게 두려웠다. 그래서 살기 위해 거울 보는 걸 멀리하기 시작했다.

그런다고 흔하게 널려 있는 거울을 피할 수 있겠는가, 피할 수 없었다. 하지만 시신경에 거울이 잡히면 자동적으로 눈이 감겼다가 떠졌다. 순간 눈꺼풀이 내려갔다 올라가면 망막에 비닐이라도 씌워진 듯 초점이 흐려지면서 보이는 물체가 흐릿해졌다.

젊었던 그때로 갈 수 있을까, 그때가 있기나 했던가, 아렴풋했다. 터무니없는 생각에서 깨어난 정우는 유리창에 비친 얼굴에 엷은 습자지를 대어 본을 뜨듯 손톱으로 갸름하게 얼굴선을 넣었다. 처진 턱살을 잘라내고 완만한 곡선으로 내려가고 있는 눈자위를 치켜올렸다. 눈꺼풀을 조금 더 크게 벌려 그 가운데에 손가락 끝으로 동공을 그려

넣었다. 그러자 투명한 물방울이 두툼한 볼을 지나 겹친 목으로 흘러
내렸다. 그걸 본 정우는 탄식이 절로 나와 소매 깃으로 유리창을 거칠
게 닦았다. 본판이 더러운데 그걸 본으로 뜨는 것이 오죽할까 싶었다.

차창 밖 하늘은 차디차게 쓸쓸했다. 시퍼런 하늘 아래에는 구름이
뭉텅뭉텅하게 낮게 깔려 있었다. 구름은 닻이 끊어진 배처럼 바람에
휘둘려 파란 하늘을 헤매고 있는 듯했다. 넓은 들판은 쌓였던 눈이 녹
으면서 진갈색의 바닥이 군데군데 드러났다. 마치 희고 고운 살결 위
에 돋아난 검푸른 색의 종기처럼 보였다. 정우는 유리창 너머로 본부
장의 환영을 보기라도 한 듯 중얼거렸다.

"그깟 얼굴이 뭐라고, 외모 관리, 아주 지랄을 떨어요."

본부장은 정우의 입사 후배였다. 그녀와 서울 본사 기획팀에서 삼
년을 같이 근무했었다. 처음 보는 순간 가슴속에 훅 들어오는 사람이
있는 반면, 몇 년을 만났음에도 살갗에만 머무는 이가 있다. 본부장이
뒤쪽 부류였다. 서해안의 작은 외딴섬이 고향이면서도 섬 출신답지
않게 통통 튀었고, 탁월한 기획 능력 때문인지 남을 깔보는 듯한 말투
와 온몸에 업무 중이라는 독특한 표지를 붙이고 다녔다. 동료들이 쉽
게 다가갈 수 없도록 경계를 유발하는 사람, 직장에서 만남이 밖에까
지 이어지고 싶지 않은 그런 사람이었다.

정우는 본부장이 원래 그런 성격이라는 걸 잘 알고 있어 무시하려
하지만, 비꼬는 그녀의 말이 머릿속에서 빙빙 돌아 애꿎은 입술만 잘
근잘근 깨물 뿐이었다.

정우가 양손으로 얼굴을 비비고는 의자에 머리를 기대어 눈을 감고

있을 때 허벅지에서 떨림이 일었다. 순간 열기를 마신 것처럼 뜨거움이 온몸을 직통했다. 금방이라도 식은땀이 살갗으로 스며 나올 것 같았다.

몇 년 전부터 정우에게 휴대폰이란 계륵 같은 존재였다. 휴대폰이 나쁜 소식을 받기 위한 물체인 것처럼 대부분 절망스러운 연락을 받았다. 며칠 전에도 도레 담임으로부터 네 번째 전화를 받았었다. 도레가 여자애들이 조금만 건드려도 심하게 반응한다는 거였다. 그날도 실수로 여자애가 도레의 가방을 찼는데 들고 있던 연필로 머리를 찔렀다면서 적대적 반항 장애가 의심스럽다는 거였다.

허벅지에서 진동은 계속 일었다. 주머니에서 전화기를 빼 발신자를 봤다. 진동은 여전히 사납게 떨었다. 세찬 진동은 손바닥을 통해 가슴을 거쳐 뇌로 전달되었다. 빠르게 뛰는 맥박에 진동마저 보태어져 심장이 크게 들썩거린 듯했다. 정우는 진동의 세기를 측정해서 전화를 건 사람의 감정이나 용건을 알아내기라도 하려는지 손으로 휴대폰을 꽉 움켜쥐었다.

시간이 흐를수록 낯빛은 어두워졌다. 마침내 통화 버튼을 터치하고도 아무런 말을 하지 않았다. 전화를 건 지혜도 울기만 할 뿐이었다. 그녀의 훌쩍거리는 소리에서 세세하게는 아니더라도 지금 어떠한 상황인지 헤아려졌다. 가만히 울음소리를 듣고 있던 정우는 인상을 찡그리고는 무뚝뚝하게 물었다.

"왜 또?"

지혜는 울음을 애써 참느라고 딸꾹질만 할 뿐 대답하지 않았다. 한

참이 지나서야 미파가 머리를 다쳐 병원에 가고 있다는 거였다. 아들이 병원으로 실려 가고 있다, 정우는 이미 여러 가지 돌발 상황에 마음의 준비라도 한 것처럼 멍하니 창밖만 바라볼 뿐 이유를 묻지 않았다. 그녀의 상황 설명 사이사이에 숨만 길게 내쉴 뿐이었다. 도레가 미파를 밀어 탁자에 넘어지면서 머리를 찢었다고 했다. 머릿속 전기 회로도가 엉겨붙어 암흑 된 세상에 놓여 있는 듯 눈앞이 캄캄했다.

정우는 몇 년 전부터 추락을 시작하고 있다는 느낌이 들었다. 가늠할 수 없는 깊이의 바닥으로 떨어져 빛 한 점 없는 캄캄한 세계에서 삶의 기술을 송두리 상실한 채, 어떻게 해야 해? 자신에게 물었다. 헤매기만 할 뿐 헤쳐나갈 방법은 아득했다. 하루라도 잠잠한 적이 있었던가, 마치 긴 막대를 들고 외줄을 타고 있는 것처럼 매일 매일이 아슬아슬했다.

"이마가 찢어져 여섯 바늘 꿰맸고요, 다른 이상은 없는 것 같습니다. 그런데 아이의 코뼈가 문제네요."

정우가 순간 움찔하면서 눈만 빠르게 깜박거리자, 의사의 설명이 이어졌다.

"이 부위가 왼쪽 코뼈입니다. 뭉개진 것이 보이시죠? 이곳은 뼈 주위로 피가 고여 살처럼 차올라 있는 것이고요."

의사는 미파의 코뼈 엑스레이 사진을 진료실 벽에 걸려 있는 모니터에 띄워놓았다. 그러고는 다친 부위를 볼펜으로 짚어가면서 설명했다. 검은 바탕에 희부연 형태만 보여 뭉개졌다는 게 실감 나지 않았다. 그런데도 긴장하면 나오는 습관대로 턱을 어루만졌다.

"상태로 봐서 오래전에 발생한 겁니다. 일곱 살의 아이가 호흡하기 불편했을 것인데 몰랐나요."

설명 중간중간, 의사는 무지에 대한 경멸과 의혹의 눈빛을 번갈아 띄면서 정우를 쳐다봤다.

그때였을까? 미파가 태어난 지 삼십 일이 되었을 때였다. 집에 온 모친은 아기를 살포시 안고는 이모저모를 세세하게 살펴봤다. 얼굴부터 꼼꼼하게 보던 시선이 손에서 멈췄다. 미파의 새끼손가락은 맞대어 있는 약지의 절반 길이였다.

"어쩜 너와 똑같을 수가 있냐. 씨가 뭔지……."

모친은 미파의 짧은 손가락을 쓰다듬었다. 슬며시 미소 짓던 정우는 도레를 쳐다봤다. 도레는 이때 웃어야 할 분위기인데 이러지도 저러지도 못하는 어색한 표정을 지었다. 정우는 고개를 들어 천장에서 내려온 동물 인형이 매달린 흑백 모빌을 무심히 쳐다봤다. 모친이 도레에게도 따뜻하게 대한 적이 있던가? 부드럽게는 대했다. 그러나 그건 깊이가 없는 가벼운 스침 같은 거였다. 도레라고 그걸 모르겠는가? 정우는 도레의 눈치를 살폈다. 다섯 살인 도레는 애써 웃고 있었다.

모친이 간 후, 정우가 스프레이에 물을 담아 해오라비 난초에 뿌리고 있을 때였다. 난초는 도레를 입양했을 때 부친에게서 선물로 받았다. 은은한 향기가 뿜어져 나올 것 같은 화분에 낮게 자라 있는 난초, 일 년에 한 번씩 힘껏 날아가는 새처럼 꽃이 핀다고 했다. 대신 꽃을 피게 하려면 지극정성을 많이 들여야 한다는 말을 곁들였다. 자식을 키우는데 오만 자루의 품이 든다면서 입양했으니 온갖 정성을 들여 양육하라는 의미였다. 그렇게 난초를 키운 것이 미파가 태어났을 때 같은 종류를 구해 키웠었다. 난초는 크기와 농담은 달랐지만 푸르게 잘 자라고 있었다.

정우의 모친은 입양을 강하게 반대했었다.

"입양! 개살구나무에서 참살구 맺지 않는다. 자식이 호랑이보다 더 무서울 수가 있는데 어떤 종자인 줄 알고 입양한다는 말이냐. 차라리 자식 없이 사는 게 더 나을 수 있다. 요즘 젊은 사람들은 자식을 안 낳으려고 한다는데 니들은 왜?"

아이를 원한다면 이혼하고 새로운 사람을 만나는 것도 한 방법이라며 은근히 권유까지 했다. 부모의 마음이야 그럴 수도 있겠지만 아이를 낳지 못한다고 이혼이라니.

거실에 자고 있던 미파의 울음소리와 후다닥 뛰어가는 도레의 발소리를 동시에 들었다. 미파에게 다가간, 정우는 흠칫했다. 미파의 콧잔등이 발그스름하면서 약간 휘어 있는 것처럼 보였다. 혹시? 라는 의심이 들었지만 미파의 울음도 금세 그쳤고, 태어날 때부터 휘어 있던 것을 보지 못했겠지, 라며 생각을 정리했다.

응급실 앞에 도착한 정우는 갑자기 몸이 굳어지는 것 같아 출입문 옆 벽에 등을 기대고는 눈을 감았다. 눈꺼풀 안 불그스레한 빛 속에 티끌만 한 점들이 반딧불처럼 반짝였다. 아이들의 몸집이 커져가는 거에 비례해 넘어야 할 파도 또한 커져갔다. 파도를 넘기 힘들 거라는 짐은 예감과 시간이 갈수록 가족 모두가 시커먼 바다 물속으로 걸어 들어가고 있다는 생각만 들었다. 가슴까지 차오른 물의 압력에 숨 쉬기가 힘든데, 빠져나올 방법은 묘연했다. 정우는 심하게 흔들리는 감정을 가라앉히려고 호흡을 가다듬었다.

미파는 응급실 침대 한쪽에 누워 있었다. 자그마한 이마 절반가량을 덮고 있는 흰색 거즈와 콧구멍에서 약간 삐져나온 선홍색의 솜이 이물스러웠다. 가느다란 흰 목과 회색 셔츠에는 미처 닦지 못한 혈흔이 반점처럼 엷게 퍼져 진홍색으로 말라 있었다. 손에 쥐고 힘을 주면 으스러질 것 같은 여린 팔, 맑은 피부에 꽂혀 있는 예리한 주삿바늘이 스산했다.

지혜는 미파가 누워 있는 침대 끄트머리에 머리를 대고 엎드려 있었다. 노란 줄무늬가 탈색되어 희미한 선만 남아 있는 푸른색 티셔츠를 입고 있었다. 그녀가 불규칙한 간격으로 한숨을 쉴 때마다 타원형으로 휘어진 등이 크게 들썩거렸다.

정우는 잠시 갈등했다. 의사에게 들은 내용을 그녀에게 가감 없이 전달해야 하나. 코뼈가 부러져 있어 수술해야 하는데 전신을 마취하는 큰 수술이니 열두 살 무렵에 해야 한다고. 그 시간 동안 기적이라는 것이 발생할 수 있으니 말하지 말까. 이리 된 원인이 아이들을 대하는 감정의 온도가 다르기 때문이라고 또 말해야 하나.

정우는 지난 삶을 돌아보면 빙판에서 스케이트를 타듯 쾌속 질주하지는 못했더라도 무난한 생활이었다고 스스로를 평가했다. 남들보다

우쭐거릴 만큼 뛰어난 적이 없었지만, 낭패감에 젖어본 적도 없었다. 평범한 가정에서 태어나 계절의 변화에 따라 옷을 맞춰 입듯 때가 되면 학교에 갔고, 군대를 제대했고, 복학해서 졸업한 해에 보험회사에 취직했다. 나이가 되어 결혼해야 해서 서른 살에 직장 동료의 소개로 지혜를 만났다.

카페에서 지혜를 처음 만나기로 한 날, 정우는 약속 시간보다 조금 일찍 도착해 그녀를 기다렸다. 평소와 다르게 얼굴이 화끈거리고 손바닥에 땀이 났다. 유리 탁자에 손바닥을 대어 열을 식혔다. 그녀가 왔고, 일어나 어색한 눈길로 맞이했다. 주문한 커피를 받아 어설픈 몸짓으로 그녀 앞쪽에 놓으면서 서로 눈이 마주쳤을 때, 그녀의 환한 미소에 정우 또한 미소를 지었다. 그렇게 어색하기만 한 시간이 조금 지나자, 희한하게도 나오던 땀이 멎었다.

그녀는 여성으로서 중간 정도의 키에 평범한 얼굴이었다. 화려하거나 초라하지 않은 옷차림이었고, 딱히 모나거나 부족함이 없는 것으로 보인 그녀에게서 낯익음에서 오는 편안함을 느꼈다. 뭐랄까, 즐겨 보는 편안한 드라마 배우를 만난 것 같은 친숙함이랄까.

그녀는 부드러운 눈으로 정우를 쳐다봤고, 그 또한 그랬을 거였다. 서로의 눈빛이 마주칠 때 눈이 부실 정도로 환하거나 어둡지 않은, 편안한 색깔로 채색되어 빛을 내고 있다고, 자신이 사는 방식에 적합한 인연을 때가 되어 만난 거라고, 그렇게 생각했다.

그날 이후 그녀를 자주 만났다. 횟수를 거듭할수록 그녀와 함께해도 큰 덜컹거림 없는 미래가 그려졌고, 함께 살기에 마땅하다고, 그렇게 살면 만족할 거라는 확신마저 들었다.

지혜는 책을 읽고 가장 공감한 글이라며, 행복한 결혼생활을 하려면 부부가 서로 자기의 틀에 맞추려고 상대를 자기 쪽으로 잡아당기지 않아야 하고, 온몸을 상대에게 기대지 않아야 한다고, 일정한 간격을 둔 채 서로 손을 잡고 목적지를 향해 걸어가야 한다고 말했다.

그녀의 말을 바로 이해하지 못한 정우는 상체를 뒤로 젖혔다. 조금 늦게 의미를 이해하고는 동의하는 눈빛으로 고개까지 끄덕였다. 그녀와 함께해도 무난하겠다 싶었고, 물 흐르듯 살아온 지난 삶으로 반추할 때 앞으로 아이가 태어날 것이며, 아이는 무탈하게 성장할 것이고, 자기처럼 어른이 될 거라는 걸 당연시했기 때문에 다른 생각을 해본 적이 없었다.

결혼하고 오 년이 될 때까지 지혜는 임신하지 못했다. 언젠가는 임신하겠지, 라는 정우의 느긋함과 달리, 그녀는 초조해하면서 애를 태웠다. 어느 날 그녀는 자연임신이 불가능하다는 것을 알게 됐다. 그 후부터 말수는 줄고 외출도 하지 않았다. 침대에 누워 텔레비전을 보다가 잠을 자고, 깨어나면 텔레비전만 보았다.

함께 침대에 누워 있던 날, 정우는 그녀의 가슴을 부드럽게 만졌다. 빠르게 도드라지던 예전과 다르게 젖꽃판에 묻힌 유두는 새침을 뗐다. 그녀의 옷 속으로 좀 더 깊숙이 손을 넣고는 몸 위로 올라가 입술을 포개려 할 때, 정우의 가슴을 거칠게 밀었다.

"귀찮게 왜 그래."

짧게 말한 그녀는 빠르게 일어나 방을 나가버렸다. 막 달아오르려던 정우의 몸은 짧고 차갑게 끊어버리는 그녀의 말투에 바로 식어버렸다. 얼굴이 약간 붉어지기는 했지만, 스스로 생각해도 이상하리만치 모욕감을 느끼거나 화가 나지 않았다. 오히려 자기 의사를 분명히 밝힌 그녀가 반갑기까지 했다.

그날 새벽, 정우는 몸을 외로 돌려 그녀를 껴안기 위해 습관적으로 뻗은 팔이 힘없이 시트 위로 떨어지는 것에 눈을 떴다. 그녀의 자리는 비어 있었다. 그를 거부하고 방을 나간 후 들어오지 않는 것인지, 잠을 자다 나간 것인지는 알 수 없었다.

그녀는 베란다 창문을 열고 창틀에 손을 얹어 턱을 받친 채 새벽하늘을 바라보고 있었다. 달빛에 비친 그녀의 그림자만 거실 바닥까지 길게 늘어져 있었다. 정우는 온몸의 신경이 곤두서는 느낌에도 무슨 말을 어떻게 해야 할지 알 수 없어 조용히 그녀의 등만 쳐다봤다.

그녀는 머리를 창밖으로 더 내밀었다. 금방이라도 길게 늘어뜨린 그림자를 매단 채 유성처럼 바닥으로 낙하할 것 같은 비극적인 상상으로 쉽게 연결됐다. 깊은숨이 나오려는 걸 참으면서 윗입술을 이빨로 잘근댔다.

모든 일에 의욕 없는 그녀를 보는 게 너무 힘들어 감정 없는 멍한 시선으로 쳐다보곤 했다. '무자식이 상팔자다'라는 식상한 속담으로 그녀를 위로했다. 때론 인터넷만 접속하면 알 수 있는 온갖 패륜 범죄의 기사를 읽고, 이를 알려주기도 했다. 아이 없이 우리끼리 잘 살면 되지 않겠냐고 수없이 설득도 했었다. 하지만 그녀의 임신에 대한 간절함은 희석되지 않았다.

자식에 대한 그녀의 집착이 궁금했다. 정우나 그의 부모로부터 압박이라도 받았을까? 기억해보지만, 그런 걸 표현하거나 무언으로 압박한 적이 없었다. 그러면 의무감일까, 후세 생산 욕구가 강한 것일까, 아니면 아내로서의 신분이 불안한 것일까, 그녀의 행동이 이해될 듯하면서도 되지 않았다.

어느 날, 지혜는 도서관에서 인공수정과 관련된 책 세 권을 빌려왔다. 그녀는 그 책을 고시 공부하듯이 파고들었다. 책이 태양처럼 세상을 밝게 비춰주기라도 한 건지, 페이지가 넘어갈수록 그녀의 얼굴빛은 뜨는 해에 안개가 걷히듯 밝아졌다. 수척한 얼굴에 미소마저 돌았다.

그녀가 환한 얼굴로 인공수정을 하자고 할 때, 정우는 이제 숨을 쉴 수 있을 거라는 생각이 먼저 들었다. 아이 없이 사는 건, 자기 생각만 바꾸면 해결됐지만, 그녀의 집착까지는 어떻게 해볼 도리가 없었다. 시다, 떫다, 의사 표현 없는 삶을 지켜보는 것보다는 그녀가 원한 대로 따르는 것이 지금보다 더 나을 거라는 기대감 때문이었다.

불임 클리닉 작은 공간에서 받은 정액을 간호사에게 내밀 때도, 매번 착상에 실패하면서 그 짓을 일곱 번이나 할 때 병원을 뛰쳐나가고 싶었다. 계속된 실패에도 그녀는 포기하지 않았다. 시험관 아기로 관심을 돌렸다. 성공한 듯했지만, 이삼 개월 만에 유산이 되었다. 잦은 난자 채취로 몸은 망가져갔고, 더 이상 난자를 채취할 수 없다는 의사의 말에, 그녀는 울먹이며 한 번만 더 해보자고 애원했다.

그녀는 어느 날부터 아동복지회에 봉사활동을 다니더니 아이를 입양하면 어떻겠냐고 물었다. 의례적인 물음이었다. 거부할 수 없다는 걸 정우도 잘 알고 있었다. 그래도 지금까지 인생에서 가장 난도 높은 선택이라는 생각에 잘 키울 수 있겠는가를 스스로 물었고, 서로 확인했다.

부모를 설득하고 입양을 신청한 날, 정우와 지혜는 집을 나왔다. 그들은 먼 훗날에야 누릴 수 있을 것 같은 여유로움을 당겨쓰기라도 하듯 영화를 보고 결혼 전에 자주 다녔던 레스토랑에 들어가 창가에 앉았다. 클래식 음악만 흐르는 호젓한 실내에 손님이라곤 그들뿐이었다. 그들은 음악에 심취한 듯 아무 말 없이 자기만의 생각에 잠겨 있다가 가끔 눈이 마주칠 때면 와인 잔을 부딪치고는 미소를 지었다. 깊은 물속에 빠진 자가 빠져나왔을 때 짓는 미소 같은 거였다. 그 미소만으로도 지금 어떤 감정인지, 앞으로 어떻게 해야 하는지 서로 잘 알았다. 무슨 약속이나 다짐이 더 필요하겠는가. 그렇게 아무 말 없이 음악을 들으면서, 그들은 조금 취하도록 와인을 마셨다.

다음 날 아침 정우는 승용차에 지혜를 태우고 부산으로 향했다. 출발할 땐 맑던 하늘이 고속도로에 들어가자 부옇게 되면서 셀 수 있을 만큼 눈이 드물게 내리기 시작했다. 부산 시내로 진입하는 톨게이트를 지나자, 함박눈이 무수하게 내렸다. 그로 인해 차들이 느릿느릿 진행했다. 눈은 이제 갓 겨울로 접어들어 미처 내뱉지 못한 열이 남은 대지에 닿자마자 녹아 땅속으로 스며들었다.

아이를 데리러 가는 날, 함박눈이라. 정우는 차창을 내리고 소담스럽게 내리는 눈을 보면서 어렸을 때 어른들에게 자주 들었던 속담이 생각나 혼잣말하듯 중얼거렸다.

"눈이 많이 내리면 풍년이 든다는데."

옆에 있던 지혜가 차창으로 고개를 돌려 한동안 눈을 바라보더니 조용히 말했다.

"좋은 눈이네."

뒷좌석에 앉아 이 개월 된 아이를 안은 지혜는 미리 생각해둔 듯 아름다운 화음이 나려면 팔 음절이 어우러져야 한다며, 아이 이름을 도레로 짓고 다음에 입양할 아이는 미파, 솔라는 정우, 시도는 지혜의 가명으로 하자고 했다.

지혜의 일상은 상쾌했다. 집안 곳곳에 머물고 있던 어두운 그늘은 서서히 창밖으로 빠져나갔고, 그 자리에 볕이 들면서 가구와 각종 사물도 살아난 듯했다. 아이가 뒤집기를 하려고 안간힘을 쓰면서 얼굴이 붉어지면 그녀도 따라서 안색이 붉어져 탈이라도 날 것처럼 울상을 지었다. 아이가 뒤집고 난 후 원래의 안색으로 돌아오면, 그녀는 정우를 바라보며 멋쩍게 웃곤 했다.

퇴근 무렵, 정우는 미파의 울먹이는 전화를 받았다. 지혜와 도레가 싸우고 있다며 도움을 요청하는 다급한 목소리였다.

현관문을 연 정우는 몸속의 피가 정수리로 몰려와 머리카락이 곤추

선 듯했다. 심하게 떨린 눈꺼풀을 진정시키기 위해 눈을 감았다가 떴다. 낮에서 밤으로 바뀌는 묽은 어둠이 스며든 거실은 괴괴할 정도로 고요했다. 거실과 화장실 바닥 여기저기에 흐트러진 옷가지들과 부러진 의자 다리 두 개가 뒹굴었다. 다리를 잃은 의자는 벽에 기대어 위태롭게 서 있었다.

머리카락이 흐트러진 지혜는 안방에, 아이들은 작은 방 구석진 곳을 한 자리씩 차지하고 앉아 있었다. 보지 않더라도 훤히 그려지는 상황, 어질러진 내부 정경만으로도 왜 싸웠는지, 어떻게 싸웠는지, 짐작할 수 있었다. 그냥 그대로 다시 밖으로 나가고 싶다는 생각만이 가득한 정우는 눈을 가늘게 떠 지혜의 몸을 훑어 내리면서 나직하게 말했다.

"제발, 제발, 차라리 죽었으면 좋겠다."

지혜는 아무런 대꾸 없이 흐르는 눈물만 닦을 뿐이었다.

정우는 그녀에게 모진 말을 자주 했다. 시작은 그러지 않았다. 느긋한 말투로 이해시키려 했고, 설득했다. 그게 통하지 않아 경고했고, 점점 더 심해져 이빨을 갈면서 끔찍하게 말했다. 실제 그런 상황을 자주 상상했고, 진심으로 그러기를 바라기도 했다.

지혜가 도레와 다투고 집을 나갔던 날, 비가 쏟아지고 천둥소리와 함께 벼락이 도시 건물들 곳곳을 덮쳤다. 늦은 밤까지 그녀는 돌아오지 않았다. 딱히 그녀를 기다린 것도 아니면서 정우는 자주 창밖을 내다봤다. 그때 한 상상이란, 그녀가 큰 나무 밑에서 비를 피하기를, 그곳에 번개가 내리꽂히기를, 가끔 품던 살의를 자연이 대신 실현해주기를 바랐다.

뒷말 없는 깔끔한 죽음, 정우는 장례식장에서 넋 나간 표정으로 조문객들을 맞이하며 그들의 진심 어린 위로에 못내 눈물을 글썽이는 자기 모습을 상상하면서 사나워진 마음이 가라앉는 자신을 발견하고 흠칫하곤 했다.

지혜는 도레에게만 차별적인 지시를 했고, 무조건 따르길 바랐다. 미파에게는 무한한 너그러움으로 사랑하면서도 도레에게는 야멸찼다. 샤워는 짧게 해라, 신발을 벗을 때는 가지런히 놓아라, 맛있는 반찬만 먹지 마라, 그야말로 사사로운 것들이었다. 도레가 이를 따르지 않자, 시작은 미미했다. 다툼의 횟수가 반복될수록 서로 건드리지 말아야 할 감정을 건들면서 가차 없는 폭언으로 벌을 가했다.

오늘도 도레가 샤워하고 있을 때 미파가 용변을 보기 위해 문을 노크했다. 도레는 대꾸 없이 계속 샤워했고, 지혜는 빨리 나오라고 독촉했다. 도레가 계속 문을 열지 않자, 그녀는 문을 세게 두드렸다. 마침내 문을 열고 나온 도레를 그녀가 때리고 도레 또한 이에 대항하여 싸웠다. 도레는 커가면서 자기에게만 적용되는 규정의 부당함에 반항했다. 날이 갈수록 싸움 정도의 수위가 올라갔다. 급기야 도레는 왜 입양했냐며 악을 쓰기까지 했다.

정우는 무엇부터 어떻게 해야 할지 아무런 생각이 떠오르지 않았다. 찬바람을 쐬기 위해 베란다 전등을 켜고는 그곳에 있는 접의 의자를 펴고 앉았다. 멍하니 화분대에 놓여 있는 여러 개의 화분을 쳐다봤다. 화분들의 겉면은 청소하면서 튄 물 자국과 먼지로 뒤범벅이 되어 있었다.

이 년 전, 정우는 거실장 위에 있던 난초에 볕을 맞히려고 베란다로 옮겨뒀다. 그가 직접 화분을 옮겼고, 장시간 그 자리에 있었다. 그런데 왜 여기 있지? 의문이 들어 기억을 찾으려 했지만, 생각나지 않았다. 난초 잎의 절반은 바짝 마른 채였고, 마사토에 맞닿은 아래 부위에는 누런 딱지가 덕지덕지 들러붙어 있었다. 나머지 잎마저도 진갈색으로 퇴색되어갔다.

정우는 일어나 밖을 바라봤다. 어둠이 깔린 하늘에는 별빛 한 점 없이 먹구름만 두껍게 끼어 있었다. 눈을 돌려 등이 켜진 아파트 작은 정원을 내려봤다. 두터운 어둠에 둘러싸인 정원은 깊은 산속의 불 켜진 암자처럼 그곳만 밝게 드러났다.

겨울 냉기에 잎이 다 떨어진 정원수들 속에 니은 자 형태로 위를 향해 뻗어 있는 푸르른 소나무 두 그루를 유심히 내려봤다. 아파트에 입주하던 날, 지혜는 어른 팔 간격으로 나란히 한 채 위로 자라고 있는 그 소나무를 보고는 부부 나무라고 명칭을 붙였다. 원인은 알 수 없지만, 나란히 커가던 나무 두 그루 중 한 그루가 넘어지면서 옆 나무에 비스듬하게 기대었다. 기댐을 받은 나무 또한 얼마 지나지 않아 그 무게를 버텨내지 못하고 한쪽으로 함께 기울어졌다. 지지대 역할로 얼마쯤 견뎌냈을까? 금방이라도 바닥으로 넘어질 듯 위태롭던 나무는 기대는 나무의 힘을 견뎌낸 채 하늘을 향해 뻗고 있는 걸 신기하다는 듯 바라봤다.

어둠과 정적만이 가득한 집 안, 정우는 아무것도 보이지 않고 소리 없는 이 캄캄한 고요가 영원했으면, 잠깐 그런 생각을 했다.

거실 등을 켠 정우는 미파를 불렀다. 소변이 급했는지, 참을 수 없었는지, 급하면 다용도실을 이용하지 않는 이유를 물었다. 미파는 울먹일 뿐 대답하지 않았다. 삼십 센티미터 자로 미파의 손바닥을 때리자 크게 울었다.

지혜가 거실로 달려왔다. 죄 없는 아이 때리지 말라며 악을 쓰고는 미파를 데리고 안방으로 들어가 문을 거칠게 닫았다. 정우는 그녀의 뒷모습을 차갑게 쏘아볼 뿐이었다. 명쾌하게 해결하고 싶지만 그러지 못한 답답함에 자신의 머리카락을 움켜쥐었다. 분명하게 해결 방법이 있고, 그녀라고 모를 리 없을 것이다. 이대로 간다면 돌이킬 수 없는 큰일이 벌어질 수 있다는 것도 알고 있을 것이다. 그런데도 해결하는 걸 거부하고 있다는 게 문제였다.

정우는 소리를 최대한 낮추며 거실에 흐트러진 것들을 빠르게 정리하고는 욕실로 들어갔다. 물이 넘칠 듯 가득 찬 세면대에는 칫솔통이 반쯤 가라앉은 채 떠 있었다. 칫솔통을 세면대 위 원래 있던 곳에 붙이고 바닥에 떨어진 칫솔을 주워 그곳에 꽂았다.

깨진 거울을 봤다. 한 달 전, 도레가 컵을 던져 깨뜨린 거울이었다. 컵에 맞는 부위를 정점으로 거미줄처럼 금이 퍼져 있는 걸 보자, 억누르고 있던 노여움이 울컥 치밀었다. 몸이 떨리면서 심하게 흔들렸다. 상체를 숙여 양손으로 세면대를 짚고 가까스로 중심을 잡았다. 가슴속에서 뜨거운 게 올라왔다. 연신 거친 숨을 내뱉었다. 얼굴과 맞닿은 듯 가까이에 있는 물의 표면은 얇은 파장이 일었다. 그녀의 악쓰는 소리, 아이들의 우는 소리가 뒤섞인 환청이 이명처럼 귓속에서 울었다.

미세하게 떠는 물 위를 계속 내려보던 정우는 숨 쉬는 걸 멈췄다. 서서히 물속에 얼굴을 담갔다. 귓속으로 물이 들어오는 느낌이 들었다. 삼십 초면 끝난다. 뇌에 산소만 없어지면 평온한 상태가 될 것이다. 머릿속으로 숫자를 셌다. 열둘, 열셋, 열넷, 숨이 가빠왔다. 가슴이 답답하고 통증이 왔다. 정신이 아득해지고 온몸의 기운이 빠져나갔다. 머릿속으로 되뇌었다. '조금만 더, 조금만 더.'

그때 급하게 문을 여는 소리에 머리를 들었다. 도레가 곧 울 것 같은 표정으로 서 있었다.

"아빠! 왜 그래?"

정우는 다급히 숨을 몰아쉬면서 깨진 거울을 봤다. 얼굴 가득 맺힌 물방울들이 하나둘씩 턱밑으로 흘러내렸다. 그건 마치 조각조각 균열이 간 얼굴에 그 찢어진 틈새를 비집고 나온 진물이 밑으로 흐르는 것처럼 보였다. 정우도 거울 속에 자기 얼굴을 보고는 온몸을 부르르 떨었다.

지혜가 임신한 사실을 내게 문자로 보내왔다. 그걸 받은 난 불쑥 튀어나왔다.

"나보고 어쩌라고?"

문자는 그녀가 임신 이 개월이 되었다는 산모 수첩과 초음파 사진이었다. 사진은 부채꼴 모양으로 빛살이 퍼져 있었다. 벌레집 같은 아기집에 애벌레처럼 보이는 태아가 가냘프게 옹송그리고 있었다.

지혜가 아이를 입양하자고 할 때, 정우는 이런 날이 올 수 있음을 우려해 물었다.

"임신하게 되면 어쩌지?"

"왜 그래."

그녀는 바로 툭 쐈다. 깊게 고민하지 않고 안 된다는 걸 잘 알면서 초를 치냐는 말투였다.

"될 수도 있잖아?"

정우의 물음에, 그녀는 망상하지 말라며 일축했다.

하기야 그토록 원해도 안 되었는데, 살기 위해서, 삶의 의미를 찾기 위해서, 입양하면 행복할 수 있을 거라는 기대에 차 있는 그녀에게 재를 뿌리는 것 같아 더 이상 거론하지 않았다.

우려가 현실이 된 것이다. 그것도 세 번씩이나. 지혜는 출산을 희망했었다. 정우는 도레를 입양할 때 잘 키우겠다는 그때 그 마음 앞에서 친자식이라? 고개를 저었다. 지금 평온한데 다른 변수를 만들지 말자고 그녀를 설득했다. 급기야 정우는 화를 냈고, 반강제적으로 그녀의 동의를 받아 두 번이나 낙태케 했다.

정우는 그녀가 임신한 걸 알았을 때, 피식피식 나오려는 웃음을 삼키고 고개를 저었다. 도레를 양육하면서 그를 사랑했고, 만족했다. 그런데도 가슴 한쪽이 횅한, 그런 느낌이 없지는 않았다.

뭐랄까, 무의식에 보통 사람들처럼 살지 못한 데에서 오는 소외감이 있었던 걸까, 아이를 못 낳으면 비정상이라는 치우친 관념이 있었을까, 임신이 가능한데도 입양한 것과, 불가능해서 입양한 것과의 차이 때문인가. 정우는 스스로 이런 의식은 없다고 생각했다. 그런데도 언제부터인가 사람들 뒤에만 서 있으려 했고, 웬만하면 자기가 드러나는 걸 꺼려했다.

그래서였는지 그녀가 임신했다는 걸 알았을 때 주변에 말하고 싶었다. 하지만 타인의 시선이 의식되어 누구에게도 말할 수 없었다. 한마디로 축복받지 못한 임신이었다.

그토록 오랜 시간 간절히 바랄 때는 차갑게 외면하더니 지금 와서 계속된 임신이라니, 정우는 종교를 믿지 않음에도 신을 증오했고, 왜 내게? 낙태 수술 후 그녀가 우울증으로 엄청나게 힘들어했었는데, 왜, 또……. 접이식 부채가 접어지듯 여러 개의 감정이 겹쳤다.

미파가 태어났고, 도레가 미파를 만지려 하면, 지혜는 쇠가 부딪치는 소리를 냈다.

"손 씻고 만져."

정우는 동물이 자기 새끼를 보호하듯, 그녀가 모든 촉각을 곤두세워 도레를 경계한다고 느꼈다. 그런 그녀가 불편했고 지난 끔찍했던 날들이 기억에서 되살아났다. 어느 무엇에 빠지면 다른 모든 거는 튕겨버리는 폐쇄적인 집착, 그런 기억 때문에 막연한 불안함이 일어났다.

"동생이 예뻐서 만진다는데 왜 그래."

정우의 말에 그녀는 발끈하기까지 했다.

"면역력이 없잖아."

차디찬 얼굴에 '아' 발음을 날카롭게 추키기까지 했다. 정우는 목으로 뭉텅한 게 올라오는데도 아랫입술을 깨물며 뭐라 대꾸하지 않았다. 콕 집어 말할 수 없지만 거대한 검은 물결이 저 멀리에서 서서히 밀려오는 것 같은 예감이 들었다. 한편으론 그녀가 맞는 말을 하고 있는데 너무 예민해진 것 아닌가? 스스로를 돌아보기도 했다.

아이들이 잠들자, 집을 나온 정우는 아파트 상가 호프집으로 들어갔다. 출입구 옆 구석진 곳에 앉았다. 한 평이 못된 좁은 공간에 두 명이 겨우 앉을 수 있는 자리였다. 약간 높게 설치된 탁자에 팔꿈치를 대고 상체를 기대었다. 전면에 설치된 통유리에는 먹빛으로 선팅이 되어 있었다. 진한 선팅은 편안함을 주었다. 밖에서는 안을 볼 수 없지만, 안에서는 밖의 정경을 훤히 볼 수 있는, 그런 이기적인 편안함이었다.

정우는 상가 불빛에 드러난 귀갓길의 사람들을 관찰했다. 근심 있는 얼굴로 천천히 걷는 젊은 여성, 불룩한 비닐봉지를 양손에 들고 비틀거리며 걷는 중년 남성, 화려한 옷차림과는 상반된 초조한 낯빛으로 재게 걷는 중년여성, 사람들의 다양한 모습만으로 그들의 사는 모습이 그려졌고, 대사 없는 짧은 다큐멘터리 한 편을 보는 것 같았다.

주인이 맥주 두 병과 소주 한 병, 오백 시시 잔 한 개, 멸치와 땅콩을 수북하게 담은 접시를 탁자 위에 놓았다. 소주병 마개를 딴 정우는 삼 분의 일가량을 잔에 부었다. 남은 공간은 맥주로 가득 채웠다.

정우는 이 술집을 자주 찾았다. 오늘 같은 날은 잠에 들지 못해 날을 꼬박 새우고 출근했다. 사무실에서 직원들과 미팅 중에도 수시로 하품했고 졸았다. 잠을 자야 해서, 심장이 터질 것 같아서, 분노를 삭여야 해서, 술이 필요했다. 일시적이지만, 술을 마시면 들이켠 양만큼 튀어오른 분노가 내려앉기도 했다.

지혜는 이 호프집을 극도로 싫어했다. 표면상으로는 술을 마시면 살찌고, 건강이 상한다는 거였지만, 그보다는 타인 시선에 대한 의식이었다. 직접 말한 적은 없지만 표정에서 읽을 수 있었다. 동네 술집에서 혼자 청승맞게 술을 마시는 것은 가정불화를 밖으로 떠들고 다니는 거나 매한가지라고. 이게 그녀가 사는 방법이었다.

왜 이곳을 찾는지 원인을 알아내어 해결하려는 것보다 무조건 틀어막으려고만 했다. 정우가 다음 날 출근해 일하려면 잠을 자야 해서, 숨을 쉬기 위해 술집을 찾는다는 걸, 그녀는 생각한 적이 있을까? 했다고 하더라도 이해하거나 받아들이려고 하지 않았을 것이다.

단숨에 들이켠 정우는 빈 잔에 소주와 맥주를 같은 비율로 가득 채웠다. 다시 차가움에 목젖이 허락할 때까지 마시고는 잔을 놓았다. 잔은 절반가량 비었다. 마셔버린 양만큼 맥주를 채우고는 의자 등받이에 머리를 기대어 취기가 올라오기를 기다렸다.

약간의 시간이 지나자, 알코올이 서서히 온몸으로 퍼지고 있음이 느껴졌다. 호흡이 느슨해지고, 온몸을 죄이던 답답함에서 어느 정도 벗어났다. 매일 하던 생각, 어디에서부터 무엇이 잘못되었을까? 얽힐 대로 얽힌 걸 어떻게 풀어야 할까? 그의 머릿속에는 대기를 부유하는

먼지처럼 부연 상념만 떠다니다 폴란드 지사로 근무를 신청해 현재
그곳에 있는 영아의 말이 떠올랐다. 이 개월 전 보험 계약 건으로 임장
을 갈 때 무심히 차창을 바라보던 영아가 시답잖게 물었다.

"선배, 늙기 전에 하고 싶은 건 있어?"

영아는 대학 후배이자 입사 후배였다. 오랜 시간 함께 근무하면서
자주 출장을 다녔기 때문에 서로 간의 가정사를 대략은 알고 있었다.

"아이들만 크면 이혼하는 것."

그녀의 별 의미 없는 질문에, 정우는 반 농담하듯 답했다.

"사랑은 하고 결혼한 거야?"

"사랑! 넌 형체 없는 걸 믿냐. 해야 할 때 적당한 옷 골라 입듯 한 거
지. 다소 불편하더라도 입다 보면 적응할 것이고."

"선배 부인도 그랬을까? 그리고 여자가 옷이야? 유행이 지나거나
헐면 버려야겠네."

정우의 농담 섞인 말에, 그녀는 예민하게 반응했다. 단정할 수는 없
지만 지혜도 정우를 선택한 것이 자기와 같을 거로 생각했다. 그런데
도 영아에게 더 이상 논쟁거리를 주지 않기 위해 아무런 말을 하지 않
았다. 한동안 침묵이 흐른 후, 그녀는 긁힌 감정이 풀리지 않았는지
말을 이어갔다.

"건물이 무너지기 전에 미세한 균열이 생겨, 가정도 마찬가지인 것
같아. 신랑과 관계가 엇나가기 시작할 때 알아차려야 했는데……."

조금 떨리는 목소리로 여기까지 말한 그녀는 입을 굳게 다문 채 그
냥 앞만 바라봤다. 차를 스치는 바람 소리만 차 안에 가득 찼다. 무거

운 시간이 부자연스러워 정우는 마른침만 삼키다가 라디오를 켜려고 할 때 그녀가 말했다.

"남편과 사이가 완전히 틀어지면서 모든 것이 싫어지더라. 짜증만 나고 때로는 남편에게 받은 상처를 자식에게 돌려줄 때도 있어."

일 년 전, 영아는 아들이 우울증으로 자살한 후 남편과 이혼했다. 아들이 죽음까지 가게 된 원인이 남편의 가부장적인 사고 때문에 그녀와 잦게 싸우면서 이를 이겨내지 못해 죽은 거라며 남편을 증오했다. 정우는 영아의 말을 들을 때면, 자기반성인지, 정우를 향한 조언인지, 애매모호했다. 그러면서 드는 생각은 인간관계는 대체로 상대성인데 영아가 신랑을 조금이라도 맞췄다면 어땠을까? 라는 의문이 들었다.

영아 또한 아내와 엄마 역할에 미진한 점도 있었을 것이다. 그런데도 모든 잘못을 신랑 탓으로만 돌렸다. 그게 마땅찮았지만, 곧 해외로 나가게 될 그녀에게 상처가 될 말은 하고 싶지 않아 듣기만 했다. 그러다 너나 잘해, 라는 생각이 들어 씁쓸한 웃음을 지었다. 영아는 한참 말없이 앞만 쳐다보다가 독백하듯 말했다.

"아들이 죽고 왜 내가 이런 시련을 겪어야 하나? 남들은 행복하게 잘 사는데. 신랑 탓만 하면서 상황을 변화시키지 못한 나의 무능함에 아들을 죽음으로 내몰았다고 생각하니까 더 힘들더라."

정우는 어떤 말을 보탤 수 없어 가만히 듣고만 있자, 계속 말을 이어갔다.

"선배! 내가 왜 해외 근무 신청한 줄 알아?"

"……."

"우리 대학생 때 세계 역사 동아리 활동했었잖아. 방학 때 유대인들을 학살한 죽음의 수용소 탐방하기로 했던 것 기억나?

"……."

"결국 가지 못했지만, 그때 공부 많이 했었잖아. 잊고 살았는데 회사에서 폴란드 근무 희망자 신청받을 때 그때가 생각났어. 돌아보면 내 인생에서 그때가 가장 의미 있게 살았던 것 같아. 매일 도서관에 가서 폴란드 역사 관련 자료들을 찾아 읽으면서 미처 알지 못했던 것들을 뒤늦게 알고 자신이 조금씩 채워져가는 느낌, 그게 너무 좋았어."

그랬었다. 매일 동아리 방에 모여 영아가 가져온 유대인들의 참혹한 상황을 그린 영화를 봤고, 수용소에서 살아남은 자들이 쓴 책과 논문을 읽었다. 유대인 가족들이 수용소로 끌려가 노동력이 없는 자는 가스실에서 죽임을 당할 때, 가족 중 한 명은 이를 지켜보면서도 자살하지 않고 어떻게 끝까지 살 수 있었는지, 살아남은 자들의 증언은 각기 조금씩 달랐다. 함께 있는 동료들이 매일 가스실로 끌려가는 걸 보면서 다음은 자기가 될 수 있다는 극도의 긴장감에 무조건 살려고 했고, 살아남아 그들의 광적인 행동을 증언해야 한다는 책임감 때문에 살아야 했고, 운명처럼 덮친 시련이 자기 인생에 어떤 의미가 있을 거라고 체념하듯 받아들이며 사는 사람도 있고, 인간은 당연시하듯 행복해야 한다는 생각을 바꾸니까 살 수 있었다고 했다. 우리는 밤늦게까지 인간의 잔혹함과 끈질긴 생명력 등에 대해 토의하고, 학교 앞 술집으로 들어가 먹먹한 가슴을 술로 적셨었다.

"그런데 왜?"

"긴장감을 느끼려고. 또 그때 못 한 수용소 탐방을 해보고 싶어. 이곳에서는 눈에 띄는 모든 게 아들과 연결돼. 아들의 환영 때문에 숨쉬기가 힘들어. 낯선 곳에 가서 긴장하며 열심히 살다 보면 숨은 쉴 수 있을 것 같아서, 그래서야."

"부럽기는 하다, 다 버리고 떠날 수 있어서."

정우의 말에 그녀는 고개를 돌려 그윽한 눈길로 그를 바라봤다.

"미안해, 힘든 선배 두고 나만 살겠다고 떠나서."

정우는 운전대만 힘주어 잡을 뿐이었다.

인간에게 시련은 의미가 있다. 당연시하는 행복을 버려라. 삶의 의미가 있는 사람은 자살하지 않는다. 추상적인 문장들을 떠올리던 정우는 막힌 가슴에 작은 구멍이라도 뚫린 듯 화한 기분이 들었다.

그 문장들이 대학생 때는 신선했고, 가슴에 담아두면 어떤 시련도 이겨낼 것 같아 가슴 깊숙이 안았었다. 살아보니 현실의 감각에는 연결되지 않아 버리고 산 지 오래됐음에도 다시 가슴에 와닿는 건 무엇 때문일까? 날고 싶어 바람을 기다리는 것처럼 변해야 한다는 갈증에 그럴싸한 실마리를 찾고 있는 건 아닐까? 그 억지 깨달음이라 하더라도, 그러면 어떤가. 변화할 수만 있다면 못 할 게 있겠는가, 라고 생각하며 잔을 들었다.

술잔 위에 소복하게 쌓였던 흰 거품은 조금씩 꺼져가고 있었다. 입술을 오므려 거품을 향해 세게 불었다. 공중에 부유한 거품은 잠시 머물렀다 곧장 가라앉았다. 늦은 시간이 되자, 손님 대부분이 나가고 정우 뒷좌석 손님들만 남았다.

　실내는 조용했다. 그들은 낮은 소리로 대화했지만, 그 소리가 공간 구석구석까지 울리듯 퍼졌다. 정우는 자기의 내면세계에서 울리는 소리에 집중하려 하지만, 그럴수록 그들의 대화가 귓속으로 파고들었다.

　그들은 애완견 이야기를 진지하게 했다. 그들의 대화를 간추리면, 스피치 한 마리를 키우다가 푸들을 입양했다. 스피치는 푸들을 쫓아다니며 물어뜯고, 푸들도 대항해서 싸워 서로 온몸에 상처투성이가 됐다. 해결 방법을 찾기 위해 동물 훈련사에게 의뢰했는데, 진단 결과 가족 모두가 새로 입양한 푸들만 쓰다듬으며 관심을 두기 때문에 스피치가 질투심이 생겼다는 거였다. 개 두 마리에게 같은 양의 사랑을 베풀자, 일주일 후 싸움이 그쳤다는 거였다. 사람은 동물보다 질투심이 더 많고, 사람도 같은 환경에 처했다면 개보다 더할 거라는 내용이었다.

　여기까지 듣던 정우는 '픽' 하고 웃음이 나와 고개를 돌려 그들을 쳐다봤다. 별로 웃기지 않은 말에 왜 웃음이 나왔는지, 왜 그들을 쳐다봤는지 이유는 알 수 없었다. 다시 술잔을 들어 한 모금 마시고는 멸치에 초장을 묻혀 입에 넣고 씹었다. 머릿속에서 영아의 말과 그들의 대화 내용이 뒤섞인 채 살아 움직였고, 그걸 씹고 있는 것 같았다.

　습관적으로 핸드폰 화면을 손끝으로 두드렸다. 켜진 화면을 손가락으로 밀어 좌측으로 넘기자 많은 앱이 나타났다. 그중에 노트 앱을 보고는 머리를 갸웃거렸다. 잊고 있었던 앱이었다. 몇 년 전까지 특별한 일이 있는 날은 일기를 쓰듯 메모하다가 그만뒀었다.

2019. 4. 7.

각시와 도레가 화장실 때문에 난동이 벌어졌다. 도레가 화장실에 들어간 후 미파는 기다리고 있다. 각시는 빨리 나오라고 소리치다가 문을 열고 도레를 끄집어낸다. 화장실이 두 개 있는 곳으로 이사를 가자는 각시의 말이 어처구니가 없다. 내가 정년 꽉 채우고 퇴직해도 미파가 고등학생이다. 언제 잘릴지도 모르는데, 빚내서 가자는 것인가. 그때그때 지혜롭게 할 수 있을 것인데 지혜가 있기는 한가?

2019. 5. 14.

토요일에 장모가 왔다. 각시가 아이들을 장모에게 맡기고 영화관에 가자고 하는 걸 너무 피곤하고 그냥 쉬고 싶어 혼자 가라 했다. 같이 다니는 게 창피하냐는 물음에 피곤해서, 라고 했지만, 언제부터인가 그녀와 함께 다니는 걸 피했다. 밖에 나가면 그녀는 자꾸 뭔가를 주문하거나 별일 아닌 거에도 불만을 토했고, 그걸 맞추는 게 너무 피곤하고 힘들어서 하지 않았다. 그럴 때면 각시는 짜증을 내거나 직접적으로 화를 냈다. 외부의 자극을 최소한으로 받는 것만이 싸울 일이 줄어들 것이고, 그게 최선이라고 생각해 같이 외출하는 게 싫다.

2019. 7. 7.

회사에서 받은 두 장의 상품권으로 도레와 함께 빕스에 가서 식
사했다. 나중에 이를 알게 된 각시는 나와 도레가 먹고 있던 밥을
빼앗으면서 난리를 쳤다. 내게만 화를 내면 될 걸, 죄가 없는 도레
에게까지 화를 냈다. 조금 불편하고 돈이 들더라도 같이 갔어야 했
는데 할 말이 없다.

여기까지 읽자, 나무망치로 머리를 한 대 맞은 것처럼 멍멍해졌다.
더는 읽고 싶지 않아 핸드폰 화면을 끄고 창밖을 쳐다봤다. 밖은 가로
등 빛으로 선명하게 빛나고 있었지만 눈에 물기라도 배었는지 흐릿하
게 보였다. 양손으로 눈을 문지르고는 다시 술잔을 들어 한 모금을 마
셨다. 술이 목젖에 닿자마자 기침이 나오기 시작해 입안에 머금은 걸
잔에 뱉어냈다. 지난날 옳다고 생각해, 했거나 하지 않았던 모든 것들
이 그녀에게는 부조리했을 수 있다는 의문이 들었다. 들이켠 술이 뱃
속에서 목으로 조금씩 게워져 나와 탁자에 쏟아냈다.

눈을 감고 흘러나온 콧물을 손등으로 훔쳤다. 체한 것처럼 가슴이
갑갑해 주먹으로 명치를 두드렸다. 그녀에게 수없이 날렸던 험한 말
들이 부메랑이 되어 하나둘씩 돌아와 뇌수를 찌르는 것 같은, 한마디
로 자신이 유발한 벌을 받고 있다는 생각이 들었다.

고개를 뒤로 젖히고는 머리를 심하게 흔들었다. 과거의 잘못을 아
는 게 심하게 역겹더라도 알아야 하고, 그걸 아는 게 썩어가는 동물의
사체를 보는 것처럼 구역질이 난다고 하더라도 알아야 할 것 같아서,

그리고 온몸으로 껴안아야 할 것 같아서, 정우는 다시 핸드폰 화면을 켜고는 계속 읽어갔다.

2019. 9. 12.

서울 출장을 다녀오면서 강남 지하상가에 들러 금목걸이를 샀다. 그걸 각시에게 선물했다. 그녀는 어린아이처럼 좋아했다. 모든 거에 불만으로 가득 차 있던 표정이 밝아졌다. 평소 쿵쿵거리며 걷던 걸음이 가벼워졌고, 날카롭던 말투가 부드러워졌다. 금목걸이 그게 뭐라고. 별거 아닌 거에 크게 감동하는 사람들은 어떤 의식구조일까. 나는 왜 그런 거에 아무런 감정의 변화가 없는 걸까.

2020. 3. 8.

각시 생일을 기억하지 못했다. 퇴근하고 아무런 선물을 준비하지 못한 채 집에 들어갔다. 각시는 울먹이며 언제 생일 기억한 적이 있냐, 한 번이라도 챙겨준 적 있냐, 왜 자기와 결혼했냐고 구박했다. 짜증이 나, 사는 게 행복하냐고 물었다. 불행하다는 각시의 대답에, 사는 게 불행인데 태어난 걸 축하받는다는 건, 모순적이지 않으냐고 했다. 각시는 나를 쏘아보고는 온종일 아이들에게 매달려 있는 자기 입장이 되어본 적이 있냐? 생각이라도 해본 적 있냐며 소리치고는 방으로 들어갔다. 그깟 생일이 중요한가? 가사 노동만 힘든가? 난 안 힘든가? 그리고 가사 노동의 어려움과 생일 안 챙겨준 것과 무슨 관련이 있어 연결 지어 짜증을 내나?

생일에 타인에게 축하와 선물을 받아야 한다는 건, 사회가 만들어 낸 것이고, 주체 의식 없이 무조건 따라 하면 과연 행복한가? 그러면 축하받지 못한 사람은 불행한가? 그런 거에 연연해본 적이 없는 난 잘 모르겠다.

여기까지 읽던 정우는 핸드폰을 뒤집어버렸다. 머리가 어지러웠다, 귀에서는 왜 나와 결혼했냐고 울부짖는 그녀의 목소리가 울리는 듯했다.

그녀를 왜 선택했을까? 깊이 생각해보지 않았던 궁금증이 일었다. 운명적인 끌림이었다기보다 옷장에 걸려 있는 많은 옷 중에 용도에 맞는, 입으면 움직임이 편한 활동복 같은 거라고 그녀를 생각했는지 모른다. 편하고, 마음을 써서 입지 않아도 되는, 헐면 언제든 대체 가능한 거. 결혼해서도 그녀에게 그런 감정이 이어졌을 것이다. 그래서 그녀는 출산에 집착한 것이었던가? 여기까지 생각이 미쳤다.

결혼 후 삶을 표현한다면, 원망과 후회, 자책이란 단어로 압축할 수 있을 것이다. 이 단어의 다채로운 의미들이 비벼져 썩어가는 용액처럼 정우의 폐부에서 부글부글 끓었고, 입으로 악취가 치미는 듯했다. 그걸 뿜어내면 안 될 것 같아 양손으로 입을 틀어막았다. 온몸에 열이 나면서 얼굴이 화끈거렸다.

몸에 기운이 일시에 사라지는 느낌에 허리를 세우고 앉아 있을 수 없어 게워 낸 술이 흥건한 탁자 위에 볼을 대고 엎드렸다. 차가움에 진저리 쳤다. 어두컴컴한 터널에 갇혀 서로 할퀴거나 할큄을 당하면서 피를 흘리며 신음하고 있는 가족이 떠올랐다.

관계의 어려움, 그녀와 관계에서 수학 문제를 풀듯 일정한 공식이 있다면, 그대로 했을 것인데, 알지 못했다. 아니 복잡한 공식보다 더 쉬운 답이 있는데 알려고 하지 않았는지 모른다. 그게 더 큰 미련함이고, 그로 인해 지금의 상황을 만들었다는 생각까지 들자, 가슴이 미어졌다. 아둔해서, 자신의 생활 방식만 고집해서, 그녀를 아프게 하지 않았을까? 정우는 자조에서 나오려는 신음을 막기 위해 이빨을 앙다물었지만, 맺히는 눈물만은 막을 수 없었다. 하염없이 나온 눈물이 관자놀이를 타고 탁자 위로 흘러내렸다.

술집을 나온 정우는 집 쪽으로 터벅터벅 걸었다. 발걸음에 맞춰 노래를 부르듯 무거운 발걸음을 한발씩 내디딜 때마다 같은 말을 연신 읊조렸다,

"벗어∨날수∨있어∨ 답은∨예스∨뿐이야∨예스∨뿐이야∨벗어∨날수∨있어."

단조로운 그 언어를 반복적으로 계속 주절거리다 보니 실제 그리될 것 같다는 생각이 들었다. 아니 반드시 그리되어야만 했다.

집에 들어간 정우는 곧장 주방으로 갔다. 싱크대 서랍에서 과일칼을 빼 화장실로 향했다. 거울 테두리를 감싸고 있는 실리콘을 칼로 잘랐다. 실리콘을 뜯어내자, 깨진 거울이 조각되어 하나씩 떨어졌다. 거울을 전부 떼어내자, 누렇게 변색한 벽면에 뜯긴 자리만 하얗게 빛이

났다. 그 자리를 새롭게 붙일 거울의 크기를 잰 후 모양까지 그려봤다.

지혜는 안방 침대에서 이불 없이 몸을 웅크린 채 자고 있었다. 정우가 들어가자, 그녀는 벌떡 일어나 흔들린 눈빛으로 쳐다봤다. 조용히 그녀의 등 뒤로 다가갔다. 불안한지 일어나려는 그녀의 몸을 살며시 붙잡았다. 허리를 구부려 어깨를 주물렀다. 그녀의 피부는 차가웠고, 근육이 뭉쳤는지 단단했다. 그녀는 빠르게 눈을 깜박거리며 가는 신음을 내면서도 몸을 피하지 않았다. 아무 말 없이 한참을 주물렀다. 힘드니까 그만하라는 지혜의 말에도 계속했다. 딱딱한 근육이 조금 부드러워졌을 때 지혜가 몸을 피해 침대에 눕자, 안마하는 걸 멈췄다. 장롱에서 이불을 꺼내어 그녀의 몸을 덮어주었다. 보일러 온도를 올리고 아이들 방으로 가서 자는 것을 확인했다. 아이들은 아픔을 잊었는지 그늘 없는 표정으로 자고 있었다.

다음 날 일찍 정우는 부동산 사무실에 가서 살고 있는 아파트 매매를 의뢰하고, 매물로 나온 평수 넓은 아파트 시세를 알아봤다.

곧장 집으로 와서는 베란다에 돗자리를 깔고 위에 화분을 놓았다. 해오라비 난초를 빼내고는 화분을 엎었다. 길게 자란 뿌리를 손질한 후 화분에 넣고는 마사토를 가득 채웠다. 줄기에 고기 비닐처럼 붙어 있는 딱지를 조심스럽게 벗겨냈다. 누런 이파리들을 떼어냈다. 먼지가 내려앉은 잎을 손바닥에 올려놓고 손목에 힘을 뺀 채 명주 수건으로 닦아냈다. 닦는다고 하기보다는 수건으로 바람을 일으켜 먼지를 털어냈다. ✿

파국에서 회복으로

심영의

1. 동굴의 이데아

미국의 실용주의 철학자 듀이(John Dewey)에 따르면, 경험이란 언제나 개인과 당시의 환경을 구성하는 요소들 사이에 일어나는 상호작용으로 말미암아 성립한다. 인간은 자신의 삶을 통해(일차적 경험/이차적 혹은 반성적 경험), 즉 경험을 통해 세계와 관계를 맺는다는 뜻이다. 그러고 보면 우리의 삶이란 타자/대상과의 지속적인 상호작용이라는 경험의 축적을 통해 성장해 나가는 과정이라고 할 수 있다.

소설이란 자아와 세계에 눈뜬 한 인물이 그가 대면한 고통의 경험을 통해 정신적인 승화/성장에 이르는 서사다. 그렇게 볼 때 오현석 소설의 인물들은 전통적인 서사의 흐름 속에 위치하고 있는 인물들이다. 경험을 통해 자아에 대한 성찰과 세계에 대한 이해에 이르는 전통적인 의미에서의 서사적 주인공은 그러나 자신의 경험세계가 곧 진리라는 동굴의 이데아(Idea)에 갇힐 염려가 없지 않다. 문제는 소설의 인물들이 어떠한 과정을 거쳐 동굴에서 벗어나는가 하는 점일 것이다. 오현석 소설을 읽을 때 우리가 주목할 지점이라 하겠다.

「그들의 얼룩」은 특히 작가의 직업적 경험이 두드러진 소설이다. 무진 호텔에서 대낮의 살인 사건이 일어난다. 당직팀인 강력4팀 팀장인 '임'은 팀원들과 함께 장비를 갖춰 현장으로 출동한다.

구릿빛 속살을 전부 드러낸 채 침대 위에 엎어져 있는 여자는 사십 대 초반으로 추정됐다. 늘씬하게 큰 신장과 달리 작고 동그란 얼굴에 약간 튀어나온 광대뼈, 조화가 잘 이뤄진 코의 높이와 두툼한 주홍빛 아랫입술에서 도색적인 분위기를 풍겼다. 가느다란 긴 목에서부터 볼록하게 솟아오른 둔부와 미끈한 종아리까지 조금의 군살도 끼어 있지 않았다.

죽어 있는 시신에서 느낀 저 "도색적인 분위기"는 임 팀장의 무의식에 각인되어 있는 '외도하는 여자 일반'에 대한 그의 느낌/감정들이다. 이 소설을 읽는 가장 중요한 단서다. 인물이 그의 경험세계를 통해 갖게 된, 사회적 관계들에 작동하는 일련의 기호(signe)다. 40대 초반으로 짐작되는 저 "도색적인 분위기"를 풍기는 여자는 누군가에 의해 살해당한 것이 아니었다. 그녀는 화장품 대리점주고 그녀와 대낮의 호텔에서 정사를 나누었던 남자는 화장품회사 이사였다. 그러니까 두 사람은 각자의 배우자를 두고 '외도'를 하다가, 좀 더 사실적으로는 '대낮의 호텔에서 섹스를 하다가' 관계 중에 그만 죽어버린 것이다. 임 팀장에게 붙잡힌 살인 사건의 피의자, 그녀와 섹스를 하다 그녀를 죽음에 이르게 한 사내의 진술에 따르면, 관계 중에 그녀가 "뒤로 해달라"고 요구했고, 그 요구를 따르다 그만 그녀가 죽어버렸는데, 확인해보았더니 그녀는 희귀성 심장병을 앓고 있는 중이었다는 것이다.

문제는 다시, 왜 임 팀장이 그녀의 시신을 관찰하면서 그녀에게서 "도색적인 분위기"를 느꼈는가 하는 점이다. 상식적으로 본다면 대낮의 호텔에서 관계를 하는 '부부'는 드물 것이다. 더구나 관계 중에 '아내'가 죽었다면, 놀란 '남편'이 구급차를 부르고 경찰서에 신고를 하는 등의 조치를 취할 것이다. 그런데 저 여인의 경우 '부부' 사이에서가 아닌 것이 여러 정황으로 곧 강력팀장인 '임'의 직업적 경험으로 어렵지 않게 알 수 있는 상황이었다. 그러니까 저 여인의 죽음은 외도 중에 일어난 사고인 것이다. 따라서 강력팀장인 '임'이 직감적으로 느낀 "도색적인 분위기"란 외도하다가, 대낮의 호텔에서 남편이 아닌 다른 남자와 섹스하다가 죽은 '바람기 많은 여자'라는 부정적 이미지의 표출인 것이다.

그것의 옳고 그름이 문제가 아니라 임 팀장은 현장에 출동해서 시신을 살피는 중에도 자신의 아내를 상기해낸다. 까닭은 그의 아내 역시 다른 남자와 외도를 하다가 모텔에서 그에게 딱 걸린 일이 있었기 때문이다. 우리는 삶의 시간을 통해 사랑이 남긴 상처를 온몸에 새기고 살아간다. 온몸에 각인된 상처는 마음에 뿌리를 갖고 있을 뿐만 아니라 육체적 기억 또한 갖고 있다. 그렇기에 사랑의 상처는 마음으로만 전해오는 것이 아니라 몸에도 함께 자극된다. 그 온전한 과정의 누적이 삶의 시간이다. 우리는 이러한 경험적 과정을 통해 지워지지 않는 사랑을 재경험한다. 이 경험의 시간이 곧 사랑의 의미화 과정이다.*

---

* 김경호, 「우리는 사랑을 어떻게 경험하고 의미화하는가」, 『동서철학연구』 제75호, 2015, 18쪽.

임 팀장은 "아내를 생각하면 지금도 가슴께에 통증이 왔다. 언제부터인가 그녀는 거울을 자주 들여다봤다. 마사지 받는 횟수가 부쩍 늘었고, 백화점을 들락거리면서 옷가지를 사들였다. 새로 산 옷을 입고 외출이 잦은 아내의 행동이 의심스러웠다. 예감이 현실처럼 받아들여질 때는 두렵고 무서웠다."고 토로한다. 그의 아내가 다른 남자와 외도를 하고 그에게 그런 사실이 발각되고 그래서 이혼을 하고서도 자신의 행위에 대해서 별달리 후회하거나 하지 않는 까닭이 궁금해진다. 이혼 법정을 나설 때 아내의 얼굴은 오히려 홀가분해 보이지 않았는가.

같은 이유로 호텔에서 불륜을 저지르다가 심장마비로 죽은 여인은, 죽은 탓에 그녀가 자신의 행위에 대해 참회하고 있는지 알 수 없으나 그녀는 왜 그랬을까 하는 의문은 남는다. 그녀의 남편은 아내가 불륜을 저지르다 심장마비로 죽었다는 사실을 받아들이지 못한다. "남편의 머리카락은 먼지로 반백이 된 상태였다. 검게 그은 얼굴에는 군데군데 반점이 찍혀 있었다. 기름때로 범벅이 된 청색 작업복에 칠이 벗겨진 밤색 안전화가 사내의 직업을 알려주었다. 그는 마른 얼굴에 움푹 들어간 눈을 연신 깜박이며 임 팀장을 쳐다보면서 아내의 죽음을 믿을 수 없다고 말했다."고, "저는 포클레인 한 대를 가지고 전국을 다니면서 일하고 있습니다. 지금은 시골에서 공사를 하고 있지만, 전에 리비아 공사 현장에서 삼 년 동안 일을 했습니다. 제가 보낸 돈을 아내는 십 원짜리 하나도 허투루 사용하지 않고 적금을 부었어요. 그런 제 아내가 명품 가방이라니요."라 하지 않는가.

임 팀장은 어떠한가. 태권도 국가대표 출신인 임 팀장은 아시안게임 금메달을 땄다. 그런 능력을 인정받아 이십 년 전에 무도 특채 순경으로 임용되어 줄곧 강력계에서만 근무했다. 경사까지는 빠른 승진으로 주변 사람들로부터 시샘을 받기도 했다. 서장 계급인 총경을 꿈꿀 때도 있었다. 그러나 승진에서 매번 물을 먹었다. 만년 경위로 있는 그를 바라보는 후배들 눈이, 그리고 무엇보다 아내가 그를 시답지 않아 한다는 '느낌'에 가슴에 차오르는 시큰함을 어쩌지 못한 채 잠들지 못하는 날이 늘어만 가고 있었다. 어떻게든 승진을 해보려고 아등바등하며 지냈던 수없이 많은 날이, 그런 노고가 송두리째 부정당하고 있다는 '느낌'에 그는 어쩌다가 이 지경에 이르렀을까 되짚어보지만, 까닭을 알 수 없다. 그것은 그가 경험을 통한 세계 이해라는 동굴의 이데아에 갇혀 있기 때문이다. 그래서 소설에서 대낮의 호텔에서 다른 남자와 섹스를 하다 심장마비로 죽은 여자나 오직 가족만을 위해 성실하게 살아왔던 자신을 '배신'한 아내가 왜 그러했는가에 대해서는 설득력 있는 제시를 '멈춤' 상태에 두고 있다. 그러하니 여자란 종잡을 수 없는 혹은 뒤통수치는 데 재주 있는 대상이라는 무의식에 잠식되어 있다.

사랑의 속성을 명료하게 제시하기는 쉽지 않으나 어쨌든 우리가 사랑이라고 명명할 때 그 느낌으로 한정해서 말하자면, 사랑은 변화한다. 사랑을 담지한 주체로서의 인간, 그리고 그 인간의 몸은 변화하는 시간 속에 놓여 있기 때문이다. 시간에 따라, 시대의 변천에 따라 사유와 삶의 방식은 변형된다. 호텔에서 죽은 여자나 임 팀장의 아내나 처음에는 그의 상대와 사랑의 감정을 느꼈을 것이다. 그러나 시간이 흘러감에 따라 사랑의 형식과 내용 그리고 의미도 변해간다. 그러므로 사랑은 고정된 어떤 것이 아니라는 것, 그럼에도 불구하고 아픔 없는 열정적 사랑이란 있을 수 없으며 이 아픔을 두려워하지 말아야 한다는 것이 에바 일루즈

(Eva Illouz)가 '사랑의 사회학'에서 강조하는 핵심적인 내용이다.

소설의 말미에서 보인 두 남자의 태도가 눈길을 끄는 동시에 오현석 소설의 신뢰가 회복되는 지점이 있다. 그것은 "도색적인 분위기"를 풍기는 여자의 남편은 상대 남자에게서 받은 거액의 위자료로 지금까지와는 전혀 다른 멋진 인생을 꿈꾸는 듯 보인다. 그러나 임 팀장은 아내와 외도하다 걸린 상대 남자에게서 받아두었던 적지 않은 돈을 통장에 넣어두었는데, 지금 그걸 꺼내어 혈액암에 걸려 치료 중인 (이혼한) 아내에게 가는 것이다. 그것은 처음으로 되돌아가는 완전한 회복까지는 아니더라도 파국 후에 다다른 연민의 감정이다. 연민이란 사랑의 속성을 이루는 다양한 질료(matter, hyle) 중 하나다. 아리스토텔레스는 질료란 무언가로 만들어질 수 있는 가능태(dynamis)로 보았다.

오현석 소설의 신뢰가 회복되는 지점이란 의미는, (다시 말하자면) 상처에서 회복으로 향하는 인물의 시선을 확보하고 있는 점에 있다. 그것은 다시 플라톤의 동굴에서 사슬을 풀고 동굴 밖으로 향하는 수인(囚人)의 여정을 읽을 수 있는 작은 단서가 된다는 의미에서의 신뢰라 하겠다.

비슷한 맥락에서 읽을 수 있는 소설로 「나는 죽어가고 있다」가 있다. 소설에서 '김세의'는 회사에서 입찰을 담당하는 업무를 하고 있다.

그는 "누구도 쉽게 믿어서는 안 된다는 것이다. 이건 내 모토다. 혹여 이 글을 읽는 사람 중에 책가방 오래 들었다는 우월의식으로 내게 시답잖은 충고하려고 들지 마라. 이런 건 가방 속에 들어 있지 않은 거니까." 라고 말하는, 자신의 경험세계를 신의 자리에 두고 있는 인물이다. 그런 탓에 김세의는 회사에서 상무의 호출을 받고 긴장하고 있는 자신을 "곁눈질하며 웃으려 하는 정 대리를 쩨려"본다. "그녀는 립스틱 붉게 바른 입술을 슬며시 오므리고는 하품을 참는 것처럼 했지만, 눈빛만은 어쩌지 못했다. 나는 이 여자, 순진하게 뻥친다는 생각"이 든다. 그녀가 아무것도 모른다는 듯 하품을 참는 포즈를 취할 때 그녀가 "순진하게 뻥친다"고 생각하는 까닭이 논리적으로 제시되는 것은 아니다. 누구도, 그러니까 그가 누구든 드러나거나 드러나지 않는 모든 것을 '쉽게 믿지 않는다'는 자신의 경험을 통해 형성된 타자—세계에 대한 불신으로 이해할 수 있다.

그 불신은 곧바로 그의 아내에게 향한다. 그는 "아내만큼은 믿었다. 아니 믿어야 했다."고 말한다. 대체 그와 아내 사이에는 무슨 일이 있었던 것일까. 입찰 실패 건으로 상무에게 불려가 심하게 깨지고 나서, 그리고 상무가 그의 판단 착오로 인한 거듭된 입찰 실패를 김세의에게 전가하고부터 김세의에게 생리적 이상 현상이 일어난다. 원인을 알 수 없는 상태의 설사가 20일째 이어지고 있는 것이다. 회사에서 텔레비전 뉴스를 보다가 유치원 주변에서 놀던 고양이들이 어느 날부터 묽은 변을 배설하더니 점차 활동력이 떨어져 흐느적거리다가 계속 죽어가고 있다는 누군가의 호소를 보게 된다. 유치원 원장이 점차 죽어가도록 드러나지 않게 고양이 먹이에 약물을 섞어놓았을 거라는 해석에 이르면서 자신의 설사 증상도 그러하지 않을까 의심하게 된다. 그는 아내에 대해 "십오 년을 같이 산 그녀에 대해 아는 게 별로 없었다. 한마디로 독해가 불가능한 여자였다."고 말하고 있거니와 아내에 대한 지독한 불신의 근거를 논리적으로 제시하지는 못한다. 「그들의 얼룩」에서처럼 막연하지만, 그럼에도 불구하고 자신의 경험세계를 통해 갖게 된 그릇된 자기 확신이 15년 동안의 결혼생활에서도 아내가 누구인지 알지 못한다는 고백으로 이어질 뿐이다.

급기야 아내가 만들어주는 음식을 의심하고 증거를 잡기 위해 가스레인지 후드에 카메라를 설치한다. 그러다 아내가 어느 모텔촌에 있는 것을 발견하고 현장으로 달려간다. 이야기의 결론은 아내가 그동안 감추어 왔던 아내 가족에 관한 일련의 비밀을 알게 되는 것으로 끝나지만, 그는 아내의 말을 온전히 믿지 못하고 있는 자신을 다시 확인할 뿐이다. 그러니까 이 소설 「나는 죽어가고 있다」에서 보다 중요한 것은 서술자(남성 인물)가 갖는 타자 특히 여성에 대해 갖게 된 뿌리 깊은 불신의 경로다. 회사의 "곁눈질하며 웃으려 하는 정 대리"가 "순진하게 뺑친다"고 생각하는 것도 전혀 근거가 없지만, 15년을 함께 살고 있는 아내가 자신을 천천히 살해할 것이라고 믿는 피해의식의 과잉도 문제다.

「그들의 얼룩」과 「나는 죽어가고 있다」의 남성 인물은 자신에게 주어진 환경 속에서 최대한 성실하게 살아가는 중간계층의 남성 가장이다. 그런데 어느 집단에 속하든 중간계층은 위에서 쪼고 아래서 치받는 상황에서 피로를 느낀다. 그 스트레스를 집에서 그를 따뜻하게 맞는 아내에게서 풀 수 있다면 매우 다행이겠으나 현실은 반드시 그런 것도 아니다. 나는 밖에서 힘들게 일하면서 아내와 자식을 위해 온갖 모욕을 견디는데 집으로 돌아온 그를 맞는 아내는 예전 같지 않다. 다소곳하지 않다. 아래에서 살펴볼 「어쩌다가」에서도, 순봉의 아내 "강 여사가 처음부터 팔팔했던 건 아니었다." 아내도 무임금 노동인 가사 노동으로 종일 지쳐 있기는 마찬가지이기 때문이다. 아내는 집안에서의 자신의 위치가 항상 불만스러운 것이다. 그러나 남성인 내가 여성의 경험을 혹은 여성인 내가 남성의 일을 경험하기는 가능하지 않은 탓에 왜 당신은 내 수고를 알아주

지 않느냐고 서로를 원망한다.

게다가 두 소설의 남성 인물은 '모텔에 드나드는 여자(들)'에 대한 부정적 시선을 내장하고 있다. 그 까닭이 명시적으로 드러나는 것은 아니지만 서사의 흐름 이면에는 인물의 직업적 경험으로 인한 것으로 읽을 여지가 다분하다. 「그들의 얼룩」에서 '도색적인 느낌의 여자'가 남편이 아닌 다른 남자와 섹스하다 죽은 장소가 호텔이고, 임 팀장의 아내가 다른 남자와 외도하다 들킨 장소가 모텔이다. 「나는 죽어가고 있다」에서도 아내가 드나드는 모텔은 아내에 대한 그의 의심이 증폭하는 장소다. 집/가정이 아닌 호텔/모텔은 그러므로 소설의 남성 인물에게는 부정한 장소의 메타포로 작용한다. 그곳을 드나드는 여자는 당연하게도 혐오의 대상이 되는 것이다. "사내와 아내를 묶어 면도칼로 살 껍데기를 서서히 벗겨 처절한 고통을 맛보게 한 후 죽이고 싶다는 생각이 들" 만큼 증오심을 드러내기도 한다.

「그들의 얼룩」은 그나마 남성 인물이 어쨌거나 동굴(경험을 통한 세계인식)에서 벗어날 작은 가능성을 보이는 데 반해 「나는 죽어가고 있다」의 남성 인물의 경우 아내에게서 그녀 가족의 왜소증 장애와 관련한 여러 이야기를 듣고도 여전히 "누구도 쉽게 믿어서는 안 된다"는 신념에 갇혀 있다. 동굴에 비친 그림자만이 세상의 전부라고 믿는 것을 고집할 때 그에게는 자유도 없을 뿐 아니라 진실과는 거리가 먼 상태에 머물게 된다. 외부의 조건이나 상황 때문에서가 아닌 그 자신의 사유의 정지 상태 탓에 그는 천천히 죽어가고 있는지 모른다. 모든 사람은 자신만이 홀로 지옥에 있다고 생각하는데, 바로 그 생각이야말로 지옥일 수 있다. 그래서 그는 '어쩌다가' 그리된 것인지 탄식하게 된다.

2. 재난의 사사화

우리는 누구나 '노인'이 된다. 다만 그것을 선선히 수락하려 하지 않을 뿐. '노인'이라고 짧게, 나지막하게 발음해보라. 어떤 이미지와 감각이 떠오르고 느껴지는가. 박범신은 그의 소설 『은교』(2015)에서 늙은 소설가 이적요의 입을 빌려 "너의 젊음이 너희 노력으로 얻은 상이 아니듯 내 늙음도 나의 잘못으로 받은 벌이 아니다."라고 항변하지만, 아무려나 이제 노인은 어디에서나 누구에게서나 환영받는 존재가 아니다.

더구나 노인(남성)은 이제 그의 늙은 아내에게마저 무용(無用)한 존재로 취급받기 일쑤다. 오현석 소설 「어쩌다가」의 '순봉'이 그런 인물이다. 소설에서 그리고 있는 순봉의 모습은 다음과 같다.

순봉은 중학교를 졸업하자마자, 염색 공장에 취직했다. 한 회사에서만 50년가량 근무하다 퇴사했다. 회사 직원들은 그가 집과 공장밖에 모른다고 '집공 씨'라고 불렀다. 그렇게 단순하게 살았던 그가 회사를 그만두게 되자, 갈 곳이 없는 건 당연했다. 퇴사하고도 익혀진 행동 방식은 바뀌지 않았다. 이른 아침에 일어나 집을 나왔다. 갈 곳이 없어 버스를 타고 회사에 갔다. 정문에서 복잡미묘한 표정으로 쳐다보는 옛 동료에게 근처에 볼일이 있다고 얼버무리고는 다시 발길을 돌려 집으로 왔다. 다리는 짱짱하고 어디든 가고 싶은데, 자신이 갈 만한 곳이 없다는 걸 다시 실감한 것이다.

노년의 특징으로 간주하는 조화, 화해, 포용, 관용 등의 성숙함을 보통 '말년성(末年性, lateness)'이라 일컫는다. 농본사회에서 노인의 존재는 그 마을에 도서관이 하나 있는 것과 다를 게 없었다. 나이 든 세대의 경험과 역할 그리고 그들의 지혜와 희생을 바탕으로 인류는 양적 팽창과 질적 발전을 가져올 수 있었다. 노인은 근대 이전 전통사회에서는 희귀한 존재였고, 강력하고도 존경받는 구성원이었다. 그들은 축적된 경험과 지식을 통해 공동체 생활에 참여하고 권위를 누렸으며, 가부장적 가족 구조와 긴밀한 친족 관계에서 노후 지위를 보장받았다. 그러나 노인은 이제 어디서나 환영받지 못하는 잉여적 존재로 취급받고 있다. 우선 '노인' 혹은 '노년'이라는 단어는 우리에게 은퇴 후의 휴식 같은 평온한 느낌을 준다. 하지만 '노인', '늙은이' 혹은 특별히 나이 든 여성을 지칭하는 '노파'라는 단어는 부정적인 느낌을 주는 것도 사실이다.

소설 「어쩌다가」의 '순봉'은 50년 동안 성실하게 살았으나 그의 직장에서의 경험은 이제 아무런 쓸모가 없다. 그래서 그는 퇴사 후 "그날 이후로는 일어나면 거실 소파에 앉아 채널만 바꿔가며 TV를 봤다. 그런 그에게, (아내인) 강 여사는 복지회관을 소개했다. 점심도 공짜로 먹을 수 있다면서, 권유 같은 강요였다. 한마디로 그는 강 여사의 눈에 걸리적거리는 유행 지난 장식품 같은 존재"로 추락하고 만다.

그런데 그가 어쩔 수 없이 선택한 피신처(노인 복지회관)가 그야말로 최고의 해방구였다. 댄스 동아리에서 춤을 배웠고 6개월 동안의 맹연습 후에 이제 실전에 나선다. 콜라텍에 가고, 처음에는 어색했으나 도둑질도 두 번 하고 나면 별일이 아닌 것처럼 여겨지듯이 어느 여인(노파인데, 그도 노인이니까)이 내민 손을 잡고 춤을 춘다. 새롭게 펼쳐진 세상에 그는 "비루했던 과거를 조금이나마 보상받을 수 있다"는 생각에 흐뭇하다. 결국 그 춤 파트너와 함께 차를 운전하고 바닷가로 가던 길에 그만 외제 차를 추돌하는 사고를 낸다. 아내에게 발각되고, 보험으로 해결되지 않아 집이 압류된다.

　이어지는 이야기는 어찌어찌(자식들의 도움으로) 다시 집을 되찾게 되는 것으로 되어 있다. 이 소설에서 눈여겨볼 지점은 사고를 수습하는 과정에서 순봉의 어리숙한 행위와 그에 대한 인식일 것이다. 엉뚱한 사고 뒷수습은 물론 도무지 어울릴 것 같지 않은 남편의 외도 아닌 외도에 분노한 아내는 순봉에게 모질게 대한다. 그는 집을 나오기도 하고 자식들 집을 전전하기도 한다. 그러는 과정에서 밤에 몰래 나가 CCTV가 없는 곳을 찾아 주차된 외제 차를 못으로 흠집 내는가 하면, 교통사고로 위장한 보험금 타내기 사기 사건을 일으키는 것이다. 허리 통증 치료를 위해 병원에 입원해 있다가 들은 대로 그는 보행자가 드문 횡단보도에 서 있다가 신호를 위반한 차가 지나가려고 할 때 카트를 내밀고, 차가 카트를 치는 순간 바닥으로 넘어지기만 하면 게임 끝이라는 말을 기억해내면서 그는 그것을 실행에 옮기다가 발각돼 조사를 받는 처지가 된다. 그야말로 비루하기 이를 데 없는 말년을 시전(示展)하고 있다. 소설 「어쩌다가」는 그런 의미에서 표면적으로는 늙어감에 따르는 비루함을 보여주고 있다.

　'어쩌다가' 그리되었을까. 평생 성실하게 살아왔고, 나이가 차서 회사에서 퇴직했고, 늙어서 집 안팎에서 쓸모없는 존재로 여겨졌고, 콜라텍에서 만난 노파와 잠깐 한눈을 판 것이 죄라면 죄이겠다. 그러나 저 노인 순봉에게는 그보다는 '외제 차'가 주된 요인이라는 생각에 사로잡혀 있다. 그런 탓에 밤이면 CCTV 없는 곳을 골라 굵은 못으로 외제 차를 긁어 흠집을 내는 것으로 소심한 복수를 하는 것이다. 그에게 외제 차는 일종의 재난이다. 재난 혹은 재난적 상황은 사회적 위기의 원인이 되기도 하지만 그것은 개인에게도 감당하기 어려운 공포가 된다. 「어쩌다가」에서 '순봉'이 외제 차를 추돌하고 수리 비용을 감당하지 못해 집이 압류당하고 결국 경매로 넘어가야 하는 상황은 그 무엇보다 앞선 재난이요 공포다. 그가 겪는 곤경의 원인을 그 자신에게 찾기보다 외부적 요인으로 돌림으로써 자신의 책임으로부터 도피했다고 비판적으로 볼 수 있겠으나 더 큰 문제는 순봉과 같은 지극히 평범한 개인이 그에게 닥친 재난을 '오롯이 개인 홀로' 감당할 수밖에 없는 폭력적 사회구조에 있음을 이 소설이 드러내고 있는 것이다. 그런 점에서 「어쩌다가」는 위험을 사사화(私事化, Privatization-사회적 재난을 오로지 개인의 책임으로 떠넘기는)하는 한국 사회의 모순을 풍자하는, 한 편의 사회소설의 몫을 감당하고 있는 것이다.

다만 오현석 소설의 인물들은 정상과 비정상이라는 구획으로 대상을 판단하는 무의식에 침윤되어 있는 것에서 벗어나야 하는 과제도 있다. 그의 인물들은 모두 정직하게 살아온 평범한 남성/아버지/가장이다. 오직 직장과 집을 오가는 성실함을 미덕으로 여기며 가족의 부양을 최고의 덕으로, 그의 유일한 책무로 여기는 반듯한 사람들이다. 그런 그들의 눈에 집이 아닌 호텔이나 모텔이나 콜라텍 따위는 정상에서 벗어난 불결한 장소의 이미지로 각인되어 있다. 그러한 장소들은 모두 비정상적인 것(외도, 불륜 따위)으로 연결된다. 그것을 확장하면 정상과 비정상의 범주를 구획하고 판단하고 정죄하고자 하는 무의식이 곳곳에서 작동함을 알 수 있다. 「그들의 얼룩」에서는 "모텔에 아내와 함께 있는 사내와 아내를 묶어 면도칼로 살 껍데기를 서서히 벗겨 처절한 고통을 맛보게 한 후 죽이고 싶다는 생각이 들었"고, 「어쩌다가」에서는 자신과 직접 상관없는 외제 차들을 못으로 긁어 흠집을 내는 것으로 부정적인 것, 비정상인 것을 나름의 방식으로 단죄하고 있다. 인물들이 그러한 행위를 반성적으로 돌아보지 못하고 있는 것은 여전히 동굴의 이데아에 갇혀 있는 것으로 보인다.

「그가 왜」는 가해자 가족이 겪는 고통을 다룬 소설이다. '도진'은 고등학교 2학년 때 학급 반장을 맡았다. 그런데 어릴 때부터 자주 시비하고 지내던 상수가 하필 같은 반이 된다. 상수가 자신의 SNS에 도진 아버지가 성범죄를 저질렀다는 사실을 폭로하고 그로 인해 폭행 사건이 발생한다. 도진의 아버지가 미성년자를 성추행하게 된 까닭은 그가 성도착증 환자이기 때문이다. 도진의 집은 망가지고 아버지는 자살한다.

한국 사회에 만연한 다양한 성범죄의 피해자는 대체로 여성이 다수다. 소설은 사회현실을 핍진하게 다루는 장르인 까닭에 성폭력 피해자 여성의 고통을 다루는 소설이 많은 것은 일종의 (소설의)운명이다. 오현석 소설 「그가 왜」가 일정한 가치가 있는 이유는 많은 사람이 외면하는 가해자 가족의 고통을 다루고 있다는 데 있다. 특히 작가 오현석이 평생 범죄를 수사해온 이력의 소유자라는 점을 고려하면 이는 별도의 논의가 필요해진다. 앞에서 그의 소설 속 인물들이 정상과 비정상을 구획하고 비정상으로 지목된 대상에 대해 단죄하는 것을 들어 그들이 아직 (플라톤의) 동굴에 갇힌 수인에서 벗어나지 못했다고 했다. 그렇다면 범죄 가해자 가족의 고통을 서사화하고 있는 「그가 왜」를 어떻게 읽을 것인가 하는 문제는 간단치 않다.

범죄 가해자 가족의 경우 범죄의 공동 책임자인가 또 다른 피해자인가 하는 질문이 따라온다. 그런 경우 우리는 비난과 공감의 경계에서 곤혹스러울 수밖에 없다. 「그가 왜」에서도 '도진'은 "공군사관학교에 가려면 전과가 없어야 하고, 학교 생기부가 좋아야 한다. 누가 시비를 걸면 무조건 그 자리를 피해라." 하는 아버지의 말을 가슴 깊이 새기고 사는 성실한 학생이다. 그가 파국으로 치닫게 된 것은 상수가 자신의 SNS에 '도진 아버지가 성범죄를 저질렀다는 사실을 폭로'한 것에서 시작된다.

더 근본적으로는 그렇게 타고났든 아니든 그의 아버지가 저지른 미성년자에 대한 성적 폭력 탓이다. 그러니까 가해자로서의 도진의 책임은 없는 셈이다. 있다면 상수의 시비를 참지 못하고 그를 폭행한 것, 그래서 학교를 그만두어야 했던 것 등으로 파급된다. 도진 어머니를 비롯한 가족 전체의 불행의 원인도 그의 아버지에게 있다. 그래서 우리는 이성적으로는 도진 아버지의 가족에게 범죄 가해자로서 공동 책임을 물을 수 없다. 법도 또한 그러하다. 그런데도 소설에서 상수는 그것을 문제 삼고 시비하고 단죄하려 든다. 일종의 딜레마가 아닐 수 없다.

앞에서 「어쩌다가」의 인물이 마주한 곤란, 곧 외제 차를 추돌하고 수리 비용을 보험만으로 해결하지 못해 급기야 집이 압류되고 경매에 넘어가는 상황을 전쟁이나 화재나 홍수로 인한 피해 등 사회적 재난과 다름없는 재난적 상황으로 규정한 바 있다. 생활세계의 다양한 불안이 지속하는 현대사회에서 「그가 왜」의 인물들이 마주한 곤란도 그와 같지 않을까? 범죄 피해에 대한 사회적 구호와 함께 범죄를 저지른 가해자 가족 역시 부당하고 억울한 비난과 단죄를 받지 않도록 하는 사회적 합의가 요구된다. 그래야 함께 더불어 사는 공동체의 모습이 비로소 가능해지고, 범죄 발생과 그로 인한 피해도 점차 줄어들지 않을까.

「그가 왜」는 작가 오현석이 평생 현장에서 범죄자를 체포하고 심문하면서 깨닫게 된, 가해자 가족에 대한 일반의 부정적 시선을 넘어서야 한다는 통찰의 결과다. 독자는 어려운 과제를 받아든 셈인데, 읽고 난 후 독자를 깊은 사유의 과정에 남도록 했을 때 그것이 좋은 소설이라는 점에서 「그가 왜」는 의미 있는 작품이다.

3. 비가시적(非可視的)인 것의 구조

소설은 눈에 보이는 경험된 현실의 구조를 드러내 보이는 것 같으면서도 기실 체제가 표방하는 것 뒤에 감추어진 눈에 보이지 않는 현실의 구조를 보여주는 것이라 할 수 있다. 「보이지 않는 것들」은 서술자인 시인 '김필우'가 시를 쓰고 등단을 하고 시집을 내고 그것을 나누는 과정에서 눈에 보이지 않는 제도—체제의 이면을 살피고 있는 소설이다.

소설의 이야기는, 김필우가 우연히 들른 알라딘 중고 서점에서 자신이 사인해서 그의 지도교수에게 주었던 시집이 서명도 그대로인 채 서가에 꽂혀 있는 것을 발견하는 것으로부터 시작한다. 그는 즉각 배신감을 느끼는데, 그것은 다소 자존심이 상하기는 했으나 교수의 권유대로 얼마간의 찬조금을 내고 등단이라는 것을 했고, 그렇게 시집을 낸 터여서 아무려나 기쁜 마음으로 서명을 해서 시집을 건넨 것인데 시집이 중고 서점에 나와 있는 것을 도무지 이해할 수 없기 때문이다.

그것은 무엇보다 신뢰가 무너진 데 대한 소설 속 인물의 '느낌'이다. 그런데 그 느낌은 여타의 오현석 소설에서 확인할 수 있듯이 경험에서 얻은 것이어서 종종 판단의 오류를 범한다. 여차여차해서 사실을 확인해 본 결과 교수는 사정이 생겨서 재산이 경매로 넘어갔고, 그 압류(경매) 물품 속에 시집도 들어 있었으며, 낙찰을 받은 사람이 시집을 중고 서점에 내놓았다는 것이다. 그 시집 속에는 김필우가 교수에게 건넸던 수표 3천만 원이 들어 있었다는 것인데, 아무튼 오해였고, 잘못 판단한 것이었다는 것으로 이야기는 마무리된다.

이 소설 「보이지 않는 것들」에서 두 가지 점검이 가능하다. 하나는 시인이든 소설가든 그 무엇이든 문화예술계 쪽에서 이른바 등단이라는 절차를 통해 제도 내에 편입되는 과정에서 그가 갖고 있는 예술적 재능 혹은 각고의 노력으로 성취한 결과물보다 유력한 인물의 추천이나 뒷배경이 종종 더 큰 힘을 발휘하고 있다는 세태에 대한 풍자다. 능력주의 사회에서 유력한 인물의 뒷배경을 활용하는 것도 능력의 범주에 포함되는 것을 아무런 비판 의식 없이 용인하는 사회는 이미 '정상적인 사회'가 아닐 것이다. 다른 하나는 무엇이거나 혹은 누군가를 충분하게 살피지 않고 판단하고 나서 갖게 되는 소설 속 인물의 과잉 정서다. 자신의 시집을 중고 서점에 내놓았다는 데서 출발한 교수에 대한 부정적인 정서가 오류로 밝혀지고 나서 김필우는, "나는 이 지구상에서 사라져야 할 악마로 느껴졌다."고 자책한다. 자책은 마땅하겠으나 그 정도가 지나치다는 데 문제가 있지 않을까.

"나=악마"라는 도식은 은유에 의한 수사다. 우리는 시나 소설에서뿐 아니라 일상에서도 은유를 꽤 사용한다. 그런 면에서 은유는 표현의 문제일 뿐 아니라 개념상의 문제가 된다. 은유가 개념적이라는 뜻은 우리의 사고방식이 은유적이라는 의미다. 즉 우리는 자신의 어떤 감정 상태를 효과적으로 설명하기 위해 은유를 활용한다. 앞에서 보았듯이 교수에 대한 자신의 판단 오류를 자책하는 감정 상태를 표현하면서 소설 속 인물은 "나=악마"라는 은유로 표현했다. 이렇게 인간은 은유적으로 사고

하기 때문에 그 사고가 표현되는 방식도 은유적이게 되는 것이다. 어떤 감정 상태나 사건을 언어의 형식으로 표현하고자 할 때 우리는 여러 사고방식 중에서 특정한 방식을 사용한다. 이때 어떤 방식을 사용하는가는 그 사람의 성향에 달린 문제다. 그것이 그의 욕망이다. 그의 언어(언어적 표현)는 그의 이데올로기라는 뜻이다.

문제는 인물의 과잉 감정(표현)이 어디에서 발원하는가일 것이다. 소설은 경험된 현실의 구조를 드러내 보이는 것 같으면서도 기실 체제가 표방하는 것 뒤에 감추어진 눈에 보이지 않는 현실의 이면을 드러내는 것이라 했다. 같은 논리로 소설은 온갖 수사적 표현으로 치장하면서도 기실 표정 뒤에 감춰진 자신의 내면(마음)을 드러내는 장르이기도 하다. 그런데 그 마음이란 대체 어떻게 알 수 있을 것인가가 또 문제다.

우리는 타인의 행동으로부터 그들의 믿음과 욕구를 추론하고, 그들의 믿음과 욕구에 대한 추측으로부터 그들이 어떻게 행동할지를 예측한다. 그러나 우리는 오렌지 냄새를 맡고 분별하는 것처럼 명료하게, 다른 사람의 머릿속에 들어 있는 믿음이나 욕구를 감지할 수 없는 어려움에 봉착한다.* 그런 까닭에 오현석 소설의 인물들이 보이는 일련의 감정의 과잉을 '명료하게' 설명할 수는 없다. 다만 추론하자면, 앞에서도 여러 번 이야기했듯이 정상과 비정상에 대한 이분법적 구획과 판단이 누적되어 그러한 과잉이 드러난다고는 할 수 있다. 이는 반복하거니와 옳고 그름의 문제는 아니다.

---

* 스티븐 핑커(Steven Pinker), 『마음은 어떻게 작동하는가』, 김한영 역, 동녘사이언스, 2019, 61쪽.

그래서 그의 소설 속 인물은 마침내 '답은 예스뿐이야'라고 짐짓 물러나는 포즈를 취한다. 「답은 예스뿐이야」는 소설집 맨 마지막에 수록되어 있다. 작가가 첫 소설집을 내면서 작품을 배치할 때 맨 처음과 마지막 작품은 그가 의식하고 있는 것과 무관하게 소설집 전체의 의미를 강조하는 것이 상례다.

여기 '정우'라는 남자와 '지혜'라는 여자가 있다. 5년 차 부부다. 결혼 후 아이가 생기지 않아서 입양을 선택했다. 2개월 된 여자아이다. 이름을 '도레'로 지었다. 그런데 아내 지혜가 임신하게 되고 남자아이 '미파'가 태어난다. 문제가 발생하지 않을 턱이 없다. 어떤 문제인가. 몸으로 낳은 자식과 마음으로 챙긴 자식 다 좋은데, 두 녀석이 자주 다투고 싸운다. 사실 아이들은 자라면서 자잘한 일로 다투고 싸우고 할퀴고 자지러지게 운다. 그렇게 자란다. 친자식이라면 별일 아니다. 그런데 입양한 아이와 친자식의 관계라면, 더구나 아내가 모든 일에 친자식 편을 든다면?

이야기의 결말을 작가는 해피엔드 쪽으로 택한다. '정우'는 아내와의 소모적인 갈등이 괴롭다. 술집에서 술을 마시고, 그는 "벗어∨날수∨있어∨ 답은∨예스∨뿐이야∨예스∨뿐이야∨벗어∨날수∨있어∨."라는 노래를 흥얼거린다.

이제 오현석 소설 속 인물들은 지친 듯하다. 그럴 만도 하다. 지금까지 보이거나 보이지 않는 대상을 언제나 정상과 비정상으로 구획하고 판단하고 단죄하느라 그는 지친 것이다. 이 소설 「답은 예스뿐이야」는 그럼에도 불구하고 매우 소중한 전언을 남긴다. 그것은 대체 사랑이란 무엇인가, 사랑의 관계를 어떻게 형성하고 어떻게 유지해야 하는가 하는 매우 어려우면서도 현실적으로 요구되는 질문에 정직한 답을 제출하고 있기 때문이다.

명료하다. 이해와 공감과 배려에 더해 '포기하는 것'이다. 동굴에 비친 그림자만이 진리라고 믿었던 그 아집을 포기하고 나면 이제 예스뿐, 다른 무엇이 더 필요하겠는가. 우리가 무언가에 대해서 지식을 갖는다는 것은 단순히 그것에 대해 아는 것에만 그치는 것이 아니다. 그것은 대상의 참모습에 다가서는 것이요, 나의 지식이 그것과 일치하여 그것을 참으로 긍정하는 일이기도 하다. 이러한 이해와 긍정을 통해 우리는 보다 적극적으로 타자에게 다가갈 수 있다. 포기는 다가감의 최상위에 자리한 지혜 있는 선택이지 그것이 결코 지쳐서는 아닌 것이다.

그러하니 오현석 소설은 파국에서 회복으로 나아가는 전통적인 소설의 문법을 충실하게 따르고 있다. 서술 전략에서도 오랜 숙련을 통한 지혜가 드러난다. (플라톤의) 동굴에 갇혀 있던 수인이 사슬을 풀고 동굴 밖으로 나가는 것보다 더 큰 위대함은 그가 동굴 밖에서 눈을 멀게 할 정도로 밝게 빛나는 태양을 마주하는 일이다. 그것은 동굴 속에서의 경험세계를 넘어서는 자유와 진리의 세계를 맞이하는 모험이기 때문이다. 당연히 고통이 따른다. 그러나 더욱 성숙해진다. 하나를 잃고 다른 하나를 얻는 셈인데, 잃는 것보다 얻는 게 더 크고 의미 있고 가치 있다면 그것은 당연히 남는 장사다.

이제 독자들은 오현석의 다음번 소설에서 그가 얻게 된 자유와 진리의 표상으로서의 성숙한 세계를 기다리는 일만 남았다. 두근두근.

沈永儀 ǀ 소설가, 문학평론가

나는
죽어가고
있다

오 현 석 소 설 집

푸른사상 소설선